公元787年,唐封疆大吏马总集诸子精华,编著成《意林》一书6卷,流传至今
意林:始于公元787年,距今1200余年

意林 红石榴 出品

时尚 + 情感 + 励志

# 等清风与你一起归来

马晓艳 著

北方妇女儿童出版社
·长春·

版权所有　侵权必究

**图书在版编目（CIP）数据**

等清风与你一起归来 / 马晓艳著. -- 长春：北方妇女儿童出版社, 2016.12

（意林·红石榴. 甜城蜜恋系列）

ISBN 978-7-5385-9884-1

Ⅰ.①等… Ⅱ.①马… Ⅲ.①言情小说-中国-当代 Ⅳ.①I247.5

中国版本图书馆CIP数据核字(2016)第265912号

## 等清风与你一起归来
### DENG QING FENG YU NI YI QI GUI LAI

| | |
|---|---|
| 出 版 人 | 刘　刚 |
| 总 策 划 | 魏　娜 |
| 特约策划 | 师晓晖 |
| 责任编辑 | 吴　强　张　旭　孟健伊 |
| 图书统筹 | 空心菜 |
| 绘　　图 | 东方游 |
| 书籍装帧 | 胡静梅 |
| 美术编辑 | 赵艳红 |
| 开　　本 | 700mm×1000mm　1/16 |
| 字　　数 | 270千字 |
| 印　　张 | 13 |
| 版　　次 | 2016年12月第1版 |
| 印　　次 | 2016年12月第1次印刷 |
| 印　　刷 | 河北鹏润印刷有限公司 |
| 出　　版 | 北方妇女儿童出版社 |
| 发　　行 | 北方妇女儿童出版社 |
| 地　　址 | 长春市人民大街4646号 |
| | 邮编：130021 |
| 电　　话 | 0431-85678573 |
| 定　　价 | 25.00元 |

如发现印装质量问题，请与印务部联系退换，电话：010-51908584

# 目录 Contents

**001** 楔 子 一条时光深处的新闻

**003** 第一章 坠入谷底的生活，谁能带来一片明媚
在酒精的作用下，熟睡中的谢芷婠又听到了那句无数次出现在梦中的话，有个小男孩附在她耳边说："在清风和煦的时节里，我会回到你的身边。"而脑海中，到处是受伤的孩子，碎了一地的游乐设施沾染着鲜红的血液，令人不禁胆寒。

**017** 第二章 以最奇葩的方式相遇
此刻温柔的水像一把利剑，随时都会要了谢芷婠的命，她的鼻腔和嘴巴已经无法呼吸了，四肢也停止了挣扎，整个人慢慢下沉，死亡的恐惧感侵袭着她最后一丝知觉……

**031** 第三章 这世间最难以看穿的就是真心
谢芷婠看看门外急骤的雨滴，又盯着陆清风那张魅惑人心的脸，气急败坏地一拳打在墙壁上，出去的时候还不忘重重地摔上门，以泄心中不满。天知道，她怎么会对这样冷酷无情的人有面红心跳的感觉！

**047** 第四章 我们都有隐藏的孤独与秘密
突然，楼梯口出现一双光溜溜的脚丫，一步、两步、三步……缓缓地站在了谢芷婠房门前，一只手在门锁上拧了下，显然门被反锁，但这人并没打算放弃，几声钥匙扣碰撞的清脆声后，卧室房门被轻松打开。

**065** 第五章 同住的惊慌与悲喜
如果没有总裁和保镖的身份，如果没有之前的种种，她或许会毫不犹豫地喜欢上他。但谢芷婠讨厌没有可能的感情，更不屑拖泥带水的爱情。所以，那颗被解封的心，她要极力克制情感的滋长。

**083** 第六章 火与噩梦交织，你却选择救我
陆清风站在门口，炙热的浓烟从他身后袭来，他是那样惧怕火，在为数不多的幸福的童年记忆里，火就像陆清风的专属恶魔，瞬间将他所有的幸福化为灰烬。

# 目录 Contents

**099　第七章　与你并肩前行，尝遍喜怒哀乐**

　　有时，人的情感真的很奇怪，会在不经意间刻意去寻找那种怦然心动的情愫，也会在情愫突然降临的一刻感到害怕。

**119　第八章　原来，你是这样的总裁**

　　正午的阳光最是炙热，停车场上没有任何遮挡物，陆清风等在出口的栅栏后，因为食用了绿色植物后又被太阳暴晒，陆清风觉得皮肤发紧、灼热又刺痒，那种感觉就像是千条虫子在皮肤上爬行。

**133　第九章　纷扰尘世，幸而有你**

　　时光深处的记忆，就这样毫无征兆地被牵引而出，也让谢芷婠终于想起了十五年前的一切，亲生父母是因为救她才去世的，那一幕幕破碎的画面，犹如昨日之事，终于在这一刻又重见天日了。

**149　第十章　再遥远的星光，也能照进梦里**

　　谢芷婠强忍住的泪水，终于在"还有我在"四个字后夺眶而出，她将头埋在陆清风胸前，长久以来的坚强，终于在这一刻卸下伪装。

**163　第十一章　清风已回，你可安好**

　　他望着漆黑的夜色，那璀璨的繁星美不胜收，再望一眼怀中的人儿，不管是十五年前，还是十五年后，他都觉得，缘分如此，甚是奇妙。

**175　第十二章　离你最近的地方，路途最远**

　　她凝望着他高大的身影，忽而觉得命运真的很奇怪，它会让两个毫无交集的人，在某时某地相遇、错过，也会在若干年后，命中注定般让彼此再相遇、相恋，正应了那句诗的意境，在离你最近的地方，路途最远。

**189　第十三章　回到最初，才能解开心结**

　　那日的陆清风，黑色西装外穿了件驼色长风衣，器宇轩昂、仪表不凡。谢芷婠始终跟在他身后，比任何人都明白他心里的痛苦与无奈。

**201　尾　声　爱你的人，总会在原处等你**

## 楔子
## 一条时光深处的新闻

"2000年12月31日晚,通岛市儿童主题乐园在举办跨年派对活动期间,卡通广场上忽然不明原因发生爆炸事故。根据通岛市相关部门截至凌晨4时统计,目前有3名成年人遇难,受伤32人。具体爆炸事故原因,还将进一步调查。"

木箱里平整地放着几张泛黄的报纸,浓重的油墨味混杂着霉腐味。

而这简短的新闻,就像一把开启记忆之门的钥匙,让时光深处的一幕幕,就这样毫无征兆地被牵引而出,那些支离破碎的画面,也犹如昨日之事,终于在这一刻重见天日了。

# Chapter 01 第一章
## 坠入谷底的生活，
## 谁能带来一片明媚

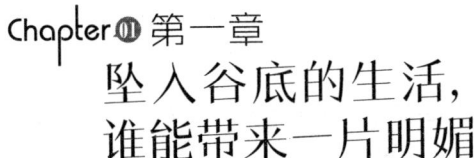

在酒精的作用下，熟睡中的谢芷婧又听到了那句无数次出现在梦中的话，有个小男孩附在她耳边说："在清风和煦的时节里，我会回到你的身边。"而脑海中，到处是受伤的孩子，碎了一地的游乐设施沾染着鲜红的血液，令人不禁胆寒。

# 1

清晨阳光正好，温暖的光线穿过鹅黄色的窗帘，落在松软的棉被上，床上的人慵懒地转过身，继续沉沉睡去。

餐厅中，传来玻璃器具碰撞的声音，以及鸡蛋与热油接触后的"吱吱"油炸声。

忽然"哐"的一声，房门被人用力踢开，身着T恤短裤的谢芷婧跑到床边，一把掀开被子，看着熟睡中的男子半裸着结实的上身，她微愣片刻，扬手一巴掌打在男子的肩膀上，吼道："哥，老妈不是让你睡觉时也要穿睡衣吗？好歹我也是女生。"

谢芷婧的哥哥就是睡着了的齐安，一个帅气、自恋又吊儿郎当的家伙，却对唯一的妹妹有求必应，爱护有加。

只是突袭而来的凉意和疼痛，让熟睡中的齐安很不适应，只得抱紧双肩，反驳道："我们是兄妹，更何况你比很多男人还勇猛，何必那么矫情呢？"说完，齐安将脑袋埋进枕头里。

"那你记不记得今天要参加我的毕业典礼？"谢芷婧抬头看到日历还停留在2015年6月29日，于是顺手撕掉。

齐安睡眼惺忪地抬起脑袋，乐呵呵地敷衍："好好好，我睡醒就去。"

时钟上的指针显示是八点整，谢芷婧着急外出，又对哥哥无可奈何，于是凶巴巴地威胁道："你要敢不去，这辈子兄妹没得做！"

随着木门被重重地关上，原本装睡的齐安胡乱地披件外衣就从床上跳下来，客厅空无一人，谢芷婧已经出了门，餐桌上放着一份早餐，煎蛋三明治和一杯橙汁。

齐安嘴馋，拿起三明治狠狠咬了一口，却看见盘下压了张字条，上面写着——

**同学们都有家人陪，毕业典礼我真的不想一个人，哥哥你一定要来。**

句子的末尾还画着一张皱眉的哭脸。

这是谢芷婧的撒手锏，从小到大，只要她眉头一皱，眼泪一掉，齐安准会手忙脚乱地安慰，并对她提出的事情全都予以满足。

齐安冲着字条温暖一笑，想起十多岁的谢芷婧扎着马尾、穿着洋裙的可爱模样，但就是这个小时候还有点淑女气质的妹妹，却在二十四岁时变成了强悍的女子，而今天就是她从海雷保镖培训基地毕业的日子。

想到这，齐安不禁打个寒战，在衣柜前来回翻找，毕竟是妹妹的毕业典礼，能故意装睡逗她，却不敢真的不去，因为动起武来还真不是她的对手。

## 2

微风和煦的海雷保镖培训基地的操场上，几十名穿着作训服的学员正在照毕业照，清一色的男学员中，站在其中的谢芷婧显得格格不入。

谢芷婧是这一届海雷保镖培训基地里唯一一名女毕业生，所以在受训期间，她几乎没有要好的朋友。虽然早已习惯独自一人，但望着餐饮区男同学们和家长亲密地聊天，她心里很不是滋味，于是随手端起桌上的高脚杯一饮而尽，辛辣的酒味瞬间让味觉麻木，更让毫无防备的她心底一惊。

就在谢芷婧慌忙去寻找食物想要冲淡嘴里辛辣味的时候，不知从哪传来一句惊叹声："这人好帅啊！"

谢芷婧举着刚要塞进嘴里的蛋糕循声望去，一个身穿玫红色西装、戴着大框墨镜的男子在入口处四下张望着，然后直冲谢芷婧走去。

那人正是齐安，利落的短发梳得笔挺，器宇轩昂的模样与赖床的家伙简直判若两人，虽然大家都啧啧赞叹，可是谢芷婧却觉得他这种打扮太扎眼，甚至有点丢人。

不过对于大家的称赞和好奇的目光，齐安并不在意，他几步走到谢芷婧面前，一低头吃掉她手里的蛋糕，问："哥哥来了，这次开心了吧。"

见齐安神气地笑着，谢芷婧对他嗤之以鼻，但回过头又撒娇般地挽住他的手臂，齐安也习惯性地揉揉她缩起的长发。每一次，被哥哥齐安如此宠溺的时候，谢芷婧都有种说不出的幸福感，而她这般撒娇的一面，大概也只会在齐安面前展示了。

"如果爸爸妈妈也在就更好了。"谢芷婧顽皮一笑，"我是不是太贪心了？"

"怎么会？"说这句话时，齐安的眼神中流露出一丝心疼，"爸妈正在从外地往回返，你放心吧，一定会赶来看你的。"

兄妹两人正说着话，好友李敏熙背着相机从人群中挤了过来，只是随便打了下招呼，便扯住谢芷婧做挡箭牌，不停地按着相机按键。

齐安有些不耐烦："你到底在拍什么？"

李敏熙做了一个噤声的手势，小声道："你别吵，我在拍企业界的新秀总裁，而且是位帅哥！"齐安起了好奇心，左右张望，问："有我帅吗？我可是律师界公认的帅哥。"

因为谢芷婧的关系，齐安和李敏熙也是常常斗嘴的冤家，但作为一名报社记者，李敏熙更是有着出了名的毒舌口才，见齐安这样自恋，她不禁冷哼一声："实习律师而已，要不是你家境好，估计没有律师事务所敢收你吧，不然你为什么不去你爸的律师事务所工作呢？而我拍的这人，你能想到是谁吗？"

等清风与你一起归来

齐安一脸不屑:"我是不想靠我爸!再说管他是谁,跟我有什么关系?"

"人家是瑞曼休闲娱乐公司的总裁,陆清风!"李敏熙说着还不忘叫上谢芷婧,"你也看看嘛,据说不仅年轻有为、风度不凡,因为不愿在父亲的陆氏集团工作,才接手了子公司瑞曼。"

可是谢芷婧完全没心情看帅哥,今天说是毕业典礼,其实是许多有钱人来聘请保镖的高级招聘会,眼看着众多男学员悉数与大公司签订合同,谢芷婧的心里失落到了极点,再加上方才那一杯烈酒,此刻她竟有些头晕目眩。

见谢芷婧神态有些异样,齐安关心地问:"你没事吧?"

闭目休息了好一会儿,谢芷婧摆摆手:"刚误喝了一杯酒,一会儿就好。"

话毕,谢芷婧刚想要坐回椅子上休息,就听到远处有人唤她名字,抬头一看,是培训基地的人事导师辛泽良。

辛老师年过五旬,是个开朗又热心的老师,每年负责学员们的外派工作,也是谢芷婧练习巴西柔术的师父,而在毕业的关键时刻,师父自然对徒弟的去处倍感上心。

辛老师气喘吁吁地跑过来,来不及解释,拉着谢芷婧就走,边走边念叨着:"可别说师父我不帮你,女保镖本来就不容易被聘用,但这回有个人偏偏指定就要女保镖!"

辛老师念叨了一路,头昏沉沉的谢芷婧却一句没听进去,到了休息室门口,她还搞不清状况一头撞在了门框上。

谢芷婧是被辛老师拽进休息室的,站在中间的她,努力睁开双眼,晕眩的视线中看到几名穿黑西装的男人呈一字形站在墙边,沙发上坐着一位穿着墨色风衣的男子,他双手交叉,一双深邃的眼睛紧紧盯着谢芷婧。

"谢芷婧同学,这位是瑞曼休闲娱乐公司总裁陆清风先生。"辛老师提醒道。

然而沾不得酒精的谢芷婧,早已失去了理智,她眉头一挑,语气逗趣,问:"总什么?总统还是总厨?颠勺的大厨怎么会需要保镖呢?师父你又开我玩笑。"

辛泽良带过那么多学生,虽算不上是名师,但好歹在业内有些名气,眼看着谢芷婧如此失态,只好冲着陆清风赔笑,解释道:"这是我最得意的门生,也是我们海雷保镖培训基地今年毕业的唯一女生。"

一直不语的陆清风仰起冷峻的侧脸,开口:"既然是辛老师的得意门生,那就让这位展示一下功夫如何,我也好再决定要不要聘用。"

陆清风的话合情合理,毕竟人家是大老板,花钱聘请保镖自然要看看水平如何。

辛泽良心里七上八下地挪到谢芷婧旁边，一字一句地说："练一套擒拿术。"

东倒西歪的谢芷婧挠挠头，刚摆好出击的姿势，哪想双脚一软，竟跟跄摔倒在地。

"哼。"陆清风由鼻腔中发出一道鄙视的冷笑声，随即看向辛泽良："看来辛老师的得意门生也不过会些三脚猫的功夫。"说完，他手一挥，起身就要离开。

陆清风故意提高了分贝，整句话听上去充满了蔑视，而摔疼的谢芷婧将他的话也听得清清楚楚，那种傲慢无礼的人可是她最讨厌的，于是带着心里一团怒火和不清醒的思绪吼道："喂，你这个没教养的家伙，凭什么侮辱我师父！"话音刚落，她灵敏地蹿起身，正要冲着陆清风使出一个抓腕压臂的招式，他却幸运地侧身躲开了她的袭击，然而不幸的是，谢芷婧刚巧抓住了他的衬衣，两个人反方向一用力，布料柔滑的衬衣便被硬生生地撕开。

谢芷婧也被震惊了，但由于手里还抓着衣服，来不及松开就被他的力气给拉了回去，不偏不斜，刚好撞在陆清风裸露在外的结实的胸口上。

那一刻，谢芷婧像只被定格的木偶，愣在原地不知如何是好，只觉得碰到他胸口的脸颊像被丢进烤箱的苹果，滚烫又焦灼，本该松开手的衣角，此刻也因为紧张攥得更紧。

陆清风也没有动，只是淡定地说道："看来雇用你做保镖，本身就是一种危险。"

闻言，谢芷婧缓缓抬头与他四目相接，模模糊糊的视线中，她好似看到男人白皙的肌肤，星目深邃，剑眉高挑，英挺的鼻梁，唇若涂脂，帅气中散发一丝忧郁、一点儿高冷，又拥有强大的气场。

要知道，在谢芷婧 24 年的生活中，即便是与哥哥齐安，也不曾有这样亲密的举动，她分明感觉到自己异常的心跳。

见谢芷婧依旧没有起身的意思，便低头打量起她，红彤彤的小脸，一双惊慌又不安的眼睛正望着自己。

但陆清风依旧保持冷冷的神态，他猛地直起身，随手拉上外套，转身的间隙冲着一字排开的下属命令道："我们走！"

重新安静下来的休息室里，谢芷婧怔怔地抬起右手，一粒心形的蓝色纽扣躺在她的掌心，应该是方才被她一把从陆清风衬衣上拽掉的，她又不禁想起方才那一幕幕，恍然间便晕厥过去。

辛泽良扶着额头长叹一声，自语道："谢芷婧啊谢芷婧，为师这张老脸今天算是被你丢尽了……"

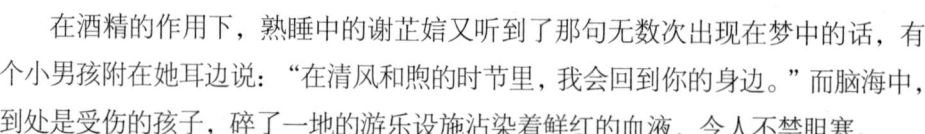

3

　　在酒精的作用下,熟睡中的谢芷婧又听到了那句无数次出现在梦中的话,有个小男孩附在她耳边说:"在清风和煦的时节里,我会回到你的身边。"而脑海中,到处是受伤的孩子,碎了一地的游乐设施沾染着鲜红的血液,令人不禁胆寒。

　　"啊!"谢芷婧忽然一声惊叫,从睡梦中醒来的时候,她发现自己正躺在医院的病床上打着点滴,病房里柔和的灯光与窗外如墨般的夜空形成鲜明的对比,窗下的沙发上则坐着一个满脸惊愕的人,估计是被谢芷婧的尖叫声吓到了。

　　"哥。"谢芷婧唤道。

　　齐安回过神,数落着:"做噩梦了?你也是,明明对酒精过敏,还非要喝酒,要喝点水吗?"

　　谢芷婧摇摇头:"我以为是饮料嘛。"她努力回想着方才发生的事,问:"我刚刚是不是做了什么丢人的事?"

　　谢芷婧对酒精过敏,但凡碰一点儿都会头晕目眩,然后昏睡几个小时才能清醒过来,至于其间发生的事情,她通常都会忘得一干二净。

　　齐安闷笑一声:"还好,最多会被别人误以为是女色狼。"

　　"不至于吧。"她不可置信地问道,眼睛盯着齐安仔细打量。她觉得一定是发生了什么事,因为齐安最不会撒谎,所有的心事都会表现在脸上,她问:"你是不是有什么事瞒着我?"

　　齐安笑着耸耸肩膀,但是谢芷婧却在那紧皱的眉宇间察觉到一丝沉重。

　　"从小到大你没有任何事能瞒住我,说啊,我们是兄妹。"谢芷婧着急地抓住齐安的手腕。

　　视线中,齐安吞了下口水,幽幽地从衣兜里掏出手机递到她面前。

　　谢芷婧疑惑地看去,短信中简练地写道:你父母因资金问题被调查,名下房产近日会被法院查封。

　　突如其来的一句话,犹如晴天霹雳,任谢芷婧的内心再怎样强大,也会坐立不安,她担心地望着齐安,问:"这消息确定了吗?会不会有误会?"

　　"爸妈确实被调查了。"齐安语调低沉地回答,而这个消息对齐安来说也是很大的打击,说话的时候,嘴唇在轻轻颤抖。

　　看着齐安一副不安的模样,谢芷婧鼻头酸楚,自我安慰道:"我相信其中一定有误会,这么多年爸妈一直是充满正义的律师。"

　　眼见谢芷婧泪如雨下,齐安心疼地抱住她:"不会有事的,还有我在,哥哥

会想办法的。"

这些话不过是暂时安抚谢芷婧罢了,他想到的办法到底能否行得通,他自己也没丝毫把握。

齐安掏出手机,埋头翻找半天,谢芷婧似乎看穿了他的想法:"爸爸的那些朋友会帮我们吗?"

"应该会吧。"齐安头也不抬,这是他拨打的第四通电话,但无一例外,全都无法接通。齐安不知所措又满心烦闷,一生气将手机扔在地上:"平日都以朋友论亲疏,如今看来不过是些笑里藏刀的势利眼,这会儿全都避之不及。"

这样的结果也是意料之中的,两名律师被调查,谁不怕被殃及,谁不想摆脱得一干二净?谢芷婧倒是对这些所谓朋友的行为很是理解,但她也是真的害怕了,她真的不想再失去养父母了。

虽然谢芷婧是在九岁那年被齐家收养的女儿,但这些年来,齐安得到的关爱,她一点儿也没少,甚至齐家父母更加宠爱她,上最好的大学,学喜欢的功夫,只要她想做,齐家父母就不会阻拦。这些年,谢芷婧知道自己被收养的事,记忆中偶尔也会闪过在游乐场爆炸的片段,只是时间太久,她头部又受过伤,当年的事已想不起来了。而齐家父母都对她视如己出,她想要问自己亲生父母的事就一直被她压在了心底。

所以,对谢芷婧来说,能再次感受到父母之爱已是很难得、很珍贵的事。好在此刻她并不是一个人,虽然齐安也无计可施,但总归是宠溺爱护她的哥哥。

那晚的夜特别长,长得像是整个天地都被布幔遮盖。齐安和谢芷婧并排坐在病床上发呆,他们在想着如何尽自己的力量渡过难关,或许也在期待着,明天会是个充满希望的开始吧。

至少,要怀揣这样的期待。

浓郁的鲜香味弥漫在空气中,带着一种独特的温存感飘进谢芷婧的鼻腔中,叫醒了她的味觉和食欲。

谢芷婧睡眼惺忪地从床上坐起来时,齐安正站在桌旁倒着粥,几缕晨光凑巧落在他安详的脸庞上。

"醒了?有你喜欢的鲜虾麦片粥。"齐安说着将碗和汤匙递到谢芷婧的面前,眉眼间带着轻松的笑意,丝毫看不出有一丝愁闷。

抿了一口粥,谢芷婧觉得味道并不是妈妈做的,不禁有些诧异:"这粥是你熬的?"

"我可不会做饭,是李敏熙一早送过来的,说着急回报社就走了。"齐安也

等清风与你一起归来

吃了一口粥,刚吞下去就眉头紧皱,一脸苦笑,"和爸妈那些见利忘义的朋友相比,这个李敏熙也算是不错了。"

"她是很好的女孩子,也是我最好的朋友。"谢芷婧将粥喝尽,纠结半天,问,"哥,你今天要去哪里?"

齐安习惯性地耸了下肩膀:"先回律师事务所,我们领导跟爸爸是同学,我先去打听下。"整理好衣领,他又宠溺地看着谢芷婧:"你自己能出院吗?"

想要假装坚强也好,想要让哥哥安心也罢,谢芷婧挤出一个明媚的微笑,说:"我可是保镖学院毕业的女生,喝点酒还不至于就病恹恹的,你快去忙!"

谢芷婧不给齐安道别的机会,风风火火地将他推到病房门口,直到看着他离开,才长舒一口气。

上午九点,谢芷婧刚换下病号服,桌上的手机就响了起来,打电话的是辛泽良老师。

谢芷婧按下接听键,问:"师父,有什么事吗?"

辛泽良口气有些无奈:"昨天你晕倒了,包还留在休息室呢,我拿回办公室了,一会儿你过来取,我最近要去国外参加个研究会。"辛老师轻咳一声:"那个找工作的事你也别着急,我再帮你留意些。"

家里出了事,至今还没见到爸妈,谢芷婧压根就没心情想找工作的事,只好客气道:"我没事,麻烦师父了。"

离开医院,谢芷婧在街上游荡,她摸摸衣兜,只找到30元零钱,钱包还在师父的办公室,想想也没地方可去,便叫了一辆出租车:"师傅,去海雷保镖培训基地。"

正是盛夏时节,灼人的烈日烘烤着出租车,谢芷婧胸闷难受,她摇下车窗,凉风没等到,一股热浪伴随着呼啸而过的汽车,直扑向她的面颊,强大的气息令人睁不开双眼,她再定睛看去,绝尘而去的是一辆凯迪拉克黑色跑车。

本就心情不好的谢芷婧忍不住吐槽两句,她刚想换到内侧座位时,便看到端着相机的李敏熙就坐在与她并驾齐驱的轿车中。

谢芷婧唤了两声,见李敏熙只顾着看相机,她匆忙拨通了电话。

还不等谢芷婧开口,手机里就传来李敏熙哭天抢地的抱怨:"这工作真是没法干了!人手不够还要我出来跟拍,我们开着小破车根本追不上人家的跑车,拍不到照片还要被领导骂。"

"你们又在追谁?"

"还能是谁,就是那个瑞曼休闲娱乐公司的总裁陆清风啊,最近报社人手不足,

竟然把我临时调到财经板块,我现在连陆清风一张照片都没拍到,更别提采访了!"李敏熙自顾自地说着,突然话锋一转,"芷婧你不是没找到工作吗?我们报社刚好缺人手,你来吧。"

闻言,她匆忙打断李敏熙:"算了吧,我可不想白白浪费了在海雷学到的功夫。"

"你就是自讨苦吃,好好一个女生你当初干吗非要当保镖,现在找不到工作傻眼了吧?"李敏熙还想再说些什么,但手头似乎又来了工作,连声招呼都不打便直接挂断了电话。

对李敏熙这样火急火燎的性子,谢芷婧早就习以为常了,她抱着双臂靠在车窗旁,任由闷热的夏风扑面而来。

出租车在校门外停了下来。

忙完毕业季的海雷保镖培训基地,恢复了许久未有过的宁静,空阔的操场上投下一排杨树茂盛的阴影。

谢芷婧穿过教学楼,径直朝办公楼二楼走去,走廊的尽头就是辛泽良老师的办公室,虽然早就知道老师不在,但作为一名受过训的保镖,谢芷婧还是在木门上轻轻地敲了三下,继而推门而入。

背包就放在茶几上,谢芷婧拿起来随手背在肩膀上,那一瞬间有什么东西被带到地上,发出清脆的响声。

她循声望去,是一枚心形的蓝色纽扣,脑海中瞬间像被安装了一台播放器,昨天发生在休息室的场景她都悉数想了起来,那件衬衣、那副令人心跳的胸膛,以及那暧昧的距离。即便此刻的谢芷婧只能回想到些许情节,即便对那个男人的长相和名字都丝毫没有印象,但那些若隐若现的画面,还是让她的心里有着小鹿乱撞的慌张感。

想必是昨天晕倒时纽扣掉在了地上。谢芷婧打量了片刻,本想丢掉它,可再看去又觉得纽扣模样特别又精致,便顺手丢回自己的衣兜里。

回家的路上,谢芷婧给哥哥齐安打了三次电话,全都无人接听。想着一天内发生了那么多事,谢芷婧低着头,忧心忡忡地漫步前行。忽然,耳边传来齐安的吵闹声,她抬头望去,哥哥被几名身穿制服的男人拦在家门外。

"你们是谁?这里是我家!"见哥哥势单力薄,谢芷婧怒气冲冲地冲上前。

推搡中,谢芷婧这才注意到那些人身穿法院制服,她有无数疑问,还没问出口,就有个领头模样的胖男人站出来解释:"这处房产现涉及调查,已被查封。"

"查封?"谢芷婳不可置信地重复了一遍。

听了胖男人的话,齐安突然平静了许多,他定定神,问:"如果我们想再拿回这套房子,有什么办法吗?"

胖男人有些于心不忍,语气也委婉许多:"案子结束后,会通过法律程序办理解封手续,进而对房产进行拍卖,拍卖成交价一般都低于市场价,所以……"

两兄妹被挡在家门外,里面的东西他们目前也不能带走,据说爸妈还在接受调查,会有相关部门来搜找材料。

暮色渐黑,霓虹闪烁,在这座繁华的城市,谢芷婳第一次感觉到人情冷漠,她抬头看看走在前面的齐安,垂头丧气的模样,使他的背影看上去更显落魄。

"哥,一切都会好起来的,等我找到工作,赚够了钱,我们把家买回来。"谢芷婳本想安慰齐安,却没想到他比自己更开朗。

只见齐安两手插在裤兜里,轻松的笑容代替了方才落魄的背影,似在调侃:"放心,还有哥哥在,我现在已经开始接案子了,你知道吗?律师收入很高的。"说着,他揽过谢芷婳的肩膀:"今晚我们就先住宾馆将就下吧。"

两兄妹并肩前行,街灯的映照下,他们的身影被拉长许多,也亲密许多。

一落千丈的感觉,谢芷婳是真正体会到了,她站在宾馆大厅里,盯着来来往往的人,总觉得经历的一切都不太真实。

正在她发呆的间隙,齐安已经订好了房间,并将钥匙递了过来:"我就在你隔壁,有事叫我。"

谢芷婳点点头,望着哥哥走进房间前冲她微笑的脸,好像这几天遭遇的事情,都不会再让她害怕了。

然而那个夜晚,不管是对谢芷婳还是齐安来说,都注定是个无眠之夜。

谢芷婳靠在窗边,思量许久终于做出一个决定:去工作!

没错,工作!不管做什么,她都不能任性地只做自己想做的事情,她要帮哥哥分担压力,哪怕薪水微薄。

她紧紧抱着双肩,迷茫又担忧地望着繁星满布的夜空。

不过,一个新的工作、新的开始,谁知道会有怎样的境遇,而谢芷婳如今跌入谷底的生活,谁又能为她带来一片明媚呢?

4

然而,社会这个大熔炉有时是很残酷的!尤其对于谢芷婳这样刚刚毕业,又

毫无职场经验的"菜鸟"来说，哪家公司会招聘一个擅长"功夫"的女生做文员呢？所以在网上投的简历全都杳无音信后，坐不住的谢芷婧干脆跑到一家高级餐厅兼职做起了服务生。

那是谢芷婧入职的第五天。正值午休时间，也是用餐的高峰期，谢芷婧端着托盘从厨房走出来时，刚好在拐角处碰到鬼鬼祟祟的李敏熙，她好奇地问道："喂，你怎么在这儿？"

被身后突然响起的声音吓了一跳，李敏熙差点将手里的相机给摔了，看见是谢芷婧匆忙掩住她的嘴，小声提醒道："你小声点，我在拍证据呢。"

谢芷婧来不及问清缘由，只见李敏熙身后走来一名壮汉，站在一米外的地方，一副质问的口气："你们是哪家报社的？我们不接受采访以及偷拍！请删掉你拍摄的所有照片，我需要确定下！"

见李敏熙双手抱牢了相机，并没有要交出去的意思，壮汉再次警告："不交出来的话，别怪我不客气。"

"没必要客气，给我把相机抢过来砸掉，看你们这些记者还敢不敢偷拍！"一个低沉的中年男声从壮汉一侧传来，带着命令的口吻。

那中年男人身高不足一米七，却满脸横肉，腆着将军肚，左侧眉心中长着一颗蚕豆般大的黑痣，鼻翼两侧的法令纹随着表情而加深，一看就不是个慈眉善目之人。

"你到底在跟什么新闻啊？怎么招惹到这种人？"谢芷婧扯了下李敏熙的衣角，小声追问道。

李敏熙回头与她对视一眼，谨慎地挤出几个字："这人叫邱明，可不是什么好人！"

话音刚落，壮汉就伸手要抢夺李敏熙怀中的相机，两人争夺中僵持不下，却不想那高壮的男人竟抬手打了李敏熙一巴掌，用力之大到直接把瘦弱的李敏熙摔在地上，嘴角渗出些许血迹。

大庭广众之下，如此粗暴地对待一个女生，这让拥有一身武艺的谢芷婧很是窝火，更何况被打的还是她最好的朋友！

只见谢芷婧将托盘丢在餐桌上，然后不露声色地掠过李敏熙身旁，在停于壮汉身前的一瞬间，她用了一招最残忍的指戳攻击法，击中壮汉的喉结处，对方应声倒地。然而一人倒下，六名壮汉却从餐厅外涌入，个个西装革履、眼戴墨镜，气势凶猛地包围住谢芷婧。

和力气强大的男人对抗,谢芷婼哪还记得武功套路,能抓在手里的都是武器,托盘、汤勺、花瓶……她刚推翻一张桌子,一记重拳便落在她左脸颊上,痛楚夹杂着一阵眩晕让她不禁后退两步,李敏熙担忧地问:"你没事吧?别管我了,你先走吧!"

丢掉朋友一走了之,这种事谢芷婼绝对做不出来,她故作轻松地回答:"怎么能我一人走,要走……也要一起啊。"话音未落,她拉起李敏熙就朝餐厅出口跑去,引得六名墨镜壮汉奋勇追了出去,阻路的餐车、桌椅和客人被撞得摔倒在地,瓷盘碎裂的声音和人们的惊呼声交杂在一起。

餐厅一名男主管闻声赶来,看着原本高级的餐厅变得一片狼藉,一双充满怨恨的眼神望向穿着餐厅制服且越跑越远的谢芷婼,声嘶力竭地吼道:"我不会放过你的!"

而逃出去的谢芷婼和李敏熙一溜烟钻进路边的出租车里,总算能喘口气的谢芷婼心有余悸地指着前方:"司机快开车,别管去哪儿,一直往前开!"说完才倒在车座上,拍着李敏熙问:"他们到底是谁?"

李敏熙确定相机完好无损后,翻出相机里面的照片,指着一个中年男人给她看,解释道:"这人是瑞曼休闲娱乐公司的高级主管邱明,我接到匿名举报,说这人利用职务之便虐待、打压下属。"

一直认为李敏熙跟的新闻都是些无关紧要的花边新闻,想不到这次新闻竟然这么惊人。谢芷婼气得咬牙切齿:"这种丑闻一定要爆出来,这也太可恨了!不过他是哪个公司的?"

"瑞曼!你没听说过瑞曼休闲娱乐公司吗?"李敏熙音量高出八个分贝,不可思议地盯着谢芷婼。

"不知道。"向来只知道训练的谢芷婼,哪里关注过财经新闻和企业家的花边消息,但转念一想:"不过我总觉得瑞曼这两个字有些耳熟,在哪儿听过呢……"

李敏熙直截了当地打断她,耐心地科普道:"当然耳熟!瑞曼是全国第一大休闲娱乐公司,旗下的大型游乐场、高尔夫球场、电影院,你能想到的休闲场所瑞曼全都涵盖了,而且是遍布全国,这样大的公司一点儿丑闻都有可能引来巨大损失,而且更重要的是……"

李敏熙说到此处故意拉长音,吊足了谢芷婼的胃口,她探下头:"重要的是什么?"

李敏熙立刻换上一副花痴的表情："重要的是瑞曼的总裁陆清风是个帅到连男人都嫉妒的人。"

"喂，这就是你的重点吗？真是花痴！"因为生气而牵动嘴角瘀青的伤口，谢芷婳赶紧闭上嘴。

李敏熙帮她检查了下伤口，口腔内壁和牙齿缝上还残留着血迹，想不到这些人出手会这般重，李敏熙建议道："还是去检查下吧，司机，麻烦去医院！"

大大咧咧的谢芷婳不想去医院，推推就就半天，还是没拗过李敏熙。

她被李敏熙推进了医院，看着满大厅排队挂号的病人，谢芷婳一摆手："这点伤不碍事，不用看医生。"

李敏熙一把抓住她，安抚道："你为了我打架受伤，你不看医生我可过意不去。"说完，李敏熙跑去自动挂号机上挂了号，然后生拉硬拽地把谢芷婳带到了口腔科。

好在伤口并无大碍，只是口腔壁被牙齿硌破，稍微清理了下，两个人就走出了医院。

"都说了没事，你真是大惊小怪！"

"是啊是啊，你没事我才能安心！"

两个人正在斗嘴时，一阵刺耳的刹车声从医院门外传来，谢芷婳应声望去，几名佩戴墨镜的壮汉从车内走出，与出租车司机耳语几下，朝她们的方向跑来。

"真是阴魂不散！"谢芷婳吐槽完，指着医院外围的行人通道，说，"我们分开走！你去开车，我把这些人引开。"

话毕，谢芷婳故意跑到医院正门，待确定被发现后，她又一溜烟钻进了医院大厅。

正是下午两点，医院内人流量很大，谢芷婳左转右拐也不知道自己跑到了哪里，气喘吁吁的她刚坐到休息凳上，远处便传来一阵吼声："在那儿！快去抓！"

谢芷婳抬头望去，被病号人群挡在楼梯口的墨镜壮汉正奋力朝她挤来。

来不及思考，谢芷婳扭头朝走廊另一侧方向跑去，还不时回头观察下壮汉的动向，可就是那个回头，让她生生撞进一个人的怀抱，"哗啦"一声，手里的病历和背包里的东西掉落一地。

"对不起！"谢芷婳慌忙道歉，从那男人的怀中撤出身子，然而余光一瞥，她才发现面前这个人西装革履、佩戴墨镜，虽然看不到完整的长相，但一脸严肃的样子让谢芷婳神经紧绷，暗自念叨："这群人一天到晚戴着墨镜，生怕别人不知道他们是打手。"说话的动作再次牵动嘴角的疼痛，她死死盯着那人，暗想："打

等清风与你一起归来

破我嘴唇这仇我一定要报！"

可是，这个"打手"却愣在原地半天，并没有要抓谢芷婠的举动，而是突然指着地上一枚心形的蓝色纽扣，问："这个……"

话未说完，谢芷婠抬脚踢在那名"打手"的关键部位，而后便是一声惨叫响彻整个走廊。

谢芷婠胡乱收拾好背包，抓起地上的病历就跑得无影无踪，只留下那名可怜的"打手"扶着下身痛苦地翻找手机。

不多时，一名戴着黑框眼镜的男人冲到"打手"的身旁，惊慌而小声地询问："陆总，发生什么事了？"

没错，谢芷婠出脚踢的人不是邱明的"打手"，而是瑞曼休闲娱乐公司的总裁陆清风！

"佟骁，先把病历捡起来……"陆清风长长吁了一声，全然没了总裁应有的沉稳霸气范，他咬牙想要直起身子，可下半身的疼痛感却经久不散，只得狠狠地再次蹲回墙角。

"陆总，这病历不是你的。"

助手佟骁的话让陆清风心底一惊，一把抢过病历，封面底部赫然写着"谢芷婠"三个字。

"谢芷婠，谢芷婠……"陆清风咬牙切齿地念着这个名字，似要将这个人生吞活剥一般，命令道，"不能让外人知道我的病情，快去追那个女人，一定要拿回病历！"

陆清风被助手搀扶回轿车内，谢芷婠的病历被他揉搓得折痕满布，下体的痛感没有一分减弱，可是碍于面子，他死活不肯去就医。一想到被踢的那一下，陆清风心中就燃起熊熊大火："简直是个疯女人！"咒骂完，他将墨镜狠狠地摔在座位上，而他眼角周围是几块类似胎记一样的黑斑。

芸芸众生，两个人不期然的偶遇与交集，本就是种妙不可言的缘分。

而这两个受伤的人，在两次毫无征兆的相遇后，天知道他们摩擦出的火花会是良缘还是恶缘呢？

## Chapter 02 第二章
## 以最奇葩的方式相遇

此刻温柔的水像一把利剑，随时都会要了谢芷婧的命，她的鼻腔和嘴巴已经无法呼吸了，四肢也停止了挣扎，整个人慢慢下沉，死亡的恐惧感侵袭着她最后一丝知觉……

## 1

七月的澳大利亚，正是最寒冷的季节，在布里斯班市临近海岸的一栋高层客房中，身着运动服的陆清风正在跑步机上跑步，他身后是装修豪华的客厅，银色与褐色相间的地毯上摆着欧式的皮质沙发，通向阳台的复古铁门两边是两盆高大的散尾葵盆栽，环境雅致的客房中，舒缓的钢琴曲从唱片机中传出，明晃晃的光线穿过巨大的落地玻璃窗，落在陆清风渗出汗珠的侧脸上，他眉头一紧，听到一连串急促的敲门声。

来人是陆清风的助手佟骁，比陆清风年长十岁，戴着一副黑框眼镜，看上去文质彬彬，是个性情稳妥之人，但此刻却显得很是焦灼："陆总陆总……"

两个人共事已久，陆清风十分信赖佟骁，关系自然也不同于一般的上下级，只见他按下跑步机上的暂停键，边擦汗边说："说了多少遍，私下叫我名字就好。"

佟骁顾不上在乎这些细节，顺手递上一份报纸："出事了，你快看！"

陆清风疑惑地接过报纸，是《真相周报》一周前的报纸。

报纸的正版版面，写着"瑞曼高层主管深陷丑闻，利用职务虐待、打压下属员工"的标题赫然在目。

佟骁问："最近公司有新上线的项目，这新闻一出，在国内会掀起很大舆论。"

陆清风瞄了眼文章作者一栏上写着"李敏熙"三个字，眉头渐渐舒展，摆手道："算了，这件事容易解决。"他突然看向佟骁，问："找到拿我病历的那个女人了吗？"

"还没找到，但是找到些资料。"停顿片刻，佟骁继续汇报道，"谢芷婧是海雷保镖学院的毕业生，但是辛泽良老师去国外开会，一时联系不上，学校方面以隐私为由不肯透露学生信息。"

闻言，陆清风眉头再次紧锁，努力回想着什么："海雷……谢芷婧……"他一下想起那日在医院里，散落一地的杂物中有一枚蓝色纽扣很是眼熟，现在想想当初在海雷撕开他衬衣的人就是这个谢芷婧！

"不过我查到，谢芷婧跟《真相周报》的李敏熙是好友。"

陆清风摩挲下嘴唇，随手将报纸丢在一边，修长的食指敲在玻璃桌上，冷漠的声音似在压抑着愤怒，命令道："明天回国，通知你手下的人，两天内把这个谢芷婧带到我面前！"

## 2

经过高级餐厅打闹的事件，谢芷婧连服务生的工作都没了。工资一分钱没拿到，

还赔了三千元损失费。一时没有去处的谢芷婧，只能寻找新的工作。

盛夏的天气总是变化无常，方才还晴空万里，这会儿乌云已奔腾而过，阴沉的天空不一会儿就下起了大雨。

那天，谢芷婧从劳动市场走出没一会儿，滂沱大雨便侵袭了整座城市，无处躲避的她只好挤到公交站台下避雨。而原来热闹的道路，也因为这场雨变得安静许多，以至于远处的责骂声都听得清清楚楚。

"我说过了，我们公司不招律师，你脸皮真是够厚的，赶紧给我滚！"

谢芷婧好奇一瞥，不远处的一家律师事务所大厅外，一名撑着雨伞的保安正在推着一个男人，而那站在大雨中挨淋的身影却是那样熟悉。谢芷婧心底一惊，那人不正是她搞怪自恋的哥哥齐安吗？

一直以来，齐安是那样在乎自己的形象，走到哪儿头发都要梳得一丝不乱，从小到大过着衣食无忧的生活，收到的也都是大家对他的称赞与呵护。而此刻，他高高梳起的头发被大雨淋得紧贴在额前，脸上是齐安从未有过的悲切表情。

一阵冷风夹杂着雨滴落在谢芷婧的脸颊上，冰冰凉凉的感觉，就像她此刻的内心。她的心一阵揪痛，此刻的大雨早已冲刷掉哥哥身上的开朗明媚。

不知是不是在冷雨中感觉到了一束炽热的目光，齐安突然抬起低垂的脑袋，看向公交站台的方向。谢芷婧看得真切，第一反应就是迅速躲到广告牌后，她知道哥哥的自尊心有多强，此刻又是多么落魄，这样的落差，哥哥一定不希望她看到。

一想到哥哥现在的处境，谢芷婧犹如万箭穿心，她无法出去找那位保安理论，无法给哥哥一个安慰的拥抱，她只能将湿透的后背紧紧贴在广告牌上，双手紧攥，感受让指甲陷进皮肤的疼痛，强迫自己忍住眼泪。

谢芷婧紧咬嘴唇，李敏熙刚好打来电话，她平复下情绪按下接听键。

"芷婧你去哪儿了？雨好大，我去找你。"

"不用了，你先回报社吧，我突然有事，先挂了。"

她狂奔出站台，叫停一辆出租车，短短几天发生太多事，她不知如何面对，只好一一去解开谜团，现在她要去一个地方，更要弄清楚齐安为什么会出来找工作。

雨依旧没有要停的迹象，谢芷婧在明辉律师事务所门前徘徊片刻，理好湿漉漉的头发，小心翼翼地推开玻璃门。

明辉律师事务所就是齐安一直实习的地方，当初他从政法大学毕业时，完全可以去父亲的事务所工作，可他却以被父亲看着不自在为理由，去了父亲好友的公司，也就是这个明辉事务所。

前台有位穿正装的女员工，看见有人进来，热情地问："您好，女士，有什么可以帮您的吗？"

谢芷婧摇摇头，上前问："您好，我想问下齐安是在这里上班吗？"

女员工不假思索："他呀，已经离职了。"

谢芷婧一愣："为什么？"

"听说他家出了事，老板怕被扯上关系吧，就随便找了理由把他辞退了。"女员工显露出八卦的本性，探出一颗脑袋问，"你是齐安什么人？有没有劲爆的消息透露呀？"

大概事不关己，才能谈笑风生吧。谢芷婧阴沉着脸，看着女员工，一字一句地说道："齐安是我哥哥！"

她实在懒得看对方一张尴尬的脸，转身径直离开事务所。

雨下了一天，整条街道都湿漉漉的，谢芷婧淋在雨中，看着车来车往和撑伞的行人，她第一次觉得生活如此艰难。但好在，再艰难的时刻，也有李敏熙催命般的呼叫。

这已经是李敏熙打来的第十三个未接电话了，她懒得开口说话，坐着公交车就往报社赶。

到底是十几年的好友，得知谢芷婧来了，李敏熙丢下手里的工作就冲出了报社，看着她失魂落魄的模样，什么都没问，将一串钥匙塞到谢芷婧手中："这是我租房的钥匙，你和你哥先去我那儿住吧，刚好我回家看望下爸妈，顺便住些日子。"

经历过别人的冷眼旁观，李敏熙的举动着实让谢芷婧鼻头一酸，泪眼汪汪地叫着："敏熙啊……"

"我是想爸妈了，不是为了你。"李敏熙怕她有负担，慌忙解释道。

谢芷婧感动得刚想伸手抱住李敏熙，却忽然意识到自己浑身都湿透了，不禁又撤回身子，倒是李敏熙咧嘴一笑，毫不嫌弃地将谢芷婧用力地抱在怀中。

李敏熙租的房子在郊区的一栋小高层里，周围交通不算便利，环境倒是清静，齐安好面子，宁可住在宾馆也不想借住在别人家中，但他担心谢芷婧跟着自己吃苦，费了好多口舌才说服她留在李敏熙家中。

那段时间，父母出事，齐安也没有了工作，没有经济来源的谢芷婧算得上身无分文。

而时运不顺时，不好的事真的就会接连发生。

谢芷婧跟齐安第一次去看守所时，因为案件还在调查中，兄妹两人并没有见

到父母，在委托律师的帮助下，才知道了他们的大概情况。原来齐父齐母在外出差时遭人举报他们收受好处故意输掉官司，如果查不出真相，很可能面临牢狱之灾。

许久不见，再加上担心，谢芷婧能想象到父母必是容颜憔悴，鬓角又生出许多白发，忆起往昔一家四口温馨幸福的画面，父亲依照惯例严肃地训斥齐安好好工作，母亲温柔地叮嘱兄妹两人要按时吃饭。

然而，现今这一切全都成了奢望。

从看守所回来后，谢芷婧将自己关在房间整整一周。昏暗的房间里，她将哑铃、拉力器练习得比以前更凶猛，她没有自甘颓废，只是需要好好想想，找不到保镖的工作，她还能做什么，她不能让阴霾的情绪一直伴随自己。

虽然住在好友家，谢芷婧却过意不去，为了早点赚钱租房，这次她直接在闹市区的一家大型超市做起了兼职的商品促销。

她本是瞒着哥哥齐安的，可那天在路边做促销展，她刚发完传单，一抬头看见齐安从自己身前走过，那样近的距离，他好像丝毫没有注意到她。谢芷婧的心提到嗓子眼，直到哥哥走出很远，悬着的一颗心才放下来。

超市的工作很是烦琐，谢芷婧将商品全都搬回货架时，已经到了卖场关门的时间。她走在回家的路上，从繁华的闹市区，到人迹鲜少的郊区，五光十色的街灯渐渐黯淡，夜市中喧闹的声音也变成了晚风吹动树叶的"哗哗"声。

而通向住处的前方，刚好有一条没有路灯的长巷，谢芷婧走了几步，总觉得除了自己的脚步声外，还有人跟在自己身后，她停在原处，身后也变得一片安静，而作为一名受过培训的保镖，直觉告诉她，自己被跟踪了。谢芷婧背好背包边走边摩拳擦掌，就在身后再次传来脚步声时，她猛地回身使出一个侧踢腿，黑暗中随即发出一声苍老而厚实的惊叫声。

"干吗呢？好好走着路，干吗转身踢人？现在的小姑娘真是不正常啊。"一位后背微驼的老大爷心有余悸地从她身边走过。

谢芷婧也为自己的神经质而暗暗咒骂，不停地对老人家道歉。再往前走一段路，巷首的墙边靠站着一个人在玩手机，透过手机的光亮，她看清了那人。

"哥，你怎么会在这儿？"看见是齐安，谢芷婧有些诧异，又有些尴尬。

齐安拎着大包小包地走向谢芷婧，调侃道："我本来担心你走夜路会有危险，不过现在看来，你真是连对老人家都不手软呢。"说着，他捂着肚子笑得直不起腰。

虽然被嘲笑了，但谢芷婧还是在齐安吊儿郎当的态度下，看出了对她的关心。

谢芷婧放慢脚步，沉重地望着齐安宽实的后背，忽然叫住他："哥，白天你

分明就看到我了,对吧?"

齐安一愣,随即换上一副搞怪的笑脸看向谢芷婧。

"你是故意装作没看到我的对不对?"谢芷婧继续问着,但她明白,齐安是怕她尴尬,亦如当初她在雨中看到他被保安谩骂时的心情一样。

父母被抓,房子被查封,工作被炒,而被这一切压在身上的齐安,却不愿让谢芷婧看到他有一丝的疲惫与悲伤。

未到苦时,必须笑对。这是齐安这些天对自己说得最多的话。

面对谢芷婧抛出的问题,齐安只字不答,而是走到她身边,一手将她揽住,强行拖走,口中还念叨着:"站在路边的你又丑又丢人,我才不要搭理你呢。所以,快辞掉那份工作,我已经找到了挣钱的好工作。"

暗夜中,兄妹两人聊着天,说笑着走进住宅楼。

不管遭遇了怎样的困境,日出日落依旧周而复始,与其在黑暗中自我消沉,倒不如迎着朝霞破茧成蝶。谢芷婧觉得,只要她和哥哥不放弃,一切厄运都会过去。

两人乘着电梯,刚跨出电梯门,便看到李敏熙在门前来回踱步,见到谢芷婧匆忙上前拉住她,一脸惊恐的表情。

齐安探着脑袋,问:"你闯什么大祸了,吓成这样?"

"哥!"谢芷婧瞪了齐安一眼,双手却被李敏熙握得发疼,便觉得是真的出了大事:"怎么了?是不是那个邱明又来找你麻烦了?"

"芷婧……我最近老感觉有人跟踪我。"话没说完,李敏熙就哭着抱住她,"你说是不是我爆出瑞曼公司的丑闻,他们要来找我报仇呀?"

齐安倒是宽心,拿过报纸看了下,不以为然道:"也没什么大不了的,像他们这种有钱人巴不得多出点这样的新闻显示风头呢,不用在意的。"

"我哥说得对,这最多是大家茶余饭后的谈资,没几天就不会有人在意了。"

被两个人一通宽心的安慰,李敏熙终于笑逐颜开。

那晚,齐安和李敏熙都留在了住处,三个人围在沙发前,吃着薯片喝着啤酒,微醺时分是最开心的时刻,因为那时能忘掉烦恼忧愁,只记得眩晕的世界里,对美好的所有幻想。

李敏熙已经彻底醉了,谢芷婧枕着齐安的小腿,看他已经睡着,轻语道:"哥,以后你不要再强颜欢笑了,不管发生何事,我都会陪在你身边,因为……我讨厌难以看穿真心……"说完,她沉沉睡去。

倚靠在沙发一角的齐安缓缓睁开双眼,轻轻揉了揉谢芷婧的头发。

第二章 以最奇葩的方式相遇

他多想也大醉一场，可以毫无顾忌地说出心里话，说出苦闷。但是，责任压身的人，总是难以以醉解愁。

而隔日，谢芷婧是在阳光正好的上午苏醒的。随手摸到手机，揉着惺忪的睡眼看了看，竟然九点了，顾不上叫醒齐安和李敏熙，她跑进卫生间擦了下脸，就冲出了门。

上班时间是彻底晚了，但谢芷婧还抱着一线希望，期待着卖场主管能在百忙中忽略她，然而现实中大多数的事情，是与期待背道而驰的。

谢芷婧猫着腰挤过货架时，身后响起主管尖厉的吼声："谢芷婧迟到一次，记过！你把今天的宣传单全给我发完再回来！"主管说着将一摞宣传单塞到她怀中。

虽然要在路边风吹日晒，但能逃脱主管的"监视"，所以发宣传单对谢芷婧来说，倒是个好差事。

超市对面有个游乐场，来来往往人潮不断，谢芷婧盯着烈日却情绪高昂，每一个车筐都不放过，遇见走来的路人，更是笑容满面地递上，冷不丁间她看到游乐场门口张贴的招聘启事，"瑞曼休闲娱乐公司招聘女保镖1名"的字样让她眼前一亮，回想起李敏熙给她科普的知识，涌入脑海的第一个想法就是这么大的公司，薪酬一定不会低！这么想着，谢芷婧就通过手机将简历投到了指定的招聘邮箱。

向来是男保镖更吃香，所以谢芷婧对投出去的简历也没抱太大希望，低头看着近千张的宣传页，她很务实地决定铆足劲全部发完后，找个冷饮店休息下。

然而这个希望最终还是破灭了。

临近中午，烈日残忍地暴晒着城市的角角落落，口干舌燥的谢芷婧游荡在街道上，皮肤有种快晒脱皮的痛感，直到接了一则陌生手机号发来的短信，她才迅速复活。

短信中这样写道：这里是瑞曼休闲娱乐公司人力资源部，我们已查阅您的简历，请谢芷婧小姐于明日上午九点来我部进行初次面试。

着意栽花花不发，等闲插柳柳成荫。这大概也是人生的一种幸福吧。

对于谢芷婧来说，进瑞曼唯一的目的就是赚钱！所以这次面试的机会她一定不能错过！而有了动力，烈日当空又算什么，此刻的她只想着赶快发完宣传页，然后回去请假。

"两位先生，我们卖场这周推出了好多优惠产品，您……"谢芷婧兴致勃勃地介绍着，抬头看见两名身穿黑色西装的男人并没有接过宣传单的意思，而是对

头研究着手里的一张照片。

谢芷婠不愿惹事，说了句对不起，刚转身准备离开时，那两个男人就上前挡住她的去处，其中一个年龄稍大的人木讷地问："你是谢芷婠小姐吧？"

平白无故被两名陌生男人拦住去路，还清楚地说出自己的名字，谢芷婠努力在脑海中回忆是否认识他们，但想了半天，她确定与这两个人萍水相逢，为谨慎起见，她并没有正面回答，而是反问道："你们是谁？"

两个人一看就是受过正规训练的，虽然外表粗犷，但对谢芷婠也算以礼相待。

那两个人先是鞠了一躬，语气郑重地说道："我家少爷请你去一趟。"

虽然在海雷保镖培训学院见过不少有钱人，但谢芷婠统统不认识，她摇摇头："我不认识什么少爷老爷的，我还要上班。"说完，她就绕过两名壮汉往前走。

烈日炎炎，这两名黑衣人好不容易找到了谢芷婠，哪肯轻易让她离开，于是再次上前拦住她，并警告道："请跟我们走一趟，不然我们就不客气了。"

闻言，谢芷婠冷哼一声。与其好言好语，她更喜欢别人态度蛮横些，因为对有功夫在身的人来说，客套话更让人觉得心累。

谢芷婠一改温顺的模样，双手抱胸地侧目看着两个人："我不认识你们，所以不会跟你们走，不过说到不客气，你们未免太小看人了吧。"

此时的谢芷婠完全一副不屑的表情，两名黑衣人面面相觑，刚一晃神的工夫，谢芷婠就撒腿开溜，但被机警的黑衣人追上。

谢芷婠只觉得左肩膀被人用力地抓住，越挣扎越疼痛，见两个人彻底要动粗，她也不再开溜，一个回身摆脱束缚，抬脚踢在其中一名黑衣人的膝盖上，一声惨叫后，黑衣人痛苦地抱住膝盖。

看样子是被踢碎了膑骨，大概那人也没想到谢芷婠会有如此身手，一时轻敌，便受了重伤。而另一人见同伴受伤，更加谨慎地盯着谢芷婠，两人一通交手，谢芷婠被那人扭住了手腕。

这段时间，谢芷婠为了找工作，已经很久没有训练了，所以体力和出手的速度都下降许多。她正在想如何脱身的时候，身后开来一辆银白色商务轿车，不等她出手，有两个黑衣人将她强行拽上车。

车内空间很大，谢芷婠被死死按在车座上，手机也不在身上，要去哪里？见什么人？将要发生何事？她统统猜不到，好在双腿还是自由的，看周围的黑衣人都默不作声，她冷不丁地抬脚朝司机方向猛踢过去，刚好踢中那人的眼眶。见谢芷婠力气颇大，几个黑衣人又按住她的双脚，被束缚的她只好破口大骂："你们这群浑蛋，绑架是犯法的你们知不知道？赶紧放了我。"

前排的黑衣人使了个眼色，后面的人就扯了块胶布封住了谢芷婧的嘴，见无法出声，她也只好安静下来保持体力。

大概过了半个小时，车子驶进一处地下停车场。

昏暗的视线中，几名黑衣人悉数下车，谢芷婧全程被两个人按住肩膀。为首的一个穿 T 恤的男人撕开她嘴上的胶布，无奈地看着她，说："谢小姐，现在真不能放你走，但我们真不是坏人。"

谢芷婧被盯得死死的，逃跑是不太可能了，一副有气无力的模样："鬼才信你。"

"不信就不信吧。"那人拍了拍 T 恤上被谢芷婧踢的脚印，看向手下，再次叮嘱，"不见到少爷，千万别让这丫头跑了，赶紧带上去！"

谢芷婧望了一眼地上的标语，写着"专属通道"四个字。而这个专属通道到底通往何处，她真的一点儿头绪也没有。

### 3

T 恤男乘坐的电梯在 25 楼停了下来。

明亮的走廊上，只有三间房，但是从那复古又不失华丽的双扇门上，又看得出这些房间的与众不同。

T 恤男人走到走廊尽头的房门前，轻敲几下，不见有人回复，便小心翼翼地问道："少爷，人已经带来了，您什么时候见？"

"稍等会儿再见。"

室内的人分明有了回复，但门外的人听得不太清楚。

T 恤男重新问了一遍，许久都无人答复，又想起打电话请示下。但没过一会儿，只听"砰"的一声巨响，木门似乎被什么重物击中，而后便听见里面的人愤怒地吼道："今天先不见！"

不知哪里出错的 T 恤男平白无故碰了一鼻子灰，摆摆手示意手下将谢芷婧带到另一间房里。

谢芷婧被关的地方，看房内摆设，像是一间休息室，再瞄向看守自己的黑衣人，两眼眨都不眨地盯着自己，谢芷婧故作尴尬地咳嗽一声，说："好歹我也是女生，你这么盯着我看，该不会是喜欢上我了吧？"她晃了晃手指，示意其转过身去。

那人无奈地背过身，又提醒一句："所有的出口都有人看守，你别想逃跑。"

谢芷婧鬼马一笑，悄悄靠上前，迅速用肘关节勒住黑衣人，并在其后脑勺上

用力一打，那人便昏厥过去。

得手的谢芷婧打开条门缝，拐角的电梯和走廊果然有四人把守，她又看了看楼层指标，写着"25楼"的字样。正当她思索从哪条路线逃出的概率更大时，晕倒的黑衣人身上突然响起对讲机呼声："把那女人带到停车场！"

没人回复对讲机，很快就会有人追上来，谢芷婧觉得就算逃不出去也要换个地方藏身，其他楼层去不了，她只好朝走廊尽头跑。

"25楼没回应，附近的人手快去看下！"

楼道里一下喧闹起来，慌乱中的谢芷婧毫不迟疑地推开走廊尽头的那间房，关上门的那一刻，她彻底震惊了，房间富丽堂皇的程度令她咋舌，由落地窗照射进来的阳光，映在那盏硕大的水晶灯上，衬得整间房通透明亮，靠墙边的酒柜上摆着各式各样的洋酒，她虽然不懂酒，但凭借在海雷保镖培训学院接触的常识，还是能看得出它们价值不菲，而与这样奢华的房间相比，沙发旁几株散发清香的茉莉花，倒显得清雅别致。但这些都不足让谢芷婧震惊，因为那个无比宽敞、华丽的房内，还有一座泳池，在阳光和玻璃的折射下，池水泛着金黄色的波纹。

那并不是标准大小的泳池，看上去是25米的短池，但室内能有这些配置，想必它的主人也并非常人吧。

谢芷婧愣了半天，走廊上说话的声音很清楚，听上去那些要抓她的人就与她一门之隔，她四处环顾了下，慌张中脚下似乎踩到了什么，她这才注意到脚下的一部手机，在湿滑的大理石上有着足以将她摔倒的助力。而失去了平衡的谢芷婧在半空中划了个弧线，随着"扑通"一声，不偏不倚地掉进了泳池中。

谢芷婧是个旱鸭子，齐安曾经教过她，可在几次呛水后她就死活不再入泳池了。

只是此刻任由谢芷婧多么后悔都没有用，泳池真的蛮深，双脚在水中如何蹬都踩不到池底，恐慌中只能用双手全力地扑打水面，而刚喊出"救命"两个字，整颗脑袋就瞬间沉入水中。

对于不会游泳的人来说，掉入泳池的感觉就像坠入沼泽地一般，越是挣扎陷得越深。

此刻温柔的水像一把利剑，随时都会要了谢芷婧的命，她的鼻腔和嘴巴已经无法呼吸了，四肢也停止了挣扎，整个人慢慢下沉，死亡的恐惧感侵袭着她最后一丝知觉……直到透着明媚光线的水中，出现一个身姿如鱼的男人，他拼命朝她游去，在她越发模糊的视线中用力抓住她的手腕。

落水，营救，男人，这样的情况下，正常的情节是不是应该来个水中接吻送气呢？

然而偶像剧都是骗人的！谢芷婧是被那男人粗鲁地勒着脖子拽上泳池边的，看着她奄奄一息的囧样，男人的第一反应就是解开谢芷婧的上衣纽扣，然后自己半跪着，又将谢芷婧的腹部放在自己腿上，谢芷婧头部下垂，在男人用手平压背部后，她终于将喝进去的水吐了出来，也逐渐恢复了意识。

然而谢芷婧一睁开眼，看到的却是一个披着毛巾，却腹肌外露的男人，下身也仅穿条贴身泳裤，是个身材健硕、相貌不凡的男人，再低头看自己，衬衣一排纽扣敞开着，白色的内衣外露无遗。

谢芷婧慌张地穿好衬衣，扬手一巴掌打在对面男人的脸上，嘴中恶狠狠地骂道："变态！"

"原来又是你这个疯女人，你知不知道我是谁？上次在医院被你……"被踢的经历，他实在没脸说出口，可是明明救了她，还被打了一巴掌的陆清风，怔怔地揉着火辣辣的脸颊，怒火中烧的眼底似要将谢芷婧踩在脚下一般。

"我当然知道！你就是打扫这泳池的变态嘛！"说完，谢芷婧似乎又被他戛然而止的半句话勾起了记忆，难怪看他这么面熟，她凑上前仔细打量，"没错，虽然上次你戴着墨镜，但仔细一看脸型和身材……没踢伤你吧？"

陆清风越是不愿提起此事，谢芷婧偏偏哪壶不开提哪壶。他阴沉着脸，冷冰冰地盯着谢芷婧："你这疯女人，是不是应该给我道歉啊？"

还未摸清来龙去脉的谢芷婧哪肯轻易就范，她眉头一挑："道歉？你做对什么了我要给你道歉？"

他可是瑞曼的总裁，身价上亿，身份显赫，而与她两次相遇，陆清风觉得再笨的人也应该知晓他的身份，可是从第一次遇见谢芷婧被撕烂衬衣，到医院被踢中要害部位，再到现在挨了一巴掌，他陆清风都是那个倒霉的人。

以陆清风的身份，身边不曾有敢跟他大呼小叫的人，所以这口气他实在咽不下，也顾不上总裁身份，几步上前，与她争辩起来："在医院那次我招你惹你了？你抬腿给我一脚，你考虑过后果吗？还有刚才，如果我不下水救你，不解扣施救，你现在能丹田冒火一样地在这儿打人吗？还有，你把我病历弄哪儿去了？"

丹田冒火？这词谢芷婧还是第一次听，心中不禁暗想，这男人吵起架来一点儿也不输女人嘛。而在气头上的谢芷婧哪还顾得上分辨对错，嚷道："我又没让你救我。再说我又不是你家保姆，怎么知道你的病历在哪儿？"她话没说完，扭头就走。

谢芷婧的确不知道，那天离开医院后她便返回李敏熙的住处，口腔的伤口本来就没大碍，她看也没看就把病历丢在了书柜里。所以，陆清风这个名字和他本人，在谢芷婧这里根本对不上号。

拿不回病历，陆清风怎会放她走。他几步上前，刚刚抓住谢芷婧的肩膀，她手臂就迅速一挥，还好躲避及时的陆清风没被再次击中，但是动作幅度太大，他又光脚站在湿漉漉的大理石上，脚下一滑，整个人失去重心朝后仰去，而他身后是一张木质躺椅，倘若脑袋摔在上面，后果不堪设想。

谢芷婧是真的想救他，只停顿了一秒钟后，她便身姿矫健地用双手拦腰抱住陆清风。危险在那一刻得以解除，陆清风以一种奇怪的姿势悬在半空，但男人终归比女人重些，谢芷婧根本承载不了他的体重，只听肩膀处"咔"的一声，两个人双双摔在地上。

在海雷学院，谢芷婧学过些简单的急救，她估算着自己应该是手臂拉伤，但此刻她还有个地方更痛，那就是她口腔中还未痊愈的伤口，刚好硌在陆清风的锁骨上。谢芷婧努力支撑起上半身，而此时陆清风披在身上的毛巾早已滑落，从诱人的锁骨到健硕的胸肌她都尽收眼底。

打量完他的好身材，谢芷婧将视线再次上移，两个人怔怔地相视许久，尴尬的氛围是被陆清风低沉的声线打破的，且听不出他有一丝情绪波动："你能从我身上起来吗？"

这句话后，谢芷婧比方才更加尴尬了，她迅速起身，却弄疼了受伤的手臂。

望着她忍痛而没丝毫矫情的样子，陆清风心中有些内疚，只是碍于男人的面子，他边将浴巾裹在身上，边轻咳几声，只是那些准备好的说辞最终变成了苍白的一句："需要多少医药费，只要你说得出，我就付得起。"

谢芷婧白了他一眼，心中犯起愁，明天还要去瑞曼面试，如果人家要她展示功夫，她实在担心这受伤的手臂会搞砸一切，一抬头，谢芷婧瞅着他，警告道："我要是因为这伤无法通过瑞曼公司明天的面试，你就死定了！"

听了谢芷婧的一番话，陆清风更加确定她根本不知道他就是瑞曼休闲娱乐公司的总裁。于是心中酝酿出一个整蛊她的妙计。

陆清风语调变得轻松许多："这么巧，我和瑞曼公司人力资源部的经理是好友，跟他知会一声，你的录取概率应该很大，不过……"陆清风故意卖起关子。

"不过什么？"听到他有关系，谢芷婧也想一探究竟。

陆清风俊美的脸上露出一个谜之微笑，声音慵懒道："不过你要有所付出。"

陆清风说着一点点靠近谢芷婧，她后退，他依旧逼近，直到退至墙角再也无处可逃。看谢芷婧被吓得怔在原地，陆清风不愿收手，嘴角勾起一抹笑，语调回转："你得到你想要的，我也要有所满足不是吗？这就是职场潜规则。"

谢芷婧万万没想到他会这般龌龊，双手在他胸前用力一捶，吼道："想吃女生豆腐，你找错人了！"说罢，谢芷婧摆起架势，眼看着她又要抬腿踢人，陆清风赶紧退到泳池边，一不留神"扑通"一声就被谢芷婧给推进泳池。

这一次，陆清风破天荒没有生气。

也对，他的整蛊计划还没结束，怎能让谢芷婧看出破绽呢？他游到泳池边，故作玩笑地解释道："你想什么呢？我说的潜规则就是要互相满足啊，所以，你帮我打扫完泳池卫生，我就帮你进瑞曼公司。"

谢芷婧冷笑一声："我凭什么信你？你一个打扫泳池卫生的人，会跟瑞曼人力资源部的经理是好友？"

见谢芷婧如此谨慎，陆清风走到桌边拿起手机拨通电话，也不知他嘀咕了些什么，转头冲着谢芷婧说道："你很快就会收到信息。"

谢芷婧对他嗤之以鼻，刚要伸手去捡手机时，屏幕上显示一条短信，顺手点开，上面写着：谢芷婧小姐，恭喜您通过瑞曼休闲娱乐公司保镖职位的面试，请您于明日早九点来我司报到。

这条信息不会错，手机号的确是招聘简章上留的号码。谢芷婧开始对这个打扫泳池的男人刮目相看，一改方才鄙夷的目光，满脸堆笑讨好道："打扫泳池是吧？我保证完成任务。"

能够进瑞曼做保镖，就能赚到钱买回齐家公寓，想到这些，谢芷婧连手臂上的伤都不觉得痛了，扫地、擦窗、拖泳池边角……

谢芷婧干劲十足，而躺在躺椅上的陆清风，边喝着鸡尾酒边在心中偷笑，他猛地抬头，刚好看到穿着白色衬衣的谢芷婧全身湿透的模样。

此情此景，撩拨着陆清风一颗乱糟糟的心，他匆忙将头扭向一边，长舒一口气，希望以此掩盖住心潮起伏的心情，但那样近的距离，即便一个余光都能瞄到谢芷婧玲珑的身体曲线……陆清风不敢细看，连自己都觉得脸颊火热，他赶忙闭上双眼，想他一个堂堂公司总裁，竟然在想这些，他颜面何存？

陆清风红着脸颊快步离开这间游泳室，只留下一脸茫然的谢芷婧。

而当卫生打扫完，谢芷婧准备离开时，泳池室的房门再次被人推开，来人左手臂上放着一件绿色T恤，对谢芷婧很有礼貌道："谢小姐，我叫佟骁，是总裁

助理,既然你已被录用,以后就直呼我姓名吧,这件衣服你换了再离开。"

谢芷婧接过衣服,在另一间更衣室里快速换好衣服出来时,佟骁还站在门口。

她友好地一笑,欠身刚走出房间,又迟疑地回过头,看着佟骁问:"不知我需要保护的是谁?总裁陆清风吗?"

在佟骁身处的环境中,是没有人敢直呼陆清风姓名的,谢芷婧如此轻描淡写的一个问题着实让佟骁有些不适应:"是的,具体情况明天再告诉你好了。"佟骁不失礼貌地伸手指引谢芷婧搭乘电梯,说:"我送谢小姐出去。"

谢芷婧在电梯里,从顶层到一楼这简短的时间里,她彻底明白了,她身处的这栋大楼就是瑞曼休闲娱乐公司的办公大厦,所以抓她来这儿的人一定也是那个叫邱明的人!不过莫名其妙地又被录用为瑞曼总裁的保镖,谢芷婧怎么都想不明白这其中的奥秘。

既来之,则安之。她需要钱,只要赚够了钱就可以离开,至于其他她都不再多想了。

"谢小姐,到了。"

佟骁的声音将谢芷婧的思绪拉回现实,然而她双脚刚踏出电梯,酒店正门处闪过一个熟悉的身影,黑亮的皮鞋,淡蓝色衬衣,修长的身材加上一张谢芷婧看了无数遍的脸。

那人正是齐安!冷峻的侧脸上神情严肃,这样的齐安比谢芷婧往日认识的他更显成熟,她故作随意地问:"佟助理,那人是谁啊?"

佟骁顺着谢芷婧的视线望去,平淡地回道:"是我们公司新聘请的法务组律师,谢小姐认识他?"

谢芷婧牵强一笑,话锋一转:"没什么事我就先走了。"

既然决定做保镖,谢芷婧眼下只想赶紧处理好手里的工作。

赶回超市卖场时,已是午休时间。谢芷婧找不到主管,只能去办公区要了张离职表格,刚签完字,便收到齐安发来的一条短信:来趟看守所吧,听说爸爸让律师给我们带了句话。

## Chapter 03 第三章
## 这世间最难以看穿的就是真心

谢芷婠看看门外急骤的雨滴,又盯着陆清风那张魅惑人心的脸,气急败坏地一拳打在墙壁上,出去的时候还不忘重重地摔上门,以泄心中不满。天知道,她怎么会对这样冷酷无情的人有面红心跳的感觉!

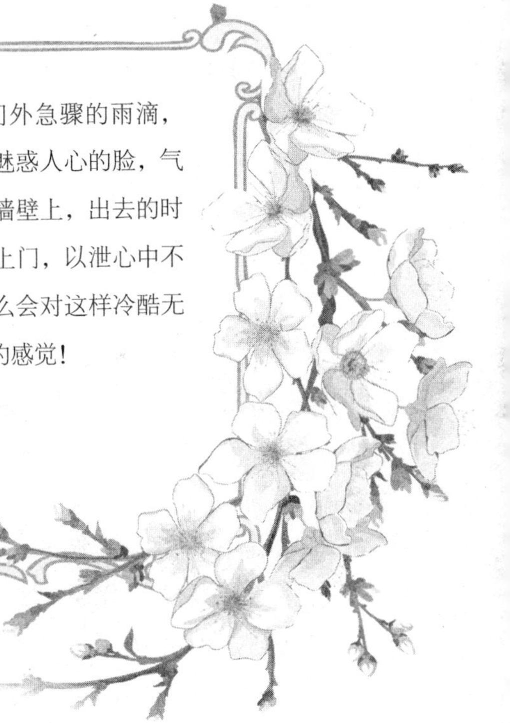

## 1

两个人依旧没能见到父亲，在看守所外等律师的时候，齐安特意将谢芷婧从灼热的太阳光下拉到了树荫下。

虽然正是炎热的盛夏，但不知为何，谢芷婧每次来看守所时都觉得冷飕飕的。齐安揉着她的脑袋，勉强挤出一个微笑，算是安慰。

时间大概过了一个小时，律师终于走出看守所，也带来了齐玉达的话："齐玉达先生不希望你们去看审判案，要你们尽快离开这座城市，并会托人送你们去国外，再也别回来！"

这简单的一句话，却给齐安和谢芷婧当头一棒，事已至此，父亲说出这句话绝不会毫无缘由，但他们却连问一句"为什么"的机会都没有。

那时，距离齐玉达和太太蒋婷的案子开庭审理还有半个月的时间，如今又听到父亲说这样的话，齐安和谢芷婧都觉得事态越发严重。

两个人前后走出看守所，彼此疑惑地对望一眼，谢芷婧问："哥，你怎么想？"

齐安神色凝重，摇摇头："爸妈在这里，我哪儿也不去！"

"我也是。"谢芷婧挽住齐安的手臂，语气明朗，"哥，我找到了工作，很快就能买回我们的家了。"

齐安一愣："什么工作？"

"保镖。"谢芷婧装作毫不知情的模样，继续说道，"瑞曼休闲娱乐公司总裁的保镖。"

齐安沉默了一会儿，紧张地问："不能换份工作吗？干保镖我总觉得很危险，而且我的新工作也在那里。"

"要是不方便，我们在公司就装作不认识吧。"她其实是故意告诉齐安的，希望日后在瑞曼公司见到的时候不至于吓到他，至于危险这个问题，谢芷婧还真的没有想过，她满不在乎地甩着手，"有钱的少爷而已，能有什么危险，放心吧。"

虽然谢芷婧说得轻松，但她还是有些紧张，毕竟是做贴身保镖，日后会发生什么事，经历些什么，她完全不敢去设想，唯有将一切交给时间。

那晚，为了第二日去瑞曼报到不至于迟到，谢芷婧特地在市区内找了家宾馆住下，为了能赚到保镖佣金，谢芷婧绝不容许自己有一丝的失误。

翌日天未亮，谢芷婧就整装待发，8:30之前她就到了瑞曼公司，好在时间还早，足够去打听下陆清风办公室在几楼，可还没走几步，身后袭来一阵风，夹杂着令人窒息的汽车刹车声。

谢芷婧灵巧地闪到一边，定睛看到半摇下的车窗内探出颗脑袋，佟骁着急地说道："九点前买份早餐送到陆总办公室，我有事先回办公室！"

话音未落，车子已经绝尘而去，只留下目瞪口呆的谢芷婧。

自认为做足了准备的谢芷婧，还是被佟骁弄个措手不及，她站在路边张望许久，终于在瑞曼大厦对面发现了一家不起眼的咖啡店。

店面不大，复古的装修倒是让谢芷婧觉得很温馨，她瞄了一眼柜台上的点菜单，刚选好一份火腿三明治和米粥时，身后随即传来两个男人的议论声。

"爸，什么时候给我升职？也让我尝尝当领导的滋味。"说话的男子不过二十多岁的模样，一身嘻哈风格的衣着，显露出流里流气的样子。

听到"瑞曼"二字，谢芷婧不禁侧目望去，坐在年轻男子对面的中年男人很是富态，语气中透着一股狠劲，说："陆岩你小子太没远见了，瑞曼现在绯闻缠身，当然要让陆清风自己收拾这烂摊子，我的目标可是陆氏集团，等着看吧，陆氏早晚是我的！"

谢芷婧满心好奇，还未看清那两个狂妄男人的容貌，便被服务员打断："顾客您好，一共六十元整。"

谢芷婧一愣，实在舍不得将攥在手里的钞票递出去，对于正缺钱的她来说，六十元的早餐着实有些奢侈，但转念一想到丰厚的佣金，心中也不免释怀了。

拎着早餐跑进瑞曼大厦时，谢芷婧被一名保安拦下，她急着在九点前到达陆清风的办公室，于是急着解释："陆总……陆总办公室……"

"陆总办公室在二十五楼，电梯在那边。"早前佟骁做了安排，所以保安不仅没有为难谢芷婧，还热心地提醒道。

谢芷婧随着人流挤进了电梯，在众目睽睽下按下了25楼的按钮，一瞬间所有人都扭头用惊愕的眼神看着她。她退到角落，注视着每一层进进出出的人，只是25楼的按钮再也没人按下过，而且她没记错的话，昨天被黑衣人抓来时抵达的房间也是在这个楼层。

这一切到底怎么回事？谢芷婧觉得其中一定隐藏了一个大秘密。

抵达25楼时，电梯里只剩下谢芷婧一人，她左脚刚踏上走廊，一阵嘶吼声就从半掩房门的办公室里传来。

谢芷婧上前偷瞄一眼，佟骁毕恭毕敬地站在桌旁，落地窗前则侧身站着一位身材高大的男人，他烦躁地扯下领带，指着一名高管模样的男人，警告道："平

时看你们人模狗样的,如今竟给我整出这种丑闻,还上了新闻,我们瑞曼已经成为笑话了,你们要怎么给我平息舆论?"

"陆总,对不起,给我一次机会吧。"高管祈求道。

而站在门外的谢芷婧,从身形上一眼就认出了那人就是邱明。

那时,媒体上到处疯传瑞曼休闲娱乐公司的高管利用职务之便,打压、虐待下属员工。

所以,此刻的陆清风双眼似要燃起火光,气势逼人,连邱明都不敢再出声,更何况初次遇到这种情况的谢芷婧呢,在陆清风吼出"滚"字时,还伴随着一阵杯子摔碎的声音。

她惊慌地撤回身,整个人贴在墙上,对于即将要保护的大老板,她怎么也没料到脾气会这么火暴,再低头看了看手里的三明治,只能无奈地叹口气。

"外面是谁?"

突然的质问声,让谢芷婧猛地回过神,她极力保持镇定走到他桌前,说道:"总裁,你的早餐,我去外面等。"轻手轻脚地放下早餐后,她才敢用余光瞄向总裁,然而就那一眼,她彻底惊呆了:"你不是……打扫泳池的人吗?你……"

没等谢芷婧说完,佟骁就捂着她的嘴拖出了办公室。

走廊上安静极了,除了陆清风的办公室,还有一间休息室,至于另一间就是她打扫过的室内泳池。谢芷婧在走廊上仔细打量着,似乎想要在一堆乱麻中找到答案。

"谢小姐,刚才那位就是瑞曼的总裁陆总。"佟骁猜出她心中的疑惑,于是解释道,"昨天带你来的人是陆总派去的,本想当面向你解释,可是中途出了些误会。"

"为什么抓我?是为了什么病历吗?"谢芷婧想起昨天与陆清风争吵时,有提到病历。

佟骁尴尬一笑:"陆总想要拿回的东西,日后应该会单独告诉你,反正谢小姐已经是他的贴身保镖了。"

谢芷婧不知所云地点着头,回道:"那佟助理以后就直接叫我名字吧,请多多指教。"

看着谢芷婧一板一眼的谨慎模样,佟骁轻松地笑笑:"谈不上指教,主要就是要记住陆总不吃菠菜或野菜一类的绿色蔬菜……"

佟骁后面说了什么谢芷婧完全不记得了,只是抠着指甲忧心忡忡地问:"吃了会怎样？"

佟骁表情忽然凝重起来："后果会很严重！植物日光性皮炎，你听过吗？"

谢芷婧来不及回答，只见邱明心惊胆战地从陆清风办公室逃出，而走廊上则响彻着陆清风歇斯底里的吼声："谢芷婧你给我进来！"

谢芷婧跟在佟骁身后冲进了办公室，气喘吁吁的陆清风正用手臂挡着脸，桌上还放着一块咬了几口的三明治和喝掉一半的米粥。

佟骁赶紧去检查早餐，疑惑地问："食物里没有绿色蔬菜，陆总你还吃过什么吗？"佟骁问着，从抽屉里拿出一药瓶，倒出两粒白色药片递给他。

但陆清风并没理会佟骁，而是一直死死盯着谢芷婧，半晌，开口问："这米粥里有什么？"

"菠……菜浓汤。"谢芷婧忐忑地回道。

原来谢芷婧买的浓汤是将菠菜、紫薯打磨成浓浆再混进米粥内的，因为菠菜含量不太多，又被紫薯的颜色掩盖，因此从浓汤的颜色看不出绿色，也没引起陆清风的注意，他是吃不得绿色植物的，倘若不慎吃了绿色蔬菜，只要稍微接触阳光，脸上就会出现不规则的黑斑。

见谢芷婧怯怯地点头，陆清风更生气了，两手猛地拍在桌上，低吼："我不能吃这些蔬菜，你不知道吗？"

谢芷婧摇摇头，又匆忙点点头，抬头看见陆清风那张脸时，她竟"扑哧"一下没忍住笑出了声。

黑斑出现的位置不尽相同，但此刻的黑斑刚好包围住陆清风的眼眶，活脱脱国宝熊猫的模样，再加上他生气的表情，不但不吓人，反而多了几分喜感。

不过在陆清风看来，这一点儿都不好笑！他认为，一定是谢芷婧觉得被骗打扫泳池，才故意拿蔬菜粥给他吃。

办公室的气氛有些奇怪，陆清风拿起药片，狠狠地嚼了几下，看着佟骁："我没事，你先出去吧。"

谢芷婧也想离开，大门却在佟骁刚出去的那一刻，被陆清风几步上前死死地按住，将心跳加快的谢芷婧挤在自己与门之间，语气慵懒又冷漠："你是故意的吧，第一次在海雷基地休息室是为了引起我的注意，还有在医院，越想越觉得你很不对劲。"

在他说过的这些事件中，谢芷婧的大脑也在快速回忆着。果然，记忆的深处她终于想起来在海雷学院休息室与陆清风第一次见面的尴尬场面。

这样的缘分未免有些太狗血了。

谢芷婧有些错愕,她动了下身体,却被陆清风堵在双臂中,既然出不去,那就干脆靠在墙壁上,眉角轻抬对上他的双眸:"是你找人把我抓来的,要我做贴身保镖也是因为你那通电话,不过就像你说的那样,我那些举动就是为了勾引你,这样的回答你满意了吗?"

陆清风一愣,他没想到这个女人会这样直白,一时间倒让他不知如何挽回颜面,于是赌气般地将脸凑到谢芷婧耳边,轻微的喘息钻进她脖颈,见怀中的人呆愣着并不反抗,陆清风按在墙壁上的右手滑向谢芷婧的后背。

他带着暖意的手掌,让谢芷婧犹如触电般惊觉起来,挥出的一拳重重打在陆清风左脸上,痛得他后退两步,摸了下牙齿,竟渗出一些血丝,他狠狠地盯着她:"我竟被自己的贴身保镖打伤了,我要你有何用?"说这句话时,他紧皱的眉宇牵动眼角,使那深邃的眼底带着些愤怒。

她决定了,如果陆清风因此发火或是出手,她不会还手,毕竟她那一拳出手太重了。但是如果他太过分,她也绝不会就此忍耐。

陆清风看她不作声,只是双眼不停地眨着,眼神也不知该落在何处,像个等待被长辈训斥的孩子,谢芷婧这副样子倒缓解了他心中的愤怒,忍不住想要逗一逗她,于是他一个箭步跨上前,将一张俊脸凑到她面前,似笑非笑地问:"你这是在对我欲擒故纵吗?"

向来天不怕地不怕的谢芷婧,做好了被责骂、挨打的准备,却一再被陆清风的暧昧举动吓到丢了魂,她吞吞吐吐地找着借口:"我……只是觉得你脸上的黑斑太吓人了!"

"拜你所赐啊。"陆清风还没说完,谢芷婧就想夺门而去,他突然厉声说道,"保镖就是要寸步不离地保护雇主,你这是要去哪儿?把我外套拿来。"

"我是保镖,又不是你用人。"

谢芷婧抱怨着,却被陆清风听得一清二楚,这个女人真是一点儿不顺他的意,一会儿说要勾引他,一会儿又打伤他牙齿,不仅说他丑,明明他是老板却总是听她抱怨,心中着实不爽,他摩挲下嘴唇,说:"你那么迫切地想要得到这份工作,现在是想被我开除吗?"

钱钱钱!钱买不到这世间很多东西,但谢芷婧现在最缺的就是钱,她乖乖帮陆清风穿上西装,重新系好领带,低着头退到他身后。

办公室好不容易恢复的平静,再次被佟骁打破,显然事情很是紧急,佟骁连

## 第三章 这世间最难以看穿的就是真心

门都没敲径直闯入，语气严肃道："公司各层领导都到齐了，不过陆总你的脸……要不我宣布取消紧急会议吧？"

"不能取消！事关重大，随意取消更会被竞争企业借机肆意诋毁。"陆清风脸色深沉，眉宇紧皱。

佟骁稍显着急，提醒道："不能被外界看到你患病的脸，而药效要两个小时后才起作用，这可怎么办？"

那是因瑞曼主管丑闻事件召开的内部紧急会议，本定在今天，却不想中途被谢芷婧的一杯蔬菜浓汤给毁了。

站在一旁的谢芷婧听得真切，突然灵光一闪，凑上前："方法还是有的。"

陆清风和佟骁同时看向她，等待着回答。

她冲着办公桌上的电脑噘噘嘴："可以开视频会议嘛，只要把摄像头距离调远些，再不放心的话就找一副黑框眼镜遮盖下，一定不会被发现那些黑斑的。"

看陆清风一副默许的表情，谢芷婧着手调整电脑摄像头的角度，窗帘也全部拉上，又取下佟骁的黑框眼镜戴在陆清风脸上，整间办公室略有昏暗，却刚好掩饰住了陆清风脸上的"秘密"。

主持会议中的陆清风，是谢芷婧从未见过的沉稳、霸气的模样，他富有磁性的声音，说出的每一项举措都掷地有声，且不容置疑。

他说："公司出现高层主管恐吓下属高强度工作的事件，是我这个总裁的失职，日后公司内部有任何丑闻和失实的事件，任何员工都可以向我的私人手机号进行匿名举报。此次涉事两名高管开除处理……"

整个视频会议，谢芷婧都站在陆清风的斜前方，他举手投足间的每个表情和动作都尽收眼底，在某一时刻，她竟看他看得入了神……

直到会议顺利结束后，陆清风兀自走出办公室，身后的佟骁紧跟上前，附耳问道："陆总真要聘谢芷婧做私人保镖？没给她安排正式的面试，只怕会被人说闲话。"

陆清风突然停住脚步，不屑地说道："既是我的私人保镖，何须让别人面试，反正留她在身边只是为了防止她将我的病情传播出去。你记得让她单签一份协议，不准泄露雇主的任何隐私，否则付出的代价足以让她这辈子都无法翻身。"

说完，陆清风迈着沉重的步伐消失在走廊上。

站在原处的谢芷婧有些不知所措，这么大一个公司，竟没人来告诉她工作事项，她在心中琢磨着，反正是贴身保镖，那就按照学校教的保镖要寸步不离被保护者，

于是她几步跟到陆清风身后，本想一起跟进休息室的，却被站在门内的陆清风"砰"的一声关在了门外。

碰了一鼻子灰的谢芷婠只能站在走廊上等着，25楼平时不会有员工进出，所以整层楼静得让人觉得不安，也让谢芷婠觉得时间很是难熬，好在其间佟骁来过一次，递给她一份雇用合约和一份保密协议，郑重地提醒道："谢小姐，如你所见，既然做了贴身保镖，就不能向任何人泄露陆总的私人信息，尤其是陆总患有日光性皮炎的病情。否则我们会予以开除，并追究相应的责任。"

谢芷婠粗略地看了眼保密协议，最后一条写着"若泄露陆清风的任何信息，被雇用者将赔偿两千万元人民币"。

谢芷婠手里的协议书被攥成了纸团，她冷笑两声："我现在的处境跟倾家荡产没有区别，所以只要不拖欠我工资，我会闭紧嘴巴的！"

本想仔细看下合约，佟骁却不断催促道："陆总给你的报酬是年薪一百万，没疑问快签吧，我有急事要处理。"

谢芷婠直接翻到合同的最后一页，看清年薪一百万的字样无误后，便心花怒放地签上了自己的名字。

## 2

就这样没头没脑地站了三个小时，临近正午陆清风才从休息室走出，脸上的黑斑消去了许多，但还能看到些印痕，他看都不看谢芷婠，丢过一件运动服，命令道："跟我出去一趟，把衣服换了。"

谢芷婠一脸疑惑地看着他。

"公司现在处在舆论风口上，我不想被记者拍到，你这身衣服太显眼。"陆清风看着腕表，提醒道，"给你一分钟时间去办公室换好出来。"

谢芷婠低头瞄了一眼自己身上的职业套装，转过身利落地脱去外套，换上运动服，伸出手，说："换好了，我去帮你取车。"

陆清风深吸一口气，在心中暗想这女人外表看似顺从他，可每一句话似乎都在打压他的气势，最可气的是还挑不出她的毛病，这让陆清风心中像被石头堵住般，只能将车钥匙交给她。

瑞曼大厦外，已经聚集了一些记者，陆清风急匆匆地走过去，故意用连衣帽遮住侧脸，但还是被记者们认出来了。

有人开始议论："那人是不是陆清风？看背影好像……"

那时取车回来的谢芷婧刚停好车,正要检查车盘下是否有危险品时,却看到大厅石柱后站着一个人,从夸张招摇的着装上她便认出这人是此前在咖啡店遇见的狂妄之人。

"陆岩……陆岩……"谢芷婧正琢磨着这个名字,忽然有人用力抓住她的肩膀,刚要转身挥肘击打对方时,手腕却被对方用力按住,盘起的发丝也被那人松开了发簪,齐肩长发倾泻而下,那人顺势将头埋在她长发间,小声说道:"别动,有记者!"

还没来得及反应,谢芷婧就被拥着倒进车厢后座,一个高大的身体将她压得死死的,她双手攥着拳头,一字一句地说道:"陆清风,你疯了!"

陆清风抬起头,淡淡一笑,回道:"是陆总,你还是第一个敢直截了当叫我名字的人。"说完,他关上车门,灵巧地坐进驾驶座,提醒道:"坐好,我们要走了!"

还躺在后座上的谢芷婧大口喘息着,似乎还未从方才令人窒息的场景中恢复过来。她抬头,望着正专心致志开着车的陆清风,又懊恼地躺回后座,双手揉着发烫的脸颊,她是真的有些担心,这样下去不知还会发生什么事。

一路上,谢芷婧都陷在深深的忧虑中,车子停在一处高档咖啡馆外,陆清风换上一件备好的复古西装匆匆下车,谢芷婧紧跟在他身后。

环境幽雅的咖啡馆内,只坐着三个人,看见陆清风,一名身着紧身红裙的女子迎面走来,那是一位妆容精致的女人,褐色的长卷发随着步伐优雅地缱绻在肩旁,一双银色高跟鞋与地面接触时,发出清脆的响声。

女子面含微笑,见到陆清风不是优雅握手,而是亲昵地揽住他的手臂,一侧目却看到他身后还跟着一个人,笑容立刻凝结,指着谢芷婧问:"她是谁?"

"保镖。"陆清风随意地回道,又匆忙挣脱那女人的束缚,低语,"涂菲菲,先办正事!"显然陆清风并不喜欢这妖娆女人的亲昵举动。

涂菲菲再次整理好表情,以得体的微笑,指着身后两名上了年纪的男士,介绍道:"这两位是《职业周刊》和企业家网站的负责人。"

涂菲菲是一名年轻的外科医生,父亲涂佳明也是医学界鼎鼎有名的人物,自然人脉甚广。

四人坐在桌前聊着关于瑞曼公司丑闻的解决办法,谢芷婧则背对着他们,密切关注着可疑的人。但四人的谈话她听得清清楚楚,无非就是陆清风花钱请两名负责人停止对瑞曼丑闻的报道。

谢芷婧对陆清风这种行为嗤之以鼻，在她看来，这样有钱的老板就差一手遮天了。她多么痛恨这样的人，但一想到面对陆清风又总会有小鹿乱撞的心情，她只觉得更痛恨自己。

午后的咖啡馆，客人甚少，柔和的阳光和着舒缓的轻音乐徜徉在一片静谧之中，这使得隔墙后传来的声音异常扎耳。

"你们想要采访的瑞曼总裁就在尼欧咖啡馆，来晚的话可就拍不到有价值的新闻喽。"话语的末尾夹杂着几声冷笑。

听闻涉及瑞曼总裁，谢芷婧好奇地想要一探究竟，她一步步朝隔墙走去，随着步伐的减慢，陆岩那张痞气十足的笑脸出现在视线中，惬意的表情似乎在期待一场好戏。

而此时，咖啡馆外已经陆续有记者赶来，玻璃门窗前人头攒动，闪光灯像贪婪的魔鬼，侵袭着陆清风。

处理瑞曼丑闻的事被迫暂停，强作镇定的陆清风起身与两名负责人握手道别，一脸谈笑风生的模样，似乎突袭而来的记者们没有给他带来任何困扰。

"陆总，先离开这里吧。"谢芷婧建议道，却没得到陆清风的回应，他与涂菲菲又单独攀谈一会儿，天知道他们说了什么，总之在涂菲菲离开时，从那双假睫毛下谢芷婧察觉到了对方浓重的敌意。

而陆清风一言不发地走出咖啡馆，快步朝座驾的方向走去，谢芷婧用身体将他与记者们阻隔开，直到他疲惫地坐进车厢后座，才迅速折回车内。

显然这次要谢芷婧来驾驶了。

"陆总，回公司吗？"透过后视镜，陆清风双眼紧闭，脸上的黑斑已经全部消去，得以恢复的白皙肌肤和睡颜让他很是帅气，谢芷婧冷笑一下，在心中暗想：最多就是个长得不错的富二代。

"去你家！"

"……"谢芷婧以为自己听错了，回身再次问一遍："陆总要回家？"

陆清风叹口气，不耐烦地睁开眼，说："我说去你家！话说你这种不机灵又没眼力见儿的人真的不适合做保镖，如果再做不好，我会直接开除你。"

谢芷婧也蛮赞同他这句话的，她确实不会拍人马屁，也不会看人脸色，但她还是想问问原因，一副谨慎的语气："去我家干吗？"

解释是陆清风最讨厌做的事，他将一份文件随手丢在谢芷婧脸上，阴沉沉地说："第三项第二条。"

# 第三章 这世间最难以看穿的就是真心

谢芷婧看了一眼，那是佟骁让她签的雇用合约，按照陆清风说的，她翻到那一页，第三项第二条这样写道——乙方作为甲方的贴身保镖，合约期内乙方不得恋爱，必须全天二十四小时贴身保护，且住在甲方家中（衣物等用品自理）。

恋爱的确会耽误工作，这条还能接受，但是要住在陆清风家中同居一室，这样的条款对于男雇主来说，谢芷婧觉得很是奇葩，总觉得他故意挖坑让自己跳进去，于是那股火暴脾气瞬间涌上来："喂，我是保镖还是保姆，你直接找个男保镖不是更好，我要解约！和你住一起，要被我家人看到跳进黄河也洗不清……"

陆清风被这刺耳的声音吵得难受，直接打断她："看最后一条。"

第四项第三条：如乙方单方面出现违约及解约，乙方要赔付甲方年薪三倍的违约金。

条款最后面便是谢芷婧的签名。

她无力地瘫在驾驶座上，三百万违约金对她来说简直是个天文数字，此刻除了在心中暗骂自己签字太不谨慎外，谢芷婧也别无他法了，她暗自叹气，后座传来陆清风焦急的提醒："快走，有人跟踪！"

谢芷婧后背一颤，看了下左后视镜，确实有一辆商务轿车紧随其后。

"快走，甩开他们！"陆清风命令道，随后又有些担心，"你行不行？不行我来。"

每一次都被陆清风轻视，谢芷婧也顾不上合约的事，帅气地擦了下鼻翼，系好安全带的同时，回道："当然行，我可是海雷基地毕业的唯一女学员！"

陆清风眉头一挑，安全带还没系好，车子就在一阵轰鸣声中冲出了停车场。正是下午四点，街道上的车辆并不算拥堵，谢芷婧手握方向盘在车流中穿行，后面的商务车也紧随其后，直到前方的十字路口有辆货车相交驶来时，谢芷婧算好时机，踩着油门加速而过，而尾随的商务车直接被货车挡在路中间。

甩掉跟踪的车辆，谢芷婧一口气开到了李敏熙位于郊区的住宅小区中。她长舒一口气，紧握在方向盘上的手微微颤抖。

"喂，你快点，我讨厌等人！"透过后视镜，陆清风一脸不悦的表情。

谢芷婧点着头，匆匆下了车。

住处里到处是横七竖八的啤酒罐和琐碎的零食，看不下去的谢芷婧只能用最快的速度清理出垃圾，她刚往背包里塞了两件外套和书籍，门铃就响了。

来人是佟骁。

谢芷婧有些诧异，问："佟助理怎么在这儿？"

"陆总让我过来拿文件，顺便上来帮你拿行李。"佟骁环顾下房间，吞吐着问道，

"不知陆总的病历能拿给我吗?"

谢芷婧恍然大悟,跑去书柜翻找半天,晃着手里的病历,不解道:"植物日光性皮炎而已,你们为什么这样紧张?"

听完谢芷婧的话,佟骁竟然松了一口气,慌忙将病历放回衣兜内,强颜欢笑地解释道:"毕竟是总裁嘛,一点儿小事都会对公司产生巨大影响。"

真是这样吗?谢芷婧觉得佟骁的反应有些奇怪,她已经见过陆清风患皮炎病的过程,为什么还要紧张那份病历呢?那病历里还有没有其他秘密?谢芷婧真的很后悔,为什么没打开看一看呢?

"走吧,陆总还在等我们。"佟骁接过她的背包提醒道。

谢芷婧应了一声,有些魂不守舍地尾随其后,走到楼梯口时,她忽然看见佟骁开来的车头上有个红色五星的标志。她心底有些疑惑,今天跟踪他们的那辆商务轿车车头上有个五角星的红色标志,而且在其他地方好像也见过。

她在脑海中将这几日去过的地方一一回忆,脑海中的画面突然停在了瑞曼公司的地下停车场。

那天谢芷婧被陆清风派去的人,由地下停车场的专属通道带到了25楼,在她下车的时候,看见停在一旁的轿车上也有个红色五星的标志。

"佟助理,为什么你们车上都有个五星图案?"谢芷婧故作不知地询问。

佟骁随口回道:"那是公司对车辆管理的一种方式,五星里面有编号,易于辨识。"

"如果我没记错的话,今天跟踪我们的那辆车上也有这个标志,既然都是陆总的手下,我不明白为什么还要跟踪他呢?还有,今天在咖啡店的记者们,是一个名叫陆岩的人叫来的,他是谁?"

佟骁一愣,随即解释道:"他的父亲是陆总的叔叔,不过最好离他们父子俩远点。"

"他们是陆总的亲戚,那应该值得信赖吧?"

佟骁意味深长地叹口气:"有些信任无关血缘亲疏。"

这句话有些深奥,此时此刻的谢芷婧还未看穿这句话背后的秘密。她站在车旁,看着佟骁独自驱车离开,再望一眼车内,陆清风头靠着车窗已经沉沉睡去,棱角分明的侧脸尽是静谧的美,修长的十指紧紧地叠在一起,这样的画面与他瑞曼总裁的身份并不相符,倒更像是邻家普通的大男孩。

3

赶到陆清风住处时,天色渐暗。

望着那栋两层楼的旧公寓,谢芷婧一度以为自己找错了地方。在她的意识中,小说里总裁都住着豪宅,最不济也得是豪华公寓,可眼前的房子倒有种文艺片里复古小洋楼的感觉,公寓和一处小花园被铁栅栏包围起来。而当陆清风打开大门的那一刻,谢芷婧真以为自己产生了幻觉。

"快去收拾房间!"陆清风依旧是命令的口吻。

谢芷婧叹口气,房中的家具、书橱、装饰品一应俱全,可全都堆在客厅中间,现在只能算是一堆没有被规整的杂物罢了。她不明白,堂堂一位公司总裁为什么不找搬家公司,或是他那些手下,却把这种体力活丢给她这样的弱女子,即便谢芷婧从不承认自己"弱",可看着高一米的落地玻璃花瓶,还有几个笨重的木橱、沙发,这些绝不是她一人之力能收拾的东西。

陆清风看出她的心思,淡淡地解释道:"我讨厌陌生人进出我的家!"

他的思维的确很异常,令谢芷婧抑郁抓狂,她无语状地笑着:"难道我不是陌生人吗?"

"是!"陆清风回答得干脆,手指习惯性地摸着眉毛,补充道,"不过你是我保镖!私人的!才准你一人进来,所以快收拾。"

说完,他又拿出雇用合约,翻找半天举到她面前,手指的地方写着:乙方要完全听从甲方的命令!

这和卖身契有什么区别?谢芷婧一掌将合约打在地上,撸起袖子,气冲冲地准备干活。

落地花瓶有一米长,又是玻璃材质,谢芷婧生怕摔着磕着,只能抱在怀中挪到窗边,布艺沙发倒是轻松,可推了两下,就听到陆清风抱怨:"不是你的东西就这么随便啊?地板会有磨痕的。"

看着还有一堆家具要搬运,谢芷婧决定闭嘴不再反驳,保存点体力,她长叹一口气,继续埋头搬书柜,只有陆清风这个不安分的家伙,一直在指挥着:"书柜放卧室比较好吧。"等谢芷婧刚搬到卧室门口,他又突然叫停:"不好不好,还是放书房!还有电视柜,挪到东墙,还有还有……"

谢芷婧两臂酸痛地瘫坐在墙角时,已是深夜十一点。陆清风从沙发上站起身,用一根手指挑着谢芷婧的背包朝大门走去,似要使出全身力气,将背包扔出好远。

这个浑蛋!谢芷婧白做了一天苦力,还要被如此冷酷地对待,她只觉得头皮

一阵发麻,跳起来嚷道:"你凭什么丢我东西?"

"因为我是你的老板!"

谢芷婧对他嗤之以鼻:"我卖给你了还是怎样?"

陆清风再次晃着手里的合约,一副不屑一顾的样子:"白纸黑字签着你的名字,不然……"

因为这破合约,谢芷婧觉得自己现在已经毫无尊严可言了,但还是不服气:"贴身保镖不是要住你家吗?"

"哦,这么多房间我还没想好让你住哪里。所以,今晚先出去吧!"

这盛夏的天气真是和陆清风阴晴不定的情绪一个样,黑云压境,虫鸣消禁,大雨来袭。谢芷婧看看门外急骤的雨滴,又盯着陆清风那张魅惑人心的脸,气急败坏地一拳打在墙壁上,出去的时候还不忘重重地摔上门,以泄心中不满。天知道,她怎么会对这样冷酷无情的人有面红心跳的感觉?

即便是炎热的夏季,大雨滂沱的夜晚也多是雷电交加、冷风刺骨。

谢芷婧裹着仅有的两件薄外套,蹲靠在屋檐下瑟瑟发抖,从衣兜里拿出手机,食指在齐安的名字前停顿许久,最终还是压下要打出去的冲动。如果让齐安看到她此刻落魄的模样,真无法想象会有什么后果。

无法进入梦乡的夜晚,注定是漫长的。

雨水落在屋檐上发出有规律的声音,公寓周围的低洼处,积聚起一滩又一滩的水坑,在雨水的碰撞中产生可爱的小水泡,瞬间又会幻灭,时间就在雨夜的陪伴下一点点消逝……

谢芷婧努力撑开酸涩的眼睛,看了眼手表,已经是凌晨一点了,大雨依旧没有要停止的意思,今晚注定要在这儿蹲一夜了。

她拉紧外套,将蜷缩的身体紧靠着公寓大门,睡意袭来,谢芷婧整个身体晃了下,要不是猛然惊醒的她拉住门框,后脑勺一定会直接撞在地上。她凝神一看,身后的大门被打开,屋内的温暖与室外的凉意形成鲜明对比,陆清风穿着睡衣站在门内。

看来陆清风并没那么铁石心肠,谢芷婧心中一阵感动,这家伙终究还是打开了大门。也许,那些暧昧的对话与一次又一次的亲昵举动,并不是她的自我幻想,而是他对她也有好感。

谢芷婧觉得自己有一堆感激的话想对他说,然而所有的事情,并没有像她所预想的那样发生。

陆清风没有开口，甚至没有看她，抬脚从她身边的空隙处走出房门，又走出屋檐。

"喂，外面在下雨，大晚上的你去哪儿？"谢芷婧大感意外地提醒他。

可穿着拖鞋的陆清风一脚踩进水坑里，大雨顷刻间淋湿他的头发和睡衣，然而他却毫无知觉地朝前走，对谢芷婧的话充耳不闻。

眼看着他在雨夜中越走越远，谢芷婧满心疑惑又担心地跟上去，挡在他身前，又问了遍："你要去哪儿？"不过这次，她终于看清陆清风的神态，半眯着眼又呆滞的眼神，似睡而醒，即便被挡住了去路，还是撞了下谢芷婧的肩膀，然后一味地朝前走。

"陆清风，陆清风！"

依旧不理会她的唤声，这样的雨夜看到这样的场景，谢芷婧心中竟有些毛骨悚然，她忽然掩住嘴，呢喃道："梦游！他该不会是在梦游吧？"

虽然谢芷婧在海雷基地学过处理各种应急事件的科目，可是梦游这种病症她从未接触过，一时间有些手足无措。

正当她想着如何处理的时候，不远处响起车门被打开的声音，谢芷婧循声望去，惊恐地朝陆清风跑去，口中抱怨道："梦游还要开车，陆清风你不要命了！我上辈子一定是欠了你什么。"

谢芷婧疯了一般跑到车边，一把将陆清风从驾驶座里拖了出来，她怕自己拦不住，只能用后背死死地将陆清风和车门阻隔开，拼命地叫着他的名字："陆清风，陆清风……"

隐约中，谢芷婧想起老人们说过，不能随便去喊醒梦游者，因为梦游的人忽然惊醒会被吓疯的。想到这，谢芷婧下意识地压低声音，用手轻轻拍着他的脸颊，轻声唤着："陆清风醒醒，我带你回家好不好？"

梦游中的人是很难被唤醒的，面对陆清风一次次推开她想要开车门的举动，谢芷婧提心吊胆，生怕他坐进驾驶室，那样的后果她实在不敢想象。可陆清风力气好大，她实在无力抵抗，眼看他神色呆滞地准备插车钥匙，谢芷婧也管不了那么多了，再次将他拉到车外，嘶吼道："陆清风别睡了，你给我醒醒！"继而一拳打在他左脸上。

雨雾中，谢芷婧抓着陆清风的手臂，他呆滞的眼神在与她四目相接的瞬间恢复了神志，红红的眼圈中，不知是眼泪还是雨水，但谢芷婧却在他深邃的眼底看到了迷茫、委屈、炽热和痛苦……

突然间，陆清风俯身侧头，一个清浅又冰凉的吻落在谢芷婧的嘴唇上，这是谢芷婧的初吻，来得这般突然又毫无征兆。

那是一种触电般的感觉，惊得谢芷婧恍然间松开手，没有了她的搀扶，陆清风眼睑一垂，整个人朝地上倒去，反应迅速的谢芷婧一把抓住他，再次失去意识的陆清风将下巴枕在她肩膀上。

大雨像用水晶串起的帘幕，将陆清风与谢芷婧圈禁在那个冗长的雨夜中。所有的情感，都在那一刻迎来了一个新的开始，陆清风的心属何处无人知晓，但谢芷婧清楚地知道，警告过自己无数次不能对陆清风动情的心，那份悸动，却在此时犹如这狂风暴雨般冲破心门，再无收回的可能。

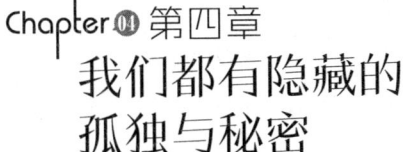

# Chapter 04 第四章
## 我们都有隐藏的孤独与秘密

突然,楼梯口出现一双光溜溜的脚丫,一步、两步、三步……缓缓地站在了谢芷婧房门前,一只手在门锁上拧了下,显然门被反锁,但这人并没打算放弃,几声钥匙扣碰撞的清脆声后,卧室房门被轻松打开。

## 1

把身高一米九的陆清风驮回公寓内,这对干了一天体力活的谢芷婧来说实在吃力,任凭她怎么生拉硬拽,陆清风都毫无反应。

"不会直接吓死了吧。"谢芷婧看着死人般瘫在床上的陆清风,被自己这样的想法吓得心底一沉,怯生生地伸手触摸了下他的颈动脉,好在还有心跳,但是身体滚烫,显然陆清风发烧了!

低头看着自己落汤鸡的窘迫样,谢芷婧无奈地感慨:"陆清风,你个堂堂大男人竟然这么脆弱?发烧、梦游,还植物日光性皮炎,我真是上辈子欠你的!"

谢芷婧在衣柜里随便找了件衬衫,粗鲁地解开陆清风的睡衣,光洁的肌肤、性感的锁骨,她怔怔望着,又匆忙移开视线,摸索着刚准备用被子盖上他的身体时,陆清风突然抓住她的手,将她拉入怀中。

谢芷婧的手臂紧贴在他滚烫的胸前,昏暗的卧室里,她痴痴地望着熟睡中的陆清风,那种近在咫尺的距离,甚至能感觉到他嘴角间的气息,衣服上湿答答的水汽让空气中充满了暧昧的氛围,尽管陆清风口中不断地叫着:"妈妈,妈妈……"但谢芷婧却被这黏腻腻的火热的感觉缭绕得心神难定。

她慌张地抽离手臂,退到墙角,一双手按在胸前,希望能压住此刻内心的悸动。

那一晚,除了帮陆清风更换冰敷袋和喂水外,谢芷婧再也不敢踏进他的卧室一步。

她守在客厅里,一直听着窗外渐渐沥沥的雨声,生怕陆清风再梦游般跑到房外去,而方才一幕幕令人胆战心惊的画面,任凭谢芷婧多么想要抹去,记忆都像是一台播放机,一遍遍循环着,越是想极力忘记,越是刻骨铭心。

周围陷入一片寂静之中,困意也渐渐袭来,谢芷婧趴在沙发上,嗅着清香的茉莉花睡意渐浓,许是这些天太过疲惫,睡梦中总会梦到可怕的游乐场、爆炸声、哭喊声,还有那个看不清面容的小男孩,说着那句"在清风和煦的时节里,我会回到你的身边",而梦中突然出现一个满身鲜血的女人,神色哀伤地朝她伸着手……

"啊!妈妈!"谢芷婧和陆清风几乎同时惊叫道。

她抹去额上的冷汗,回头望着卧室内传来陆清风断续的求救声:"救救我妈妈,求你们救救我妈妈……"

谢芷婧闻声冲进陆清风的卧室,昏暗的灯光下能看到他额上渗出的汗珠,以及恐惧的表情。

没有母亲的人,即便年龄一点点增长,内心深处还是有着对母亲的想念与渴望,然而对一些人来说，哪怕是在梦中，也未必能与那份温暖的母爱重逢。

谢芷婧抚摸着陆清风的侧脸，轻拍着他的肩膀，那张帅气的脸孔下，有着太多悲伤的故事，他母亲是谁？发生过怎样的事？她无从猜测，却为此时的他心疼，谢芷婧自语道："我们都有隐藏的孤独与秘密，看似无坚不摧的外表下，其实比任何人都脆弱。"

陆清风紧皱的眉头在谢芷婧的抚慰下得以舒展，再次安然睡去。

醒来的时候，谢芷婧觉得好热，身上黏腻腻的汗水感觉很不舒服，她猛地侧头去看，愕然发现自己竟躺在陆清风的床上，还盖着他的被子，不过好在床上除了她再无别人。

谢芷婧舒口气，忽然又惊觉起来，呢喃自语道："不会又晚上梦游出去开车了吧？"来不及多想，她迅速地冲出公寓大门，惊慌地叫着："陆清风！陆清风你这浑蛋跑哪去了？"

"喂，一大早就这么骂我，你也太明目张胆了吧？"

这熟悉的口气令谢芷婧停住脚步，转身看到陆清风举着水管正在浇草坪，雨过天晴的阳光，落在他带有怒气的沾着些泥土的脸上，身上的白T恤皱巴巴的，穿着人字拖的脚趾还在胡乱地动着，一落千丈又搞笑的形象，令谢芷婧"扑哧"笑出声，悬着的一颗心也终于安定下来。

陆清风放下水管，朝谢芷婧的方向走了几步，试探的语气："昨晚发生什么事了吗？"

提到昨晚，谢芷婧心底一颤，不停地摇着头："没有，什么也没发生。"她偷瞄他一眼，又迅速地移开视线。

"那你为何会在我房间？又为何穿成这样跑出来？"陆清风一脸茫然地上下打量着谢芷婧。

她低头一看，身上正穿着陆清风的白衬衣，松松垮垮地盖住短裤，两条修长的腿就那样暴露在陆清风的视线中。

谢芷婧不自在地扯着衬衣，试图挡住双腿，心中也是一阵悔恨。昨晚和陆清风一起被淋成落汤鸡，他裹着被子睡得舒服，谢芷婧却没有衣服更换，只能找了件他的衬衣，本想着晾干后再换回来，谁承想竟然睡着了。

然而，任凭她怎么努力回想，都想不起来自己怎么会跑到他床上，于是胆怯地看着陆清风："昨晚我们什么都没发生吧？"

　　话音刚落，院外就响起了汽车鸣笛声，并伴随着一个发嗲的女声："陆清风，房子收拾好了吗？我一大早来讨杯咖啡你不会不欢迎吧？"

　　这人不是别人，正是涂菲菲，说话的工夫已经走下车。

　　谢芷婧不想被人误会，于是赶忙躲在栅栏后一片茂盛的藤蔓下，冲着陆清风摆手，示意他别让涂菲菲进来。

　　陆清风的视线从谢芷婧身上划过，径直走到栅栏旁，边打招呼边将涂菲菲让进花园中。

　　谢芷婧无处躲藏，慌乱中与涂菲菲撞个正着。

　　"她怎么会在这儿？"看着谢芷婧暴露的着装，涂菲菲满是抱怨地质问陆清风。

　　这种场面，简直百口莫辩！谢芷婧故作镇定地看向别处，彻底将涂菲菲的问题推给陆清风，他倒毫无顾虑，不假思索地回道："我的贴身保镖，自然要与我住在一起。"说完看向谢芷婧，语气似命令却又多了些柔和，"去冲咖啡。"

　　谢芷婧心底捉摸不透他在想什么。昨晚还冷酷无情地不准她踏进公寓，今天却像换了一个人般，连说话的语气都变得温柔许多。虽然疑惑，但她还是照做了。

　　衣服经过一夜的晾晒，还是有些潮湿，谢芷婧顾不了那么多，迅速换上自己的衣服，跑到厨房一看，除了必要的厨具外什么也没有，冰箱也不过是个摆设罢了，好在橱阁里有一盒拆封的速溶咖啡，看着没过期，谢芷婧便心生一计。

　　此时，陆清风和涂菲菲正在客厅聊天，只是与涂菲菲热情的态度相比，陆清风却有些搪塞应付的感觉。

　　其实陆清风根本不想见涂菲菲！那一刻，这个想法突然出现在谢芷婧脑海中，她觉得只有这个理由才能解释陆清风异常的举动，故意让涂菲菲看见她穿着陆清风的衬衣，故意说与他住在一起，如果他们真像外界猜测的那样，是情侣关系，陆清风这一系列举动就完全说不通了。

　　"清风，好好的家不住，为什么要搬到这里啊？实在住不惯的话就搬来我家，你爸也好放心啊。"涂菲菲动之以情地劝道。

　　陆清风敷衍一笑，开口道："想一个人安静而已。"

　　简单的一句话，一语双关地挡回了涂菲菲的邀请。但当谢芷婧端上咖啡时，余光却看到了陆清风一丝不易觉察的伤感，再联想他昨晚睡梦中叫着妈妈的惊恐模样，谢芷婧也揣测到搬入这所旧公寓，绝不像他说的那样简单。

　　"你还不出去！"见谢芷婧没有要离开的意思，涂菲菲摆出一副高高在上的姿态催促着。

## 第四章 我们都有隐藏的孤独与秘密

本来就对阴阳怪气的涂菲菲没好印象，如今又是一脸的不屑，谢芷婠也不是忍气吞声的人，不过总归是替人打工的小保镖，为了那笔巨额工资她也不愿惹怒陆清风，只是瞪着涂菲菲，摆出一脸不好欺负的模样，转身扬长而去。

公寓旁有块小草坪，边缘种着五六株茉莉花，还有一簇绿油油的薄荷，虽然公寓外表旧了点，但是环境真的让谢芷婠觉得静美又舒适。

谢芷婠正美美地嗅着花香，公寓大门突然被打开，涂菲菲踩着高跟鞋边往外走边盯着谢芷婠看，那一双勾人又漂亮的眼睛恨不得在她身上钻几个洞。

涂菲菲走了，但陆清风没出来送行。谢芷婠好奇地在门口伸头看了下，他正半仰在沙发上喝着咖啡，似乎在想着事情。

抱着多一事不如少一事的心态，谢芷婠刚要撤身回院中时，只听身后响起陆清风的声音："喂，你进来！"

谢芷婠表情平淡地走到他面前，突然想起他不能吃绿色植物，慌忙问道："这杯咖啡是给涂菲菲的，你怎么喝了？"

"这咖啡里你加了什么？"

谢芷婠一愣："我看园里种了薄荷，就磨成粉加了些。"

她紧紧盯着陆清风的脸，等待着黑斑的出现，但意外的是，陆清风脸上不但没有任何变化，反而还赞叹道："这味道清新爽口，以后记得我的咖啡都要这样的。"

谢芷婠专门查询过植物日光性皮炎的资料，因为野菜含有大量光敏物质，那些过敏性体质或特异性体质人群若在食用后晒太阳，在光照作用下，会发生光化学反应，出现相应过敏症状，轻则皮肤发红，重则皮肤重度红肿，严重的还可导致皮肤坏死等症状。

"你不是不能……"谢芷婠越想越后怕，可话还未说完，就被陆清风犀利的眼神给打断了。

陆清风眼角一抬，带着不耐烦的情绪解释道："这种病不经日晒发病率很低。我最讨厌解释，你能多做点资料准备吗？"说着，他扔出一个药瓶："这药以后你来保管。还有，茉莉花不要乱碰。"

药瓶稳妥地被谢芷婠接过，那是一种名叫烟酰胺的药物，主要是用于缓解植物日光性皮炎的。谢芷婠叹口气，她的保镖工作终归是一些杂活，真不知是该庆幸这工作毫无危险，还是为自己学而无用的功夫而惋惜。

她将药瓶放在贴身的衣兜里，正想离开公寓时，陆清风起身叫住她："以后你就住在一楼的房间，二楼主卧室是我的，没我允许不许上去！还有，家里不准

出现猫猫狗狗一类的动物！"

陆清风转身上了二楼，无事可做的谢芷婧环顾着装饰简洁的客厅，手机忽然传来一条短信。

是齐安发来的，写着："怎么不接电话？你在哪里？"后面便是二十几个齐安的未接来电。

谢芷婧走到阳台，给齐安回了电话，想必担心妹妹，电话一接通就是对她一阵带着宠溺的训斥："谢芷婧你胆肥了是吧，竟敢不接我电话！"

听着哥哥熟悉又温暖的声音，谢芷婧心里五味杂陈，她庆幸昨晚没有给齐安打电话，如果看到她被人赶到门口的落魄模样，作为哥哥得有多心疼！那一刻，她也终于体会到，这个世界上，大概只有亲人才会毫无保留地爱你、宠你、保护你，以至于大多数时候为了不让亲人担心，我们总是强装坚强。

谢芷婧爽朗一笑，回道："昨晚睡得太好，所以没听到。"

手机里传来齐安的质疑声："那个陆清风真的没欺负你？如果有，不管他权势多高、多有钱，我齐安为了唯一的妹妹也绝不会放过他的！"

齐安说到做到，谢芷婧只能赶快打断他，解释道："放心吧，他住在二楼，一般都跟他打不到照面，你不知道这工作有多轻松，最多就是浇草坪、打扫卫生，先不聊了，我去把花浇了。"谢芷婧匆忙挂掉电话，生怕再多说就会被齐安发现端倪。

记忆里的齐安，确实敢为了谢芷婧去跟人拼命。十五岁那年，谢芷婧在学校被六名女生骂是没有亲妈的野孩子时，齐安冲上去就跟她们扭打在一起，那时候十七岁的齐安身材还很瘦削，被六名女生围着拽头发的他很快败下阵来，即便脸颊被女生们挠得道道血痕，嘴里还是恶狠狠地叫嚣着："总有一天我会打败所有欺负我妹妹的人！"

时间真是很奇妙，它会保留住记忆，也会夹杂些不愉快，但那些时光中，只要有关于齐安的，她都会很珍惜地藏在脑海深处，只要想想就会感到温暖与幸福。

谢芷婧刚离开阳台，便听见陆清风和佟骁站在楼梯口聊天。

"跟踪您的人我已经查过了，是您大伯陆展兴派的人，应该是好奇您请贴身保镖的原因。"即便私下，佟骁也是毕恭毕敬的模样。

陆清风一阵冷笑："算了，先按兵不动，但不管怎样，我都会查出真相的！"

两个人的对话中分明隐藏着什么大事，谢芷婧识趣地朝公寓外走去，心中暗想：只做好分内的事，其他的一概不管、不听、不问。

第四章 我们都有隐藏的孤独与秘密

　　她在园中闲逛着，随手将水管一圈圈整理好放到了公寓外墙的边角下，那时佟骁刚好走出来，见到谢芷婧随和地打着招呼："小谢，在这儿还习惯吗？"

　　谢芷婧喉咙一紧，莫名其妙地点着头："嗯，习惯！"可事实上她怎么可能习惯？一想到干了几个小时的苦力活就满心委屈，想到雨夜那个算不上吻的吻，心头更被奇怪的感觉占据着。

　　"那就好，有什么需要也可以直接告诉我。"佟骁点头告别，刚转身却被谢芷婧叫住。

　　"佟助理。"谢芷婧欲言又止，咬咬唇还是问出了心中的疑惑，"那天跟踪我们的人……您至少要告诉我那些人是敌是友。"

　　佟骁怔愣片刻，答非所问却极具深意地说："既然陆总选你做贴身保镖，那你只要记住，在合同期内保护好他，也许日后他能相信的人只有你了。"

　　关于这个问题，谢芷婧没有再打破砂锅问到底，而是试探地问："我怕有什么不周到的，想问下陆总除了植物日光性皮炎外，还有其他需要注意的吗？"

　　"你见到了？"佟骁并不言明，但在谢芷婧尴尬的表情中已经猜到了答案。

　　谢芷婧并不肯定陆清风的病症，用疑惑的口吻回道："梦游症吗？"

　　佟骁叹口气，四下环顾一番，告诫道："切记不要让你我以外的第三人知道。"佟骁看向谢芷婧："陆总小时候经历过一场意外，有恐惧、焦虑等情绪时会使梦游症加重，麻烦谢小姐留心照顾他，还有那些茉莉花，那是夫人最喜欢的花，自然也是陆总最珍惜的。"

　　又是茉莉花，谢芷婧觉得背后一定有段故事，不禁好奇地问："是怎样的意外？那意外和茉莉花有关？"迫切想要知道答案的谢芷婧，并没注意到自己已经逾越了本职工作的范围。

　　所以佟骁也不会透露，只是委婉地回答："花是陆总母亲生前留下的，至于其他，恕我不便告知。"

　　佟骁离开后，谢芷婧就蹲在茉莉花前出神，关于陆清风她终究做不到不闻不问，心里的那些好奇、抵触都会时刻地盘踞在她脑海中。而那一整天，陆清风都将自己关在二楼的卧室里，他不走出来，她也不敢上去叫他。

　　夏日的黄昏最是迷人，谢芷婧坐在公寓门口，搅动着手里一桶香气四溢的泡面，筷子还没到嘴边就被一只手抢了下来。

　　"好饿，这个给我！"陆清风丢下一句话，坐在沙发上就狼吞虎咽起来，吃着还不忘发出感叹："味道真不错。"

以陆清风这样的身份，山珍海味应该是家常便饭，偏偏对这种廉价的泡面情有独钟，他抬头看看谢芷婳，她正一脸怨念地盯着他。

"你也饿？"陆清风一脸无辜，还将泡面桶递到她面前。

谢芷婳翻着白眼，她感觉自己快饿到眩晕了，公寓里没有任何能吃的东西，陆清风一天没出卧室，她这个保镖自然也不能离开住处，就那一桶泡面还是从李敏熙家里顺手拿来的。

见陆清风的表情还算真诚，谢芷婳满怀期待地走上前，低头一看只剩下小半碗粉料水，她再次看向陆清风，一张线条分明的脸上，一边嘴角轻轻挑起，露出邪恶、逗趣的坏笑。显然，陆清风是故意的！

谢芷婳不可置信地苦笑着，心中暗骂：真是个幼稚的变态！

陆清风随手将泡面桶丢在茶几上，因为太过用力，溅出几滴泡面水，他边往二楼走边说道："明天周末，不要吵醒我！"

那时，夜幕降临，谢芷婳半躺在客厅沙发上摆弄手机，肚子饿得像敲打的锣鼓，纠结许久才给佟骁发了一条求助短信。吃的东西今晚是不会有了，她干脆反锁好房门，四肢伸展着趴回沙发上，下巴抵在沙发扶手上，视线刚好直对着二楼楼梯口，她暗想：锁好大门看你还怎么出去。

光线柔和的壁灯与窗外的月光融为一体，为这个公寓带来了又一个详静的夜晚。

## 2

翌日清晨，佟骁拎着大包小包的生鲜食材站在公寓门前，手里东西太多，不禁喊道："谢芷婳，开下门。"

等了好一会儿，见无人应答，佟骁用脚规律地踢了三下，又附在门上听了听，隐约中听到几声娇羞的喘息声，心底不由慌张起来，莫不是陆总和谢芷婳同住一屋檐下，真就干柴烈火，互定终身了吧？佟骁苦笑着，却听见喘息声变成了呼救声。

好在佟骁有备用钥匙，顾不上手里的东西，开门便闯了进去，客厅里并无异样，只有谢芷婳一人趴在沙发上，口中不时发出痛苦的呻吟。

看见佟骁来了，谢芷婳犹如抓住救命稻草般求助道："佟助理，快帮我叫救护车！"

佟骁一脸诧异地走上前，打量片刻，问："救护车？你哪里不舒服吗？"

谢芷婳翻着白眼，哀怨地看着佟骁，抱怨道："还不是你那神经病陆总！"因为太生气，似乎牵扯到身体的疼痛处，她动作僵硬地扶住后腰，疼得一句话也不想说。

听到这，佟骁似乎猜到了事情的大概，谨慎地问："陆总又梦游了？"

谢芷婠无力动弹，只是从嗓子眼里挤出一个"嗯"字。

"不知伤到哪里，你先别乱动，我叫陆家家庭医生过来给你检查下。"佟骁说完便拨通了手机，给医生说明了大体原因就催着对方快些来，挂掉电话还不忘八卦下："你们做了什么？怎么还伤到腰了？"

"我什么也没做！"谢芷婠着急解释。

"那是陆总做了什么？"

佟骁还想再问下去，但那好奇的眼神和让人想入非非的问题，在谢芷婠听来像一根鱼刺哽在喉咙中，咽不下去也吐不出来，如同她此刻一样，无论怎么解释都是越描越黑，于是把头一埋，干脆闭嘴不答好了。

事实上，昨晚的一切真不是佟骁所想的那样。

在谢芷婠的回想中，那时已是深夜十一点，两天没休息好的她努力支撑着双眼，却不知在何时沉沉睡去。而幽静的周围，一阵"嗒嗒嗒"的脚步声传到她耳中，还未来得及睁开眼，后腰上一阵刺骨的疼痛突然传遍谢芷婠全身。

她猛然睁开眼，昏暗的视线中陆清风正悠闲地喝着水。

"起来，你压到我了。"谢芷婠痛苦地吼道，陆清风却像听不到一般，兀自将水喝得一干二净后，才慢悠悠地从谢芷婠身上站起来，头也不回地朝二楼走去。

谢芷婠想起身，痛感却更加强烈，想着应该是被梦游中的陆清风一屁股坐在腰上受伤了，她动弹不得，叫着他名字也不见醒来，手机也掉在地上，近在眼前就是够不着，她只得保持原姿势趴在沙发上，等到天亮后再求救了。

无奈的回忆是被佟骁的焦急的声音拉回现实的："快快快，伤者在沙发上。"

谢芷婠闻声抬头看去，佟骁身后跟着一位穿着短衫的年轻男子，手里提着医用急救箱，稚嫩的脸庞与沉稳的气质很不相符，如果不是佟骁介绍，谢芷婠绝不会相信眼前这个人是医生。

"他叫魏然，陆家的家庭医生，医学院高才生……"

"先帮我看看吧！"谢芷婠疼得难受，不等佟骁介绍完，冲着魏然招手，轻描淡写地将昨晚受伤的经过讲给魏然听，当然是去掉了和陆清风有关的部分。

魏然在谢芷婠的后背上依次按着，每按一下便问道："疼吗？"

谢芷婠摆摆手，当魏然手指停在腰骨关节处时，她忽然惊叫起来，扶着腰说："疼！"

站在一旁的佟骁干着急，建议道："要不送医院吧。"

倒是魏然一脸淡定，说话时还轻笑两声："没大碍的，只是髋骨脱臼，我帮你手法复位，你要忍下。"

谢芷婧还没开口，佟骁解释道："小谢是保镖，一身武艺呢，可不像普通女孩那般娇气。"

害怕疼吗？其实害怕的往往不是疼本身，而是在等待疼痛到来的那一段煎熬。谢芷婧深知这道理，她吞下口水，催促着："长痛不如短痛，赶紧弄吧。"

魏然运用屈伸回旋的复位方法，手法娴熟地在谢芷婧腰上操作着，她一直咬紧牙，额前渗出汗水，这种疼痛她以为自己能忍住，但没想到，魏然突然用力伸直患处的一瞬间，犹如万剑锥心的疼痛还是让她连声惨叫。

那叫声很是刺耳，连佟骁都看不下去地扭过头。魏然则细心地帮谢芷婧擦了下额前的汗水，仔细地叮嘱道："虽然伤势不严重，但两周内还是不要下床，要多休息。"

"一大早鬼叫什么？"从楼梯口传来陆清风不耐烦的低吼声，直到他看见客厅的三人时，睡意蒙眬的双眼才惊觉地睁开，他一手插在裤兜里，一手指着魏然，不可一世的语气："没我允许谁让你进我家的？"

佟骁适时地拦住陆清风，附在他耳边解释道："谢芷婧腰部受了伤，我叫魏医生过来看看。"

听闻谢芷婧受伤，陆清风阴沉的脸上骤然舒展，阴阳怪气地看着趴在沙发上的她，一脸嫌弃地调侃着："腰伤？你昨晚做了什么？"

看着陆清风那副贼喊捉贼的嘴脸，谢芷婧气得嚷道："还不是因为你……"话没说完，她就被佟骁捂住嘴，不停地使眼色。

她忘了，魏然还在旁边，而陆清风有梦游症的事情不能被其他人知道。

"魏医生，既然看完病了，那你就先走吧。"佟骁下了逐客令，魏然识趣地收拾好东西准备离开，可刚走到陆清风面前时就被叫住。

陆清风眼神犀利地盯着魏然，警告道："虽然你是我爸聘请的家庭医生，但我这里不欢迎外人，以后不要让我再见到你。"末了，他看向佟骁，以告诫佟骁下次不准再找这个人。

这样毫不客气的话，让谢芷婧觉得很难堪，总归是医治好自己的医生，她那股要强劲又涌上心头，挥舞着手："魏医生，今天谢谢你！"

魏然讪笑一下，尴尬离开。

谢芷婧的举动分明惹恼了陆清风，他走到沙发前，不屑地说道："反正不能动了，佟骁送她回去，别在这儿碍眼。"

回去？回哪去？一旦回到李敏熙的住处，齐安很快就会知道自己受伤的事，如果是那样，齐安能把陆清风的公寓给拆了。所以，她绝对不能回去，绝对不能！

"我待在自己房间里，保证不出来打扰你，给我两天时间，肯定能恢复好的！"为了不回去，谢芷婧冲着陆清风挤出天真的笑脸。

天知道陆清风有没有被她的天真打动，不过看他无语地转身走向二楼卧室，她就知道陆清风默许她留下来了。

那一天，再没有发生其他特别的事，甚至接下来的两天都相安无事。谢芷婧乖乖地躺在一楼卧室里，每天佟骁会在清晨赶来公寓，做好早餐送到谢芷婧房间内，再开车送陆清风去公司。

如果要说有何担心的事，那便是齐安的催命电话。

因为养伤的那几天，齐安并没在公司见到她的踪影，即便陆清风出现的地方她也没有跟随。以至于齐安每天都会打电话来催问她所在何处。

禁不住逼问，谢芷婧只好找了个外地出差的借口。

本来保镖做些职责以外的事情也很寻常，可是谢芷婧说谎症状太明显，吞吞吐吐的一句话没说完，齐安便知道她有事隐瞒。

那天，刚好开了场例行早会。陆清风跟佟骁聊着公事走出会议室时，忽然被人叫住。

"陆总！"

陆清风转身看去，是个眼生的人，西装革履，神情淡然，再往下看，胸前的工牌上写着"法务部 齐安"几个字。

齐安这个名字，陆清风稍有印象，之前在审核简历时，学历、经验都比同期应聘者略胜一筹，也是众人中最年轻的，因为法务部部长看中齐安，陆清风便默许录用了。所以，他跟齐安不过一眼之缘罢了，在此之前，两个人从未见过。

陆清风重新与齐安对视，态度甚好，并没有端着总裁架子："怎么？找我有事？"

齐安抿嘴而笑："陆总这样身份的人，怎么不见你的贴身保镖呢？"

齐安调侃的语气，似乎话中带刺，也超出了上下属应有的礼节，更何况陆清风与这家伙毫无交情，于是态度强硬地反驳道："我的贴身保镖，岂是你想见就能见的？做好你分内的事吧。"

攥住双拳的齐安，虎视眈眈地看着陆清风，刚要说出自己与谢芷婧的关系时，

等清风与你一起归来

法务部部长适时冲上前解围,推着齐安便是一通训责:"陆总是你能随便搭话的人吗?还不回去工作!"

部长拉着齐安离开后,陆清风甚是疑惑地自语:"他看我的眼神好奇怪。"

"大概是新人比较好奇总裁的生活吧。"佟骁解释完,走廊尽头突然跑出五六个男人,口中嚷着"瑞曼高层欺压下属,必须制定合理赔偿"的口号。

陆清风被众保安护送进安全通道,拧眉重语地问道:"受害员工的安抚和赔偿工作不是处理完了吗?"

因为工作的疏漏,佟骁愧疚地半低着头,说:"两天前在协商会议中,受害员工对赔偿金额都没有异议,我尽快去调查其中缘由。"

陆清风抚着眉心,语气疲倦:"算了,我亲自去跟当事员工面谈。"

为了平息丑闻事件,那些天陆清风忙得焦头烂额,但只要在公司,他永远都是神采飞扬的样子,好似这世间没有任何事能将他束缚。

但站在一个举目众望的高度上,身后总会有不怀好意的眼神跟随。

"陆总,公司出了这么大的事件,您还能这般淡然自若,真是让人佩服。"气氛凝重的走廊上,飘过这样一句突兀的话,不禁让人觉得扎耳。

陆清风放缓步伐,漠然的目光迎上对面笑里藏刀的陆岩,语带讽刺道:"看来我的淡然自若让你看不惯了?"

最后一个字沉浸在短促的冷笑声中,那颇具震慑力的气场压制得陆岩无言以对,只得轻笑两声,错身离去。

悠长的走廊上,陆清风不动声色地注视着陆岩离去的背影,他哪里会看不出陆展兴与陆岩父子二人的狼子野心,不管是咖啡馆记者,还是受害员工,都是二人一手策划的。因为彼此间有扯不断的血缘关系,所以这些年来,陆清风经历着一场又一场来自亲人的尔虞我诈。他要表现得无坚不摧,不能让任何人在任何时候看出他的脆弱。

谢芷婧为了尽快上班赚钱,于是拜托魏然带了几帖中药药膏,好在药效不错,腰伤恢复很快,第四天已经能自由走动了。

午后的天空阴霾而低沉,陆清风被送回公寓时脸色惨白,谢芷婧看着他揉着太阳穴走回房间,不禁拉住佟骁,问:"他怎么了?"

"还是关于瑞曼丑闻的事,因为赔偿事项达不成一致,受害员工闹了好几天,陆总付了一大笔赔偿金才平息了事件,最近又是开会进行内部整顿,又是安抚员

## 第四章 我们都有隐藏的孤独与秘密

工,他几天没休息了,估计累坏了。"佟骁叹口气,从车里拿出些食材,说,"陆总这几天没怎么吃东西,你看着做吧,我得回公司,你身体能行吗?"

谢芷婧笑笑:"当然行,我可没那么虚弱。"其实,她是有些过意不去的,陆清风高薪雇用她当贴身保镖,可她好吃好喝地躺床上睡了四天,不管怎样,她都觉得要做点什么。

送走佟骁后,她整理了下食材,挑出香菇和虾仁,准备给陆清风做碗清粥。

向来不入厨房的谢芷婧,属于那类什么饭菜都能煮,就是味道好不到哪里去的厨艺,所以一锅粥也能做得出来。

在厨房忙了大概两个小时,刚将粥倒进碗中,门铃突然响起来。

这时间会是谁来呢?除了佟骁外知道陆清风住在这里的就只有涂菲菲了,谢芷婧疑惑地打开门,有些震惊:"怎么是你们?"

公寓外的人正是丑闻事件的制造者邱明,再次见到谢芷婧,邱明再无凶狠的模样,反倒是一副唯唯诺诺的表情。谢芷婧也猜出他们的来意。

"在公司我们见不到陆总,跟踪佟骁才找到了这里,麻烦您让我们见见陆总吧。"邱明卑躬屈膝的模样让谢芷婧有些反感,但她还是决定问一问陆清风。

谢芷婧将来人挡在门前,说:"我帮你们问问,如果他不见就没办法了。"在她看来,以陆清风那种火暴的脾气,知道邱明是跟踪找到这里的话,别说见他,估计发火是无法避免了,但让谢芷婧没想到的是,陆清风竟然亲自见了邱明。

见面地点是公寓前的小院子,洁癖如陆清风怎么可能会让陌生人进公寓呢?所以谢芷婧心里有点发怵,为什么他会默许自己住下来呢?这是个至今都让她纠结的问题。

谢芷婧趴在阳台上看着院中的三人,谈话内容完全听不到,唯独陆清风极具穿透力的吼声,即便距离再远,也能感觉到他强大的气场:"既然敢做就要承担后果!不要露出你那像苍蝇一样令人作呕的嘴脸,滚!"

陆清风径直走回公寓,直到他回到房内,谢芷婧才从阳台出来,摸下桌上的粥,已经凉透了,只得拿回厨房再热一热。

傍晚到入夜的时间总是恍然而过。香菇粥冒着热气盛在碗中时,墨色天空中星光璀璨,谢芷婧将视线从窗外收回,刚端起玻璃碗就开始犹豫了,虽然惹恼陆清风的并不是自己,可她心底还是忐忑。

二楼走廊很是明亮,可谢芷婧走走停停用了四分钟才站在陆清风的门前,想

着佟骁的嘱托,她只能感慨道:"高额报酬果然没那么容易赚。"

想到这,谢芷婠也就释怀了,刚伸手想要敲门时,木门忽然被打开,低头走路的陆清风没看到门口有人,猛地擦肩而过时撞翻了谢芷婠手里的粥碗,在一道巨大而清脆的搪瓷碗破碎的声音后,米粥溅了一地。

谢芷婠倒退两步,本以为陆清风会大发雷霆,可他却比她更惊恐,眼神木讷,喘着粗气,整个人失常地退回卧室,只留下谢芷婠怔怔地盯着那道木门,清醒状态下的陆清风,第一次露出脆弱、慌乱的神色,碗碎的声音似乎将他带回了一个可怕的回忆里,这样的陆清风,她还是第一次见到。

3

清晨第一道曙光落在客厅的时候,餐桌上已经摆好浓香的牛奶和面包。

时间刚刚六点整,一身运动装的陆清风走下楼梯,他站在厨房门口疑惑地看着谢芷婠,问:"你在干吗?"

关掉燃气的谢芷婠从餐厅探出脑袋,笑吟吟地答道:"拿着贴身保镖的工资,我总不能终日游手好闲吧。"

陆清风再次挑起嘴角,似是早有预料般:"以后有你要做的事。"说完便走进另一间房。

那是陆清风的健身室,有划船器、跑步机、肩部推举机、复合高拉机,虽然种类只有这四种,但他坚持每天清晨锻炼一个小时。

谢芷婠清理完厨房,又在阳台练习了几招擒拿术后腰部便隐约疼痛起来,于是只好作罢,她整理下衬衣,刚坐下唶了两口面包,陆清风就准时从健身室走出来。她随意一瞥,视线就再也挪不开了。

陆清风褪去运动衫的上身,赤裸裸地映入谢芷婠的眼帘,雪白的肌肤,没错,一个男人的肌肤不是麦色,而是雪白的,他站在窗边,一道明晃晃的阳光落在他弧线好看的斜方肌上,若隐若现的锁骨,健硕结实的胸肌,以及分明又诱人的巧克力腹肌……谢芷婠咬着面包,痴痴地盯着他看。

"喜欢吗?"陆清风将头一歪,调侃的语气。

被他这么一问,谢芷婠恍然回过神,这才发觉自己有多失态,一时也手忙脚乱起来,连说话都不利索了,她指着餐桌:"早餐做……做好了,我去打扫卫生。"话音未落,谢芷婠顾不上未痊愈的腰伤,拔腿就冲向自己的卧室。

可就在此时,谢芷婠的房内发出异样的响声。她心底一惊,扭头看着陆清风,

# 第四章 我们都有隐藏的孤独与秘密

显然，异样的响声已经引起他的注意了。

"你房间里有什么？"陆清风说话的间隙走到她房门前，伸手就要拧门锁。

谢芷婧一巴掌打在他手背上，用身体挡在门前，并极力反驳道："没什么，女生的房间，你个大男人怎么能随便进？"

陆清风好奇心作祟，她越阻拦，他就越想知道房内藏了什么不可告人的秘密，奈何佟骁不合时宜地在门口探着脑袋，提醒道："陆总，会议要迟到了。"

谢芷婧敷衍一笑："陆总你放心去吧，我会看好家的。"

陆清风瞪了一眼佟骁，毕竟会议更重要些，他只好作罢。但是转身离开时，陆清风嘴角勾起魅惑的笑容，似乎心里盘算出了好办法。

待陆清风离开后，谢芷婧难得有个独处的机会，也能安静地想些事情，她努力回忆着父亲被抓的原因，一遍遍念叨："资金……资金，这资金是从哪儿来的呢？"

父母因资金问题被抓，谢芷婧也不愿坐以待毙。好在李敏熙是记者，门路较多，人脉也广，出去采访时就顺便帮她打听下消息。

越想越蹊跷的谢芷婧给李敏熙发了条短信，结果不到一分钟，电话却打了回来。

谢芷婧一愣，问："这时间你不是在开会吗？"

"查到了，我查到了！"手机另一端是李敏熙激动的声音，不给谢芷婧发问的机会，解释道，"我托银行的朋友查了下你爸那笔钱的收账时间，是2014年10月8日，具体金额明细我拿不到。"

果然事有蹊跷。谢芷婧记得非常清楚，2014年10月8日，父母为了去荷兰旅行，特地休了年假，整个10月两人都不在国内，也没接过任何案子。而这笔资金偏偏在这个时间点出现，实在可疑。

那天，谢芷婧不顾腰伤赶到看守所，她将疑问告诉代理律师，希望能从父亲那里得到些线索，然而律师却带给她一张字条，是父亲的字无疑，内容却是：你们要相信父亲，但只需要相信就好，不要牵涉其中。

言下之意就是父亲是被诬陷的，但他甘愿背这个黑锅！

看着字条，谢芷婧一时也没了想法，而且事情还没弄清楚，她也不想平白让齐安担心。

离开看守所时正是傍晚六点，下班高峰期，一辆出租车都找不到的谢芷婧只好挤公交。这里与陆清风的住处刚好在城市的南北两端，她换乘了三辆公交车，用了两个小时才回到公寓。

房内一片漆黑，谢芷婧试探地唤着："陆总？"

　　没人回应，显然陆清风还没回来，她不禁长舒一口气，揉着疼痛的后腰，紧张兮兮地钻进自己的卧室，却丝毫没察觉楼梯拐角处站着一个人。

　　这人不是别人，正是满脸好奇的陆清风。他蹑手蹑脚地走到谢芷婧房外，将耳朵贴在门上，仔细地听着，似乎听到了一点儿声音，是她娇滴滴的撒娇声："今天我很不开心，但是只要摸摸你就烦恼全无，你的肚皮好可爱，好想亲亲你……今晚我们要一起睡哦……"

　　这让人脸红又想入非非的话，听得陆清风目瞪口呆，他刚想换个姿势继续听听房内的动静，结果动作太大，一脚踢在了门框上。

　　陆清风怕被发现，手忙脚乱地跑到门口，装作刚回家的模样。谢芷婧也适时出来。

　　"陆总回来了，有什么需要我做的吗？"谢芷婧一脸平静，毕恭毕敬地打着招呼。

　　心里早有想法的陆清风，演技更好，他随手丢下车钥匙，边朝二楼走去，边说道："没事，今天很累，我准备睡了，你也早点休息吧。"

　　这般随和的对话，谢芷婧还是第一次听到，虽然觉得不习惯，但陆清风的脾气的确阴晴不定、性格也难以捉摸，所以她也没多想，随手锁好门关掉灯，便走回卧室。

　　那夜，也无风雨也无晴，连夏虫都停止了鸣叫，黑幽幽的客厅里，静得钟表秒针跳动的声音都令人心惊胆战……突然，楼梯口出现一双光溜溜的脚丫，一步、两步、三步……缓缓地站在了谢芷婧房门前，一只手在门锁上拧了下，显然门被反锁，但这人并没打算放弃，几声钥匙扣碰撞的清脆声后，卧室房门被轻松打开。

　　许是周围太黑，那双脚放慢了速度，然后俯身在地上、墙边摸索着，直到顺着床边摸到一个柔软且毛茸茸的物体时，伴着一声慵懒的"喵"声，男人如暗夜惊雷般的叫声响彻整个公寓。

　　闻声惊醒的谢芷婧迅速地打开台灯，有个光着脚丫的男人坐在地上，她定睛一看，诧异地问："陆清风，你怎么在我房间？"

　　大感不妙的陆清风两眼一闭，慢悠悠地起身往房外走，还不时发出呻吟声："我怎么睁不开眼睛……我好像在梦游……"

　　谢芷婧仔细观察，低头看见他紧攥的拳头外，露出半截钥匙，再联想他方才的举动，她大概明白几分，几步上前堵在门外，见陆清风依旧双眼紧闭，她哭笑不得道："据说，梦游患者不知道自己处在梦游的状态，我看你不是病要痊愈，就是病入膏肓了。"

　　此话一出，陆清风深知无法再演下去，但碍于面子还是打算闭着眼硬闯出去，然而没等他行动，脚踝处就被一团毛茸茸的东西蹭来蹭去，惹得陆清风几步蹿到床上，指着谢芷婧咒骂道："你个神经病，竟敢在我家里养猫！"

　　这只小猫是在住宅区的绿化带捡到的，遇见它的时候奄奄一息，看上去很是可怜，谢芷婧向来喜欢小动物，可陆清风连外人都不准进家门，更别说一只流浪猫了，她这才偷偷养在自己卧室里。

　　只是，陆清风真的不喜欢猫！他穿着背心和大裤衩，头发凌乱，一脸窘相，两条小腿上的汗毛在他白皙皮肤的衬托下甚是醒目，他气得在床上跳脚，与往日西装革履、在商场上运筹帷幄的霸气模样形成巨大反差。

　　谢芷婧极力忍住笑意："难道大半夜装梦游闯进我房间的你，就不是神经病吗？一只猫把你吓成这样。"她用轻蔑的眼神将陆清风上下打量了一番。

　　陆清风一时语塞，尴尬地跳下床，恶声吼道："这是我家，哪间房我都能去！"他又看了眼憨态可掬的小白猫，用命令的口气说道："赶紧把它送走！"

　　"让我多养几天吧，我保证不让它出这间房。"谢芷婧语气软了下来，虽然陆清风这家伙有洁癖，但她还是打算祈求试试。

　　陆清风端视她的双眼，嘴角一挑，习惯性地用中指摸着眉毛。

　　没有拒绝，就是还有希望！谢芷婧心里有了底，补充道："我可以每天把公寓打扫一遍，以后你的命令，我保证完全服从！"

　　"这些都是你应该做的。所以，快送走这只猫。"

　　"再养两天。"

　　"立刻送走！"

　　"就一天。"

　　"明天！"

　　两个人一番讨价还价，最终还是以谢芷婧败下阵来画上句号，看着陆清风扬长而去的背影，她只能感慨，不该对一个冷酷无情的人抱有期待。

　　所以整个后半夜，谢芷婧彻底没了困意，为了给小白猫找到靠谱的主人，她翻遍了手机联系人，最后还真找到了一个合适的人选。

# Chapter 05 第五章
## 同住的惊慌与悲喜

如果没有总裁和保镖的身份，如果没有之前的种种，她或许会毫不犹豫地喜欢上他。但谢芷婠讨厌没有可能的感情，更不屑拖泥带水的爱情。所以，那颗被解封的心，她要极力克制情感的滋长。

1

　　熟睡中的陆清风是被一阵谈话声吵醒的，他瞄了一眼窗外，天边刚刚泛起鱼肚白，闹钟也才显示是5:30。

　　"这个女人一大早就不消停。"还没清醒过来的陆清风爬下床，只朝窗外瞧了下，睡眼惺忪的他立刻来了精神。

　　一楼大门处，魏然穿着运动短衫笑吟吟地跟谢芷婠聊着天，手臂上精壮的肌肉露在短衫外，陆清风嗤之以鼻："穿这么清凉，显摆给谁看呢，谁还没有几块肌肉！"

　　事实上，魏然是被谢芷婠叫来的，因为那只猫。

　　小猫用毛巾裹住，谢芷婠依依不舍地递给魏然，歉疚地说道："怎么都觉得医生特别有爱心，真是麻烦你照顾它了。"

　　"我也很喜欢它。"魏然逗着怀中的猫，不时微笑，不时蹭着它身上的绒毛，有爱的模样像是散发光芒的暖男。

　　"当医生就有爱心了？你是他肚子里的蛔虫吗？"

　　谢芷婠和魏然聊天时，身后忽然传来一个刺耳的声音。两个人同时看去，魏然有些惊讶，而谢芷婠则是惊恐。

　　只见陆清风手插裤兜戳在门旁，衬衣纽扣也不系，看见魏然还不忘把后背挺得直直的，好看的腹肌若隐若现。

　　可他这个举动在谢芷婠看来太危险了！清晨醒来，一男一女从同一栋房中走出，男的还衣衫不整，任谁都会误会的。

　　谢芷婠吞下口水，笑得异常尴尬，连解释都吞吞吐吐："魏医生别……别误会，不是你想象的那样，我是保镖……而且我们是分开睡……"一句话没说完，谢芷婠就果断地闭上嘴，什么叫越描越黑，她今天是完全体会到了。

　　陆清风嘴角浮现一抹谜之微笑，这笑中透露出他的幼稚、他的喜悦，以及他的胜利。他本以为，听了谢芷婠那令人想入非非的解释后，魏然会识趣地离开，可这书呆子一样的家伙却抱着猫，凝视着她等待进一步的解释。

　　陆清风心中不悦，摆出一副没睡醒的样子，抬手揽住谢芷婠的肩膀："大医生你能走了吗？我们还打算睡个回笼觉呢。"

　　一语戳醒魏然，不等谢芷婠开口，他抱着猫赶紧离开了这个是非之地。

　　陆清风则瞥了下怀中人的愤恨眼神，一脸淡然地走回公寓。

　　"喂你站住！合同里可不包括这些！"这个清晨发生的事，着实令她吃不消，

## 第五章 同住的惊慌与悲喜

一时也找不到更好的话题表达不满，唯有将合同搬出来。

陆清风停住脚步，板着一张俊美的脸，再次恢复高冷的气场，答道："合同和你，现在都属于我！"

合同和你，现在都属于我！

如此霸道的一句话，却在那一刻轻轻撞击到谢芷婧尘封许久的心，一下、两下……第一次，她听到心跳的回应声。

如果没有总裁和保镖的身份，如果没有之前的种种，她或许会毫不犹豫地喜欢上他。但谢芷婧讨厌没有可能的感情，更不屑拖泥带水的爱情。所以，那颗被解封的心，她要极力克制情感的滋长。

总喜欢抬扛斗嘴的人，突然没了回应，陆清风侧目望她，转身离开时，脸上终于忍不住露出欣喜的笑容。只是那笑容连他自己都未觉察到罢了。

因为清晨的这场闹剧，陆清风错过了早餐时间。

他健完身，换好衣服走出公寓的时候，佟骁刚好开车赶来，而愣站在院中的谢芷婧一脸凝重的表情，与神采飞扬的陆清风形成鲜明对比。

佟骁虽不爱八卦，但总归是有好奇心的，尤其是知晓两个人充满戏剧化的相遇过程，总觉得他们关系不简单。佟骁吐口气，感叹道："我真想知道你们每天在这公寓里会做些什么。"

没想到，向来沉稳又老实的佟骁会说这样的话，听得谢芷婧脸色一暗，悻悻地正要离开时，却看到陆清风迎面走来，她一心想避开他，可刚绕到栅栏旁，就被他抬起的手臂拦住去路。

"把公寓彻底打扫一遍，不要让我发现有猫的痕迹！"陆清风声音冷厉，在说"猫"字时仿佛牙齿都要咬碎一般，以此表明对猫的痛恨程度。身后，佟骁发动汽车的轰鸣声打破清晨的宁静，他回身径直上车，又像是突然想到什么似的摇下车窗，一脸的不悦："我要的是保镖，不是贵夫人！"

陆清风没头没脑的一句话，让谢芷婧一时间悟不透他想表达什么，两个人谁都不愿先开口，就那样四目相对。最终还是佟骁打破了尴尬，插嘴道："陆总是问你腰伤有没有好些，什么时候能上班？"

佟骁一番通俗的解释后，谢芷婧终于从大脑短路的状态中回过神，郑重回答："明天！"

听了她的回答，车子才在陆清风的命令下驶离，那一刻，谢芷婧心中竟有些莫名的失落感，连她自己都不知道这种感觉从何而来。

等清风与你一起归来

"姑娘。"身后冷不丁传来一个唤声。

谢芷婠回过神,才发现栅栏外有个四十岁左右,身材微胖的妇人正朝她招手。

这名妇人算是陆清风的邻居,两家公寓间只隔着一道栅栏。虽然是近邻,也偶尔打个照面,可谢芷婠一直未有机会与其交流,只是听大家都叫这妇人徐阿姨。

只见徐阿姨满脸堆笑,笑容推动着脸上的横肉,使得眼睛眯成了一条缝,白嫩的肉手还在忙着晒被单,嘴上却没闲着:"你和那小伙子是新婚夫妻吧,你们怎么不在婚房里贴点红喜字呢?"

"我们不是那种关系,您误会了。"从知道要跟陆清风同住的那天起,谢芷婠就猜想到一定会有人误会,可想不到会这般百口莫辩。从涂菲菲、魏然、佟骁,再到这位徐阿姨,她实在懒得解释了,唯有牵强一笑,准备逃开。

见谢芷婠转身要走,徐阿姨语气有些着急地叫住:"哎,小姑娘你等下。"

谢芷婠无奈一笑:"叫我谢芷婠吧!徐阿姨。"

"好好好,叫什么都行……不过,你能帮我个忙吗?"不管谢芷婠答不答应,徐阿姨已经将三条鸭绒被子晾在了阻隔两家的栅栏上,边忙边说,"这是冰岛野鸭绒被,是用冰岛雁鸭的绒毛制成的,一件要十几万呢……"

徐阿姨对自己的奢侈品侃侃而谈,谢芷婠却听得不耐烦,打断道:"我还有事要做,先走了。"

"等下,我家干活的阿姨有事回老家了,我朋友找我去远郊泡温泉,这些东西刚清洗完,必须要自然晾晒才行,你离得近帮忙照看下,我明天清早就回来收。"

谢芷婠一向不爱管闲事,便委婉地拒绝道:"您这被子太贵重了,我又没时间照看,您还是另外找人吧。"

可徐阿姨却不把自己当外人,嚷了一嗓子:"我看你最合适,就这么决定了!回来请你吃饭。"谢芷婠还没来得及表态,徐阿姨已经身手矫健地走出了家门。

无奈归无奈,可事情落在了自己肩上,想赖也赖不掉。

整整一天的时间,谢芷婠都神经兮兮的,每打扫完一间房,就跑去阳台观察下昂贵的鸭绒被是否还在。而两层的公寓清理起来一点儿也不轻松,她一刻不休地干活,才在傍晚前将角角落落打扫得一尘不染。

然而谢芷婠连喘口气的机会都没有,就被驾车回来的陆清风一嗓子叫到了门口。

"把后座的文件搬到我房间去!"停好车的陆清风,一路潇洒两手空空地走回公寓,全然无视后面抱着两摞文件,累得气喘吁吁的谢芷婠。

## 第五章 同住的惊慌与悲喜

那是她第一次进入陆清风二楼的卧室，鹅黄色的布窗帘在夕阳余晖的烘托下，透着一股暖彻心扉的光芒，摆满书籍的柜子上有一个相框，照片有些泛旧，一个神态恬静的女人抱着一个十一二岁模样的小男孩，身后是五彩斑斓的旋转木马。

"文件放桌上，去忙你的！"

陆清风一句话将谢芷婠从照片的温馨氛围中拉回了现实。她放好文件，余光刚好落在印有"芬兰AST国际休闲公司合作事项"的文件封面上。

"还不出去？"陆清风催促道。

谢芷婠侧身挤出房门，前脚未落，房门就"嘭"的一声关上了。

在这间公寓里，没有电视，也没有过多的交流，时间不过20点整，可整个客厅却陷入了无穷的幽静中。在谢芷婠看来，这里一点儿家的感觉都没有，冷清得让她觉得痛苦。有时她会想，好不容易找到的保镖工作，真的就要在波澜不惊的时光里度过吗？

那一晚，谢芷婠彻底失眠了，是因为她对这份工作的悲观情绪，更是因为不敢睡！一想到陆清风深夜闯入卧室的举动，她就觉得毫无安全感。于是整夜，只要客厅有一点儿声响，她就开条门缝仔细观察。

果不其然，后半夜时谢芷婠被一阵开门声吵醒，透过门缝和微弱的月光，陆清风幽幽的身影移到大门处，只见他利落地开门、穿鞋，然后径直朝室外走去。

梦游？谢芷婠摇摇头，自我告诫道："又想装梦游骗我，演技那么烂，鬼才信你！"

### 2

这世界上，并不是所有的事情，都一定存在必然的联系。就像几条鸭绒被，也能牵扯出一场令人哭笑不得的闹剧。

"谢芷婠，谢芷婠……"

女人尖厉而撕心裂肺的声音，似要刺穿耳膜一般将谢芷婠从睡梦中吵醒。

那声音辨识度极高，一定是住在隔壁的徐阿姨！谢芷婠不耐烦地冲到院中，刚要发火时，自己倒先被眼前的一幕吓呆了。

看见谢芷婠出来，徐阿姨更有了底气，嚷道："你不想帮我就直说，你怎么能这么做呢？这些鸭绒被你知道有多贵吗……"

有多贵呢？她真不知道，但满地被剪得粉碎的被单和随晨风飘荡的鸭绒毛，使现场狼藉得犹如经历了一场恶战。突然间，谢芷婠想到什么，昨晚陆清风有离

开过公寓，莫非当时的他真是梦游的状态？

她越想越觉得陆清风有嫌疑，可徐阿姨已经从指责升级成哭诉："这些可都是从国外买回来的，你赔都赔不起！"

向来大大咧咧的谢芷婧，平生有两怕，一怕女人哭，二怕女人吵，即便她一身功夫，但只要对方是女人，她都下不了手。此刻的谢芷婧完全没了办法，脑袋嗡嗡作响，为了表示歉意，只能一味地道歉："徐阿姨，真的很抱歉，但这真不是我剪的。"

"不是你还能是谁？居然妄想抵赖，走！咱们去看监控！"丧失理智的徐阿姨，拉扯着谢芷婧不撒手。

挣扎中，突然有人握住谢芷婧的手腕，一用力将两个人分开，徐阿姨后退两步险些跌倒，谢芷婧却稳稳地抵在那人怀中，她回头望去，是陆清风！

他穿着浅蓝色的衬衣，搭配一套条纹湖蓝色的西装，简短而梳起的发型，更衬托起他威严的表情。

陆清风眉头紧皱，徐阿姨态度立刻软了下来，委屈道："我得弄清楚是谁剪烂了这些东西。"

"不是要看监控吗？走吧。"陆清风漫不经心地说完，就被谢芷婧抱住手臂，频频朝他摇头。

陆清风抽回手臂，不耐烦的语气："你怕什么？又跟你无关。"

当然跟她无关！可此事却与他有关，倘若监控拍下了全过程，那么陆清风患有梦游症就会被人发现。然而他却毫不在乎，害得谢芷婧只得一路小跑着跟在两个人身后。

保安室的监控电脑前，按照日期很快找到了昨晚的视频。只是看到真相后，除了谢芷婧，当场的所有人都震惊了。

视频中，穿着睡衣的陆清风步履缓慢地走到栅栏旁，借着街灯的光线，能清楚地看到他手里握着一把剪刀，只见他动作利索地将鸭绒被剪得粉碎，两剪子下去，白色鸭绒在夜风的吹拂下，哗啦一下漫天飞舞……

徐阿姨睁着浑圆的眼睛，指着陆清风："你……你……"一口气没上来，气得坐在椅子上喘息着。

梦游中的患者是真的不知道自己经历了什么。看完真相后的陆清风也一脸惊异，不道歉也不解释，只是情绪低沉地盯着电脑屏幕，但在他貌似平静的脸上，谢芷婧却感觉到一丝恐慌。

虽然看不透他在想什么，但通过这段时间的相处，让谢芷婧深知他是一个自尊心极强的男人。或者说，陆清风当初肯出百万年薪来聘用她做保镖，完全就是为了悄无声息地拿回病历，并防止病情外泄，可他凭什么相信她会守口如瓶呢？这点，谢芷婧始终想不明白。

然而当务之急是处理眼下的危机。

商海上运筹帷幄的总裁，因患梦游症而剪坏邻居的物品。如此落差，连谢芷婧这样的旁观者都觉得不可思议，也更加感受到陆清风此时的窘迫。

那么，要怎样化解眼前的危机呢？谢芷婧思来想去，当视线落在保安桌上的一张喜帖时，脑中灵光一闪，她突然抓住陆清风的手，万般柔情地靠在他身上："亲爱的，昨晚都怪我惹你生气，以后你要是再不开心就直接告诉我，别再拿别人的物品撒气了好吗？"

望着含情脉脉的谢芷婧，陆清风只觉得后颈发凉，一边挣脱一边质问："你中邪了？干吗这样？"

两个人亲密的举止完全像秀恩爱的小夫妻，这让徐阿姨更加恼火，好不容易舒口气，指着两个人："我不管你们是撒气还是中邪，先说说这鸭绒被怎么办吧！"

见徐阿姨并没再关注监控视频，谢芷婧悬着的心终于放下了，她眉头一抬与陆清风视线相对，笑靥如花道："亲爱的，不如我们赔钱给徐阿姨吧，你觉得呢？"

谢芷婧一口一个亲爱的，叫得陆清风心慌不已，整个人木讷地掏出钱包，随手捏出一沓百元大钞递到徐阿姨面前。徐阿姨撇撇嘴，不屑道："我这些是冰岛鸭绒被，全球知名品牌，一条就要29万，你这点钱换个被面都不够。"

闻言至此，陆清风面不改色地又递上一张银行卡，云淡风轻地说："卡里有30万，你看够不够赔偿你的被子，密码在反面。"

即便不知道鸭绒被的实际价格，可看着徐阿姨一脸惊喜又贪婪的谄媚笑颜，谢芷婧就知道钱给多了！这家伙竟然随随便便拿出那么大一笔款项的银行卡给对方。她回过头眼神犀利地瞪着陆清风，真就一副教训老公的架势，不自禁抬高嗓门道："就你有钱！都不问问值不值那么多钱，给钱给得那么顺手，真是个冤大头，缺心眼的。"

一番话，听得众人尴尬不已，更何况陆清风呢。本就患梦游症还无法言明，已让他够憋屈的，如今想他一个公司产业遍布全国的大总裁，竟然被自己的贴身保镖在大庭广众之下骂脑子进水，陆清风再也不顾身份与形象，上前就与谢芷婧对吵起来："你个笨女人，昨晚你要是拦住我不就没这些事了？我要你有何用？"

盛怒之时，多失体。

两个人完全忘了周围的人，互不相让地在保安室里指责起对方，弄得五名保安不知如何是好，最后还是一位年长的保安队长笑吟吟地劝道："两口子床头打架床尾和，夫妻嘛，就要吵吵才恩爱。"

"谁跟她/他是夫妻？"谢芷婠和陆清风异口同声地吼完，才意识到一屋子人都在注视着他们，尴尬之情可想而知，两个人不禁在心中暗暗叫苦，一前一后地逃出了保安室。

住宅区的林荫小道上，阳光穿过叶隙落在柏油路面上，像一幅斑驳陆离的油画，谢芷婠埋头跟在陆清风身后，心不在焉地踩着他倒映在地上的身影。

夏风幽幽，传来一阵刺耳的笑声……

谢芷婠循声望去，凉亭里，徐阿姨正晃着手里的钞票和银行卡，跟三两好友显摆，扬扬得意道："想不到才几千元的鹅绒被，随随便便说点谎话就赚了几十万，这钱真是得来全不费功夫啊。"

真不知要占多少小便宜，才能练出那一副充满铜臭味的腔调。再想一想徐阿姨之前的种种，抱着双臂的谢芷婠心中蹿起一股无名之火。

而另一边，刚走到公寓门口的陆清风，转眼发现身后竟没了人，打谢芷婠的手机也没人接，只好循着来时的路再去找。好在没走多远，就听到了闹哄哄的争吵声，他穿过住宅区的小花园，远远看见凉亭边上两个人正在推搡着，旁边看热闹的人也不劝架。

陆清风快步走去，争吵的内容也越发清晰。

"给了别人的钱，哪还有要回去的道理？再说这是你们赔我被子的钱。"

"被子按价赔偿，多余的钱你拿来！"谢芷婠看不惯如此作风，一着急就想要去夺徐阿姨手里的银行卡。

抱着到手的鸭子不能飞走的心态，徐阿姨瞬间张牙舞爪地撒起泼来，推搡中，不知何时来拉架的陆清风被徐阿姨挠破了嘴角，血珠直冒。

钱估计是要不回来了，连陆清风也受伤了，跟徐阿姨的这番较量，谢芷婠尽占下风。她抹了抹额头的汗水，正准备再上前理论时，手臂就被陆清风抓住，她不理会，依旧往前冲，最后整个人被扛上肩膀，任由她捶打喊叫，陆清风只顾前走。

谢芷婠看上去跟普通女孩身形差不多，可在肩上奋力挣扎着，着实让陆清风有点吃不消。

## 第五章 同住的惊慌与悲喜

他没有回公寓，而是径直走到车前，用力拉开车门时整辆车都颤抖着，继而粗鲁地将谢芷婧塞进后座，他钳制住她的双手，低吼道："谢芷婧别闹了！我根本不在乎那点钱！"

是啊，一个身家上亿的总裁，怎会像她这样没见过世面的小女生一样，在乎区区几十万呢？所以，在那一声低吼后，谢芷婧彻底没了方才的战斗力，像个泄了气的皮球，从喉咙中挤出一个"哦"声后，便不再动弹了。

"上班迟到了，直接去公司。"

陆清风说完，谢芷婧就想去开车，却被他按住肩膀："这次我开吧。"说完便坐进了驾驶室。

这是他第二次开车载她。上一次还是在瑞曼公司门口，为了躲避记者，她被他推倒在后车座上。谢芷婧摸着滚烫的脸颊，甩甩头以试图忘掉脑中的画面，可情感在那一刻就像是浸入蜂蜜中的面包，甜甜的味道一点点渗入她所有的思绪和心间。

"我能问个问题吗？"谢芷婧吞吐着，似乎还在犹豫要不要问出口。

"觉得我不会回答的话，就不要问！"陆清风回答得干脆又无情。

可是疑惑会驱使好奇心，继而想要一探究竟。谢芷婧吞吐片刻，终于问出口："我知道，你让我当贴身保镖，是怕我泄露你患有植物性日光皮炎的病情，可我不明白，让我和你同住公寓，就不怕我得知你的梦游症后，向外界透露吗？你雇用我的原因到底是什么？"

"你不会透露的！"陆清风不假思索地回道。

谢芷婧更加疑惑，苦笑："我都不了解我自己，你哪来的自信？"

"凭我的直觉。"陆清风唇间发出一丝冷笑，"而且你的肢体和表情已经说明了一切，刚才在保安室，你不是在极力替我隐瞒病情吗？还有，我的确需要一名保镖，而你刚好拿错了我的病历，为此我必须雇用你才能不费吹灰之力地签署保密协议。"

这不夹杂任何情感的回答，本是谢芷婧最期待的，可他的字字句句却犹如秋日之风，顷刻间将一股惆怅吹进她心底，而一句没经过深思熟虑的话也脱口而出："仅此而已吗？"

陆清风睨她一眼，意味深长的语气："难道你在期待什么吗？"

这句话令车厢内的气氛凝结，谢芷婧听着汽车行驶的声音，偷偷凝视着他的背影，第一次她质疑了自己，也许当陆清风的保镖从一开始就不是正确的选择。

此时，一缕阳光穿过车窗落在谢芷婧的手背上，暖烘烘的，她张开掌心，顺着光线望向天空，她希望时间不会辜负期待。

至少，能让人生这般平静。

只是平静就好。

### 3

自从腰受伤后，谢芷婧就再也没来过公司，而今天再踏进瑞曼时，下到保安大叔的新着装，上到办公区域的装修全都焕然一新。

陆清风带着一股令人窒息的气场走在前面，谢芷婧与他保持半米的距离，紧随其后。

瑞曼公司的一楼大厅里，高层职员站成两排，看见陆清风，众人整齐地鞠躬，喊道："陆总好。"

虽然陆清风才是主角，可第一次遇到这种阵势的谢芷婧，心中不免紧张，她抬头环顾一番，竟在队尾看到了齐安。几日不见，哥哥似乎瘦了许多，眉头紧锁的样子看上去心事重重。

齐安应该是看到了谢芷婧，可她却觉得哥哥又匆匆避开了她的视线。

然而这一刻，不自在的人何止谢芷婧和齐安，还有陆清风。

站在大厅正中间的陆清风，扫了一眼周围，恰巧佟骁赶来，在他耳边低语道："这是陆展兴安排的。"

闻言陆清风露出一个不易觉察的冷笑，小声嘀咕道："花招还真不少。"言毕，他重新面对众职员，一副领导风范："我向来不注重这些门面，不过今天谢谢大家。"陆清风深深鞠躬，步履稳健地走向电梯。

谢芷婧这次学聪明了，率先替陆清风按电梯键。

狭小的空间里，谢芷婧双手叠加在身前，总觉得后背被一道灼热的目光注视着，于是轻咳一声顺势扭头看去，陆清风不仅在盯着她，而且丝毫没有尴尬之情。

谢芷婧匆忙回过身，就在她准备移步到一侧时，电梯门应声而开，瞬间，一把锋利的短刀迎面袭来，她机警地抬脚踢在对方的胸口上，整个人挡在陆清风身前。

两个人这才看清，两米外持刀的凶手竟是邱明！

"陆清风，你太狂妄了！怎么说我也为公司效力多年，你竟然为了几个被欺负的小职员开除我！"邱明控诉着自己的不满，因为愤怒的情绪牵动着脸上的横肉和眉心处的黑痣，邱明凶狠阴鸷的本性显露无遗，他一声冷笑："你觉得我是

## 第五章 同住的惊慌与悲喜

轻易认输的人吗？"

话落，紧握短刀的邱明再次奋力冲来，谢芷婧侧身躲闪，看准时机擒住邱明持刀的右手腕，她迅速将身子一转，用膝关节猛力向下跪压在邱明的肩膀后侧，姿势帅气地将邱明按在地上，许是被拧压的肩膀太过疼痛，邱明一声哀号后，短刀应声落地，龇牙咧嘴，再也不见方才的嚣张。

谢芷婧用一双犀利的眼神望向陆清风，问："陆总，如何处置？"

沉默许久，陆清风没有回应，只是出神地看着谢芷婧。他并不是害怕刚才惊险的一刻，而是有些震惊。这是他第一次看到谢芷婧展示功夫，动作沉稳果断、干净利落，与之前的木讷形象反差极大。陆清风不禁想起第一次在海雷遇见谢芷婧醉酒的情形，以及早上跟徐阿姨为了几万元而不顾形象地争吵，此刻看来，陆清风倒是对谢芷婧真正刮目相看。

"陆总，如何处置？"见陆清风愣神，谢芷婧再次问道。

然而不等他回答，另一部电梯和楼道口已经拥上十几名公司保安。陆清风神情自若地走到邱明身旁，蹲下身，语调阴冷地说道："敢做就得想到后果。"他一声冷笑，看向佟骁："报警！"说完起身走向办公室。

谢芷婧将邱明交给保安一行人，迅速跟上陆清风的步伐，她以为他会为刚才的突发事件表下态，却不想丢下一句"不要让任何人进来打扰我"后，就"砰"的一声将谢芷婧关在了办公室门外。

明明救了他一命，却连声谢谢都没有，谢芷婧心底莫名其妙泛起一丝失落感。但既然做保镖，那理智就不能被任何情感所占据。她整理好折皱的衣服，以一种最专业的状态守在陆清风的办公室门前。

但没过多久，佟骁便带着三名抱着资料箱的职员走来，没等谢芷婧上前阻拦，陆清风就自己打开了办公室的门，看见佟骁他愣了下，指着那些资料箱，命令道："谢芷婧你把三箱资料放进我办公室！"他忽然上前一步，将脑袋凑到她耳边，低声提醒着："这些资料涉及公司机密，你一定要看好，不能让任何人接近我的办公室。"

眼前的陆清风异常谨慎，让三名职员将资料放在地上后就遣散了他们。谢芷婧是在搬资料箱的过程中，听到了佟骁和陆清风的对话。

"陆总，我查了监控，邱明是上班时间混进公司的，不过总觉得这事跟陆展兴、陆岩脱不了干系。"佟骁压低音量汇报。

"要不是他一早召集大家来大厅，邱明怎会有机会跑来25楼？陆展兴这个老狐狸！"陆清风狠狠说完，带着佟骁进入电梯。

谢芷婧望着在电梯口消失的两个人，心中疑惑丛生。来瑞曼公司也有段时间了，陆展兴、陆岩这两个人见过几次，却从未与之打过交道，但能让陆清风如此介怀，谢芷婧倒也对这两人充满了猜测。

有钱人风光无限的背后，往往藏匿着盘根错节的恩怨。谢芷婧在心中感慨着，低头的刹那看到最后一箱资料的顶端文件是一本介绍芬兰AST国际休闲娱乐公司的杂志。

想来应该是一个重要的合作项目，谢芷婧小心翼翼地将资料箱放回办公室内，忽而门外传来一串高跟鞋清脆而规律的响声，那声音由远及近，却听得人心烦意乱。谢芷婧迅速起身，将办公室门关上，安静的走廊上，一名打扮时尚的女子缓步走来，虽然气质优雅，却带有火气。

"嗨，谢芷婧，我们又见面了。"女子扬扬得意的模样，冲着谢芷婧轻蔑一笑，就要伸手去推陆清风办公室的门。

面对面的距离才让谢芷婧认出了这个女人，她立刻抬起右手臂，将女人和门隔开，不卑不亢地提醒道："抱歉，涂菲菲小姐，没有陆总允许，任何人不能进去。"

变了个发型的涂菲菲，大小姐傲慢的脾气却丝毫未变，一双好看的丹凤眼似要燃起火焰般瞪着谢芷婧，质问："你知道我是谁吗？我跟陆清风的关系，可不是你能比的，难道他会喜欢你这个看门狗吗？"说罢，就要硬闯。

的确，涂菲菲能随便去陆清风的公寓，只为讨杯咖啡喝，也能在大庭广众之下挽住陆清风的手臂，帮他解决公司丑闻问题。也许两个人真的关系匪浅，可谢芷婧却再也不愿忍让，她口气加重："什么？看门狗？要不要我教你什么叫尊重人？"

涂菲菲冷笑一声，冷不丁地一口咬在谢芷婧的右手臂上，继而闯入办公室，然而看见并没有陆清风，涂菲菲愤愤然嚷道："他不在，你为什么不早说？"

抹掉手臂上被咬出的血迹，谢芷婧面色平淡地走进陆清风办公室，缓缓将门关上。

涂菲菲视谢芷婧为自己的情敌，从第一次在咖啡馆相见，从她住进陆清风的公寓起。

谢芷婧也看不惯涂菲菲，从第一次见面就愤恨地盯着自己，从那句"看门狗"起。

所以，两个水火不容的女人注定会引发一场骇人的争斗……

上午九时，陆清风终于开完早会，佟骁整理好笔记本电脑和文件，跟在他身后，

刚打开会议室的大门，就被一名心急如焚的保安撞个正着，文件和电脑险些掉在地上。

"什么事这么慌张？别急，慢慢说。"看保安气喘吁吁地说不出一个字，佟骁安抚道。

那保安抬手指着楼上，语无伦次地回答："25楼出……出事了……"

此言一出，陆清风脑海中立刻闪现出早上邱明持刀而来的情景，难道又有突发事件？来不及等电梯，他顺着楼梯跑到25楼。

整个楼道并无异样，但断续的争吵声不时从办公室里传出。陆清风拧了下门锁却毫无反应，显然门被反锁，他有些着急，拍着门大吼道："谢芷婧，发生了什么事？"

无人回应陆清风，但门内的确能听到女人痛苦的呻吟声，他一时心急，就要去撞门。幸好被拿着备用钥匙赶来的佟骁拦住，而随着门锁被打开的声音，两个人被眼前的一幕惊呆了！

地面上满是飘落的文件页，墙边的书柜因为瘫倒而将角落里的一盆茉莉花压得枝毁花落，满地书本狼藉不堪，临近办公桌的地面上，一个价值不菲的翡翠玉茶杯摔得支离破碎，而沙发上，涂菲菲被谢芷婧压住身子，看见陆清风的涂菲菲一脸求救的模样，但因为脖子被谢芷婧压住，连求救声都发不出来，两个人互相扯着彼此的头发，谁也不愿先松手。

"你们两个人疯了，竟然跑到陆总办公室打架！"佟骁劝阻着，好不容易才将纠缠的两个人分开。

恢复自由的涂菲菲，顶着一头乱发委屈地靠在陆清风身边，抱怨道："你怎么找了个泼妇当保镖？看把我打的。"

然而陆清风却板着一张脸，死死盯着只字不语的谢芷婧。

气氛突然陷入尴尬中，佟骁走到涂菲菲身边，提醒道："涂小姐，你这副狼狈的样子被别人看到多有损形象，先回去吧。"

向来以淑女自居的涂菲菲，自然不愿陆清风看到自己难堪的一面，拾起地上的包就往外跑，可刚走出办公室，门就被佟骁给关上了，就这么便宜地让两个人单独相处，涂菲菲心里一百个不愿意，正想再次闯入办公室时，佟骁适时拦住，又指了指斜上方："涂小姐请自重。"

顺着佟骁手指的方向，涂菲菲看到安装在走廊上的监控摄像头，态度这才有所收敛，然后悻悻离开。

等清风与你一起归来

可摆在谢芷婧面前的麻烦并没有消除。

混乱的办公室里,她埋头将散落在地上的文件一一捡起,又清扫了残渣碎片,整个过程都努力不让自己与陆清风有眼神接触。

"为什么打涂菲菲?"陆清风问得很直接。

"想打就打喽。"谢芷婧回答得更加简明,却瞬间惹怒了陆清风,他抓住她的右手臂,将其扯到自己面前。而被抓的地方正是被涂菲菲咬破的伤口,因为太过用力,谢芷婧眉头一皱,只得暗自隐忍这番痛楚。

陆清风却以为她是不耐烦的表情,抓住手臂的手反而更加用力,似在压抑心底的愤怒,说道:"我要的保镖是解决麻烦,不是制造问题的!"

谢芷婧希望自己成为内心干净利落的人,所以她不解释打架的原因,是不想变成一个习惯抱怨的人。错在哪里她心知肚明,可接二连三被指责还是让人有些难受,尤其是在那一刻,她竟然期待陆清风能稍微安慰下自己,可他并没有。

她抬头对上他的视线,没有丝毫胆怯地正面回应:"我的确不该出手打人,可大家都看得出涂菲菲喜欢你,而你却在公寓里故意让她看到衣衫不整的我,她现在把我视作情敌,我能怎么办?"谢芷婧忍痛抽离手臂,转身离开,只留下陆清风一个人怔怔地愣在原处。

环顾下凌乱的办公室,陆清风叹口气,刚坐回办公桌前就踢到了什么东西,低头一看竟是关于芬兰合作项目的三箱资料,因为被整齐地藏在桌下,所以才躲过了变成废纸的命运。

他让她看好资料,她就这般谨慎地藏在桌下,可转眼却和涂菲菲在办公室撕打到毫无形象可言。所以,好奇心人人都有,即便是总裁陆清风。他按下保安室的电话键,话还未说出口,佟骁敲门而入,手里拿着U盘,说道:"陆总,我把今早监控视频截取下来了,你要看下吗?"

陆清风倒吸口凉气,不可思议地看着佟骁:"你怎么知道我想看监控?"

闻言,佟骁淡淡一笑,将U盘放在桌上,反问道:"陆总觉不觉得谢芷婧很独特?"

"天天惹祸,没一个优点,这也叫独特?"陆清风将谢芷婧说得一文不值,却迫不及待地将U盘插在了电脑上。

"既然这样,不如解雇谢芷婧,再重新聘请一位保镖如何?"

此言一出,陆清风瞪着佟骁,错愕和不悦的神情仿佛在说"我的贴身保镖,没我的命令谁也不准解雇"一般。

## 第五章 同住的惊慌与悲喜

看了陆清风的反应，佟骁再次没忍住，嘴角浮起一丝神秘的笑。

陆清风为此甚是不爽，叫住佟骁："你这家伙从刚才就在笑，到底在笑什么？"

"没事，陆总快看监控吧，我先出去了。"佟骁走到门口，忽然又探出一颗脑袋，笑吟吟似在提醒，"陆总，许多时候是当局者迷，旁观者清。"

"乱七八糟说的什么，赶紧走！"催促的间隙，陆清风将手里的纸搓成了纸团，用力朝佟骁丢去。

陆清风和佟骁属于好友关系大过上下属的关系，所以私底下也会这样开开玩笑。

直到确定佟骁不会再回来后，陆清风才点开那段监控视频，视频中，涂菲菲纠缠半天一口咬住谢芷婧手臂的情景赫然在目，他心底一沉，忽而想起方才抓住谢芷婧时，她吃痛皱眉的模样，此刻想来大概是伤得不轻。

想着自己方才的举动，陆清风心中甚是内疚，于是在便利贴上写了些什么后，贴在了一个简易急救盒上。

谢芷婧的临时办公室被安排在24层楼，和佟骁同在一室。

陆清风在门口观察许久，确定办公室内空无一人后，才放心地推门而入。他站在谢芷婧办公桌前，本想将急救盒放在桌上，可觉得太显眼，随后又换到了茶杯后，可又觉得距离佟骁的桌子太近，来回折腾了半天，终于决定放在抽屉里。

然而，他刚打开抽屉一条缝隙的时候，身后传来佟骁的声音："陆总，你怎么在这儿？"

瞬间，陆清风像个极力隐藏秘密的小孩被人意外发现了真相般，心里一慌，手一抖，本想拿回来的急救盒，就眼睁睁地落进了抽屉里。陆清风心里暗暗叫苦，却还不能表现出来，只得强装淡定地回应："没什么，我就是告诉你跟芬兰公司合作的事项一定要保密。"

佟骁一愣："我知道呀，陆总是不是还有别的事？"芬兰合作的事项是两个人秘密进行的，所以佟骁怎会不知保密的重要性，对于陆清风的多此一举，佟骁猜测着问道。

"没有，我能有什么事。"陆清风眼神不定，急着朝外走。

一向会察言观色的佟骁偏偏在此刻没了眼力见儿，看不出是在调侃还是真不明白，嚷着："有事可以打我电话嘛，何必亲自跑一趟？"

实在想不出理由的陆清风，面露窘色和烦躁，气呼呼地丢下一句："我想你了行不行？"然后朝25楼走去。

　　为了避开职员，陆清风特地选择走楼梯回去，可在经过茶水间时，无意间看到齐安正在帮谢芷婧清理伤口，虽然两个人没有交流，但从微妙的表情中还是能看出关系非同一般。

　　"竟然给她送急救盒，看来我病得不轻。"陆清风自骂着，悻悻走开。

　　而安静的茶水间内，是齐安率先打破沉默的，他替谢芷婧清理好伤口，开口道："一天内遇到持刀杀人，又被咬伤，你一定要做这份工作吗？"

　　谢芷婧傻呵呵一笑，噘嘴撒娇："就像哥哥你，因为喜欢法律，才找到了法务组律师的工作啊，我是真的想要做一名合格的保镖，况且这点伤根本不算什么，我可是海雷毕业的学员，所以不要为我担心，也不要说服我辞职好吗？"

　　此刻的她，笑得明媚爽朗，与邻家娇滴滴的女孩无异。但齐安知道，这份纯真她从不在外人面前展露，只对他！所以，他那样珍惜、宠溺她，又怎么舍得谢芷婧伤心难过呢？

　　齐安揉着她的额头，欣然笑道："好，都依你。但你得答应我，遇到危险时不能没命地往前冲！"

　　齐安向来不是啰唆的人，但每每聊到这个话题，总会变得婆婆妈妈。虽然听到厌烦，但谢芷婧还是满心幸福感，她点点头，还未来得及做出回应，走廊上就传来佟骁的呼声："谢芷婧，陆总找你。"

　　谢芷婧大惊，悄声嚷了一句"我先走"后，就冲出了茶水间，独留齐安担心地看着她离去的背影。

　　"手机也不拿，陆总找你快找疯了，以后手机一定不要离身。"佟骁提醒道。

　　"忘拿手机了，马上就去。"谢芷婧一溜烟钻进办公室，拉开抽屉时却看见一个从未见过的塑料盒压在手机上，她疑惑地打开后，竟发现盒内装着棉棒、创可贴，还有小瓶的消毒水。她看向埋头整理文件的佟骁，笑着说："谢谢佟助理的急救药盒。"

　　平白无故的道谢，令佟骁有些糊涂，满脸茫然地耸耸肩："什么药盒？你受伤了吗？"

　　这般回答，显然药盒不是佟骁放的，谢芷婧憨笑着化解尴尬，摆摆手："没有，我随便一问，那我先去找陆总了。"

　　去往25楼的路上，谢芷婧都在疑惑那药盒是何人放的。不是佟骁，显然也不是帮自己清理伤口的齐安，在整个瑞曼，她认识的人实在有限，所以想破脑袋也找不到谁还会这般关心自己了。

既然想不到，索性不再纠结。

谢芷婧走到陆清风办公室门前，恍然发现门未关，再望去，刚好与他四目相对，她定了定神，询问道："陆总你找我？"

大概沉默了十秒钟，陆清风才开口，然而一张嘴就是训斥："什么是保镖，学校没教过你吗？我吃饭你要跟着，我开会你要跟着，我去洗手间你也要跟着，总之我去哪儿你就要去哪儿！"陆清风音量越发高昂，话音落时一拳砸在桌上，一沓文件被震落在地。

想他堂堂总裁，平日里总是沉着稳妥，今日却偏偏如此失态。

谢芷婧只顾着将掉落的文件放回桌上，转眼却看见他右手袖口后粘着一张便利贴，她定睛看去，上面写道："药盒送你，以后别再让自己受伤了，别问我是谁。"

原来陆清风在放药盒时，便利贴就已脱落，又不经意间粘在了衣服上，他自己没注意到，却被谢芷婧看得真真切切。也不知出于何种想法，趁着陆清风无奈叹气时，她偷偷将便利贴摘了下来，又悄悄地塞回自己口袋。

"我说的话你听明白了吗？"谢芷婧因他失常的瞬间不知如何回应，发呆了半天，再次被陆清风呵斥，"说话呀！"

"明白，你去洗手间我也会跟着的！"谢芷婧郑重地回答，心里却暗暗咒骂陆清风是个变态。

不过整整一天，谢芷婧也没能有机会跟他进趟男洗手间，因为陆清风一直在看芬兰 AST 公司相关的文件，除了喝水的间隙连头都不抬，自然谢芷婧也一直站在他身边，除了端茶倒水外，再无其他事可做。

想来这个芬兰公司对整个瑞曼有着重要意义，不然陆清风也不会如此谨慎又认真地对待这次合作。

那天，直到夜幕已深，陆清风才揉着太阳穴合上文件夹。

"陆总，要回家吗？"谢芷婧询问道，却被他直接无视。

一路小跑地跟到停车场时，陆清风才随手将车钥匙丢给谢芷婧，自己则一言不发地坐进车子里。

回公寓的路上，车内的气氛诡异得令人不寒而栗，他不开口，她也只顾开车，偶尔瞄向后视镜，能从镜中看到后座的陆清风也在盯着她看。

谢芷婧深吸一口气，将油门踩到底，只希望能快些到达公寓，快些离开这狭小的空间，也快点离开陆清风让人不舒服的注视。

回到公寓已是深夜，前后脚走进屋内的谢芷婧，这才想起陆清风一天没有吃

第五章 同住的惊慌与悲喜

东西，于是多嘴问道："陆总，你不吃点东西吗？"

陆清风依旧当她是透明人，径直走向二楼。

"难道是因为我打了涂菲菲，他生气了？会不会辞退我？报酬那么丰厚，干脆明天去道歉好了，总不能跟钱过不去。"谢芷婳自言自语，手机在这时响了起来，看见是魏然的号码，心里有些不安，慌忙接听了电话："是不是小猫有什么事？"

手机另一端，魏然愣了下，安慰道："它很好，我就是怕你担心才打了这个电话，以后有时间多来看看它吧。"

"好，不过这段时间有些忙，如果魏医生有空，能麻烦您发短信告诉我小猫的生活日常吗？"谢芷婳愉快地聊着天，一定想不到二楼的陆清风正趴在门缝上偷听。

那一晚，谢芷婳定了闹钟，睡在客厅的沙发上，因为徐阿姨的事件，她实在想象不出，再次梦游的陆清风还会做出什么出格的事情。

所以每一小时被闹钟吵醒的谢芷婳，都会检查一遍公寓大门，弄得整晚都没睡好觉。

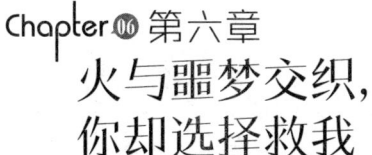

## Chapter 06 第六章
## 火与噩梦交织，
## 你却选择救我

陆清风站在门口，炙热的浓烟从他身后袭来，他是那样惧怕火，在为数不多的幸福的童年记忆里，火就像陆清风的专属恶魔，瞬间将他所有的幸福化为灰烬。

## 1

大概凌晨的时候,谢芷婧才昏昏沉沉进入梦乡……但不知过了多久,总觉得有人在踢自己,耳边还有个刺耳的声音。

"喂,醒醒,都几点了?"

谢芷婧努力睁开眼,清晨的光线照得眼睛酸痛难受,然后便看见了陆清风的脸,他汗涔涔地穿着短衫,可是她太困了,再帅的肌肉也没有睡饱觉重要,于是打个呵欠,继续倒头睡去。

"放在餐厅的剪子和刀怎么都不见了?"陆清风着急地问道,一把将她拉坐在沙发上。

谢芷婧揉着胀痛的眼睛,咂着干裂的嘴唇,一副慵懒的语调回答:"在壁橱的顶端。"

陆清风也不耐烦了,抬脚踢在她脚踝的骨头上,催促道:"你快找来给我!"

踢在骨头上的疼痛感,瞬间使谢芷婧清醒过来,她狠狠瞪了眼陆清风,不情愿地走进餐厅翻找半天。

"谢芷婧,你该不是怕我梦游拿刀杀你,才把剪子和刀藏在壁橱上的吧?"背后冷不丁响起陆清风的质疑声。

谢芷婧并不否认,边踮脚在壁橱上找剪刀,边回道:"虽然是你的贴身保镖,可我也要确保自己安全吧。"

这的确是事实!昨晚睡前,谢芷婧猛然想起在保安室监控里看到的那一幕,没人招惹就大半夜把邻居家的被子给剪烂了,更何况她把他喜欢的涂菲菲给打了,万一受了点刺激,梦游中拿刀来找她拼命……这么想着,谢芷婧就心有余悸地冒起冷汗,于是把家里带尖带棱的坚硬物品全给藏了起来。

奈何身高悬殊,谢芷婧努力半天都摸不到壁橱顶端,只好作罢道:"等下,我去拿椅子。"她刚转过身时,陆清风整个人就靠了过来,虽说是伸手去拿壁橱上的剪刀,可健壮的上身却让谢芷婧无处躲闪,脸颊在与他胸腔接触的瞬间,她猛地将眼睛闭上,僵直着身体,任由紧张感遍布全身。

"喂,你做梦呢?"

陆清风的一句调侃,终于让谢芷婧忐忑的心得以恢复,她睁开眼时,他正在剪着一个包装盒,甚是关切地问:"进口麦片要吃吗?"

脸颊如火烧的谢芷婧哪里还有心思吃,摇摇头,脚底踩风般地逃出餐厅。

谢芷婧这副唯恐避之不及的样子,令陆清风心中恨恨,她可以让齐安帮忙清理伤口，可以跟认识不到一天的魏然欢愉地通电话，可唯独对他陆清风拒之千里的样子，说的话、做的事，也都局限于总裁和保镖之间的公事。

而这样类似嫉妒的情绪，陆清风也不知道为何会出现在自己身上。

至于一口气跑出公寓的谢芷婧，靠在汽车旁深深舒了口气，摸着自己火热的脸颊，她懊悔地垂着脑袋，不管是第一次在休息室撕烂陆清风的衣服，还是与他同在泳池里的争吵，抑或此刻近距离的接触，她完全能想象出自己每一次丢人又窘迫的表情。

深深悔恨中，齐安不合时宜地打来电话，她咳嗽一声，整理好情绪才按下接听键："哥，一早找我有事吗？"

"嗯，那个爸妈的案子提前审理，今天下午1点，你有时间吗？"齐安声音听起来很平静。

这样重大的事，谢芷婧当然要去，虽然不知陆清风会不会准假，但她还是一口答道："我会准时去的。"

与齐安简单告别后，谢芷婧情绪变得十分低落，这段时间关于父母案件的信息都是齐安告诉她的，还说女孩子不要老进出看守所，对于案件齐安也表现得很镇定，每每都安慰她说："案子不复杂，爸妈很快就会出来的。"

谢芷婧相信了齐安的说法，所以她单纯地以为只要赚到钱，重新买回齐家的住房，她就能再次回到曾经幸福的时光中，但是当审判真的来临时，那种未知的恐惧感还是袭上心头。

"愣在这里干吗？"身后传来一个冷冰冰的声音，谢芷婧扭头看去，换上西装的陆清风两手插在裤兜里朝她走来，直到坐进车里都没有多看她一眼。

重新整理好情绪的谢芷婧迅速钻进驾驶室，汽车刚开出公寓区，查看手机的陆清风面色阴沉地命令道："去辉山生态旅游区！"

谢芷婧一愣，从后视镜中看到他铁青的脸上眉头深锁，似乎是发生了大事。这种情况她才不想多嘴惹恼陆清风，轻声应允下，便掉转车头朝辉山开去。

一个小时的车程中，陆清风除了翻阅文件就是浏览手机信息，其间他还打了一通电话，不出谢芷婧所料，上来就对着手机那端的人毫无缘由地厉声斥责，沉重的气氛让谢芷婧连呼吸都小心翼翼的。

而目的地辉山，坐落在通岛市北端，山水秀美，是有名的生态旅游区。

谢芷婧记得自己被齐家领养回来的那年春节，就是在辉山度过的。不过那年她才九岁，对辉山的印象只有朴素的中年妇女和拥挤的度假人潮。

第六章 火与噩梦交织，你却选择救我

所以，她实在想不明白，陆清风不去公司上班，为什么要来这里？

然而车子刚驶进辉山旅游区，停车场上已经聚集了一众人，谢芷婧不敢上前，正想找处空地停车时，陆清风已经一言不发地走了下去，她心累地叹口气，在附近找了半天，终于将车安顿在绿化带旁边，可是……陆清风早已没了踪影。

谢芷婧环顾四周，远处有栋四层办公楼，到达那里需要穿过停车场，她朝前走了几步，混乱的人群忽然叫嚣起来，声音嘈杂，听不清他们说了什么，只是不经意间听到有人喊了陆清风的名字。

难道这群人的目标是陆清风？

想到这，谢芷婧快速跑向停车场，拥挤的人潮里，陆清风被围在正中心动弹不得，她努力了几下，终于挤进人群中，也听清了这些人口中喊的内容："公司总裁就了不起吗？有钱就能胡作非为、目无法律吗？你们想建影视城，凭什么找人拆我们房子？"叫嚣声愈演愈烈，更有人吆喝道："他就是瑞曼休闲娱乐公司的总裁陆清风，他这样冷酷无情，大家不要手下留情，砸他！"

人群中的声音像一根有力的绳索，在那一刻牵制住谢芷婧的脚步，她以为陆清风只是外表冷酷，偶尔毒舌而已，她向往着在他内心的某一处能有一丝温暖，她想起他为了平息公司丑闻而收买媒体，为了拿回病历甚至直接"绑架"自己。

如今再看眼前这些视陆清风为"恶魔"的人们，谢芷婧犹如被泼了一盆冷水。

她从没想过，陆清风冷血到这般地步，为了自身利益而不顾他人，完美如他，却也失望如他。

一片拥挤中，谢芷婧被人群胡乱地推搡着，有人拿出事先准备好的鸡蛋朝陆清风砸去，她抬头穿过人群间隙，看到他规整的西装沾满黏腻腻的蛋壳，棱角分明的脸颊上也溅到些蛋液，甚至有激愤的中年妇女拿石砾捶打陆清风。

他没有还手，也没发火，游离的眼神急匆匆扫过眼前这些愤恨的陌生人，他一再躲避，最后捂住耳朵，被人群挤到了一辆汽车旁。狼狈的模样，与谢芷婧见到的霸气总裁判若两人。

脱离了人群的谢芷婧远远地望着，她本可以冲进去保护陆清风，但她却没有那样做，她迟疑的是，这样一个人们口中的坏人，她应不应该去保护他。

那天，陆清风经历了什么，又是如何逃离混乱现场的，这些谢芷婧全都不清楚，只是在陆清风一通电话催她送文件的时候，手机里，他颤抖的声音听上去疲惫又无力。

文件是用档案袋封存的，谢芷婧从汽车后座拿出来时，陆清风给她发了条短信：

文件送到 401 办公室，亲手交给陆展兴。

那时，谢芷婧对于陆展兴的事情也略有耳闻，这个不过 50 岁的男人离过三次婚，膝下育有一个 25 岁的儿子，名叫陆岩，长年居住在英国，因为热爱拳击，在国外没少惹麻烦，每次都是陆展兴拿钱摆平，在生活上也是奢华无度，不求上进，是个出了名的败家子。

这样一对奇葩父子，谢芷婧还真想正面见识下。

辉山旅游区的办公楼内很是冷清，谢芷婧一口气爬到四楼，第一间办公室半掩房门，她抬头看下门牌，正是 401 室，于是敲门而入，最先映入眼帘的是两个 50 岁左右的胖男人，举着精致的茶杯正品茶说笑，两个人富态的模样加上满脸的精明，看上去就让谢芷婧很不舒服。

"你找谁啊？"坐在主位上的男人开口询问道。

谢芷婧稍微打量下两个人，办公桌的名牌上写着"经理周寒"四个字，这应该是辉山旅游区的负责人，她仔细打量着另一人，终于凭借模糊的记忆确定此人就是陆展兴！

"我来替陆总送文件。"谢芷婧不卑不亢地回道。

沉默了几秒钟，陆展兴不耐烦地从沙发上站起身，伸手就想拿走文件："这是给我的，你可以滚了！"

如此出言不逊，谢芷婧自然咽不下这口气，抓在手中的文件也不肯撒手，就这样与陆展兴僵持着。

周寒率先打破僵局，笑吟吟地打趣道："你这小姑娘真有意思，瑞曼集团的后勤部经理陆展兴你不知道吗？是总裁陆清风的大伯呢。"

后勤部部长并不是什么高职位，所以在周寒的语气中更多了些调侃的意味，而听了这话，陆展兴明显不悦，边抢过档案袋，边恶狠狠地说道："连我都不认识，陆清风是怎么教你的！"

谢芷婧双手攥紧拳头，死死盯着陆展兴，难道陆家人都是这样狂妄自大吗？她想着，视线落在陆展兴正拆开的档案袋上，一沓文件上贴附着几张照片，正在她好奇的时候，陆展兴脸一沉，侧头指着谢芷婧："你在这儿干什么？赶紧滚！"

谢芷婧一阵气结，但总归是给别人打工，她哪里还敢理直气壮地与陆展兴叫板，只好深吸一口气转身离开。

401 办公室的门在谢芷婧走出后被一阵风轻轻吹合，只留出一条缝隙，以至于

里面的对话她听得清清楚楚。

"陆清风这小子竟算计我！敢拿这种照片来威胁我！"

"哟，陆清风背地里调查出你不少事情，老陆啊，看来你是斗不过这小年轻了，我们建影视城的计划也要泡汤喽。"周寒依旧说着风凉话。

这段对话似乎隐藏着两个人巨大的秘密，谢芷婧心底一沉，站在门外继续听了下去。

陆展兴冷笑两声："怎么能泡汤呢？你没看刚才陆清风被那群人围着扔鸡蛋时的丢人样吗？即便他知道建影视城是我签署的协议，可他是瑞曼总裁，所有人只会找他出气，连他老爸都要忌我三分，更何况他陆清风呢。"

"老陆，你这算盘打得可真不错！"

门内传出周寒和陆展兴肆无忌惮的笑声，听得谢芷婧心惊胆战，她没想到这种尔虞我诈会赤裸裸地发生在自己面前，更重要的是，她误会了陆清风。

谢芷婧正在出神，手机突然响起铃声，她匆忙躲到楼梯口，按下接听键。

"陆总去哪儿了？手机怎么打不通？"手机里传来佟骁着急的询问声。

谢芷婧一时语塞，最后一次通电话时也没问他在哪儿，她只能将发生的事情告诉佟骁："我也不知他去哪儿了，我们现在在辉山旅游区，不过陆总刚才被好多人围住，还被丢了许多鸡蛋。"她没敢多嘴说出陆展兴的事，事关重大，没见到陆清风她谁也不敢告诉。

说到辉山，佟骁似乎预料到发生何事，他郑重地说道："我现在走不开，谢芷婧，你一定要找到陆总！记住，他能相信的人就只有你。"

再亲近的人也未必能全身心地相信，他能相信的人就只有你！陆清风能相信的人只有谢芷婧！

这句话，佟骁说过不止一次，她从未去深思这句话的含义。只是此刻她好像明白了，被自己亲伯父算计，所以在陆清风位居的职位上，即便是他亲人，也想要从他那里分一点儿利益。

谢芷婧心事重重地挂掉电话，脑海中闪过无数关于陆清风的画面，他睡梦中含泪叫着妈妈的模样，雨夜梦游冲进汽车的执着，端着泡面冲她坏笑的样子，还有……还有他被人群包围，满身都是脏污蛋液时惊恐的表情，陆清风的喜怒哀乐就这样在她脑海中一遍遍回放。

一瞬间，悔恨之意在谢芷婧心中蔓延，她是站在陆清风身边唯一的人，可在他最需要的时刻，她却冷眼旁观。突然间，脑海闪过一个不好的想法，会不会再

也见不到陆清风那张让人爱恨纠结的脸了？

谢芷婧一口气找遍办公楼的角角落落，在停车场一眼望去，只剩下鸡蛋残留物，旅游区的入口处，谢芷婧一遍遍询问着工作人员，但都没人见过陆清风。

"我为什么不跟着你？陆清风你到底去哪了？"谢芷婧满心自责，她想开车去其他地方找找，于是拼命朝停车的地方跑去。

然而就在谢芷婧准备打开车门的时候，隐约听到后方传来痛苦的呻吟声，她一步步走上前，终于视线里出现了一个熟悉的身影，陆清风坐在绿化带中，将头埋在双臂里，不知是不是因为恐惧，他的肩膀剧烈地颤抖着。

谢芷婧悬着的一颗心得以安定，她悄悄转过身，哽咽着抹掉溢出眼角的泪，郑重地问道："陆总，我们可以走了吗？"

身后没有回答，只能听到细碎的摩擦声，谢芷婧怯怯地望去，扶住车身的陆清风一身狼狈，原本规整的西装上满是褶皱，还沾满泥土。

谢芷婧伸手捏去陆清风下巴上的几片鸡蛋壳，又打开车门，轻声道："走吧。"

此时的陆清风可谓狼狈至极，他一低头坐在后座上，双眼无神地凝视某一处。

"那个陆展兴……"

"回家！"谢芷婧本想说出陆展兴的阴谋，却被陆清风直接打断。

但陆展兴那副令人生厌的嘴脸，让谢芷婧越发担心陆清风的处境，盘算许久，还是继续说道："是陆展兴叫人拆住户房子的，合约也是他签的。"

陆清风的视线依旧停留在车窗外，许久叹息道："他看了那些文件后，至少短期内不敢有大动作。"

谢芷婧送去401室的文件，其实是陆展兴多年来非法敛财的秘密账簿，至于那几张照片，是陆展兴与邱明秘密合谋的证据。而早上陆清风接到的那通电话，就是陆展兴威胁他接受建设影视城的项目，为了不再坐以待毙，陆清风才让谢芷婧将早已准备好的备份文件送给陆展兴。

后视镜里，陆清风面目恢复平静，视线也移到窗外，整个车厢内安静异常，静得能让谢芷婧听到自己怦怦的心跳声。

"你刚才去哪儿了？"陆清风突然打破沉默，盯着谢芷婧的后脑勺质问道。

谢芷婧被问得哑口无言，只得在脑海中思索着合适的说辞："送完文件后我一直在找你啊。"

"我被人丢鸡蛋时你在哪儿？"陆清风语调提高，有些不悦。

"我……没看到你……"谢芷婧一说谎就会明显口吃，眼神不停闪烁，她甚

至能感受到陆清风灼热的眼神正在愤怒燃烧，以至于让慌乱的她没能观察到方向盘偏斜。

"喂，你想什么呢？"

突然间，陆清风握住谢芷婧的手将方向盘一转，车子剧烈晃动着，她这才反应过来，一脚踩住刹车板，使车子在距离街灯半米处安全停下，不过这一番惊险折腾，却使刚刚痊愈的腰伤再次复发。

不过她顾不了那么多了，因为被陆清风抓住的手还未松开，那股大力似要握碎她的骨头，比腰伤还要痛上几倍，也正是那钻心的痛，使谢芷婧回过神，极力从陆清风的手中抽离。她侧下头，刚好碰触到他脸颊。

陆清风也发觉两个人的距离有些尴尬，故作镇定地咳嗽一声后，问："没受伤吧？"

他竟然没发火，还在关心她的安危。对于这样的变化，谢芷婧没觉得暖心，反而感到气氛变得诡异。

她摇摇头："没事。"

"不是关心你，我是没力气发火。"陆清风慵懒地闭上眼睛，继续说道，"我讨厌拖油瓶一样的人，下次别指望我再救你！"

谢芷婧不停地点头："知道，下次不会这样了！"再望一眼后视镜，她嘴角一笑，这才是陆清风应该有的样子嘛。

## 2

回到公寓，已是下午三点，谢芷婧的手机上有十条齐安来的短信，虽然一路上紧赶慢赶，可还是错过了父母的庭审时间。

谢芷婧纠结许久，在陆清风即将走进卧室前叫住他："陆总，我想请假，一下午……不，两小时就好。"

陆清风站在二楼栏杆处，居高临下地看着她，只语未答，点了下头就要朝卧室走去。

"你一个人可以吗？"谢芷婧有点担心，怕他大白天睡觉会梦游症发作独自跑出去。

陆清风似乎听出她的言外之意，有气无力地回答："我现在不困！只想一个人待着。"说罢，摆摆手走进卧室，公寓在一声闷响后再次归于平静。

谢芷婧这才安心离开，可是公寓住宅区附近的出租车并不多，谢芷婧左顾右

## 第六章 火与噩梦交织，你却选择救我

盼中，一辆车停在她身边，透过摇下的车窗，佟骁好奇地问："你要去哪儿？"

"陆总在家休息，我请过假了。"谢芷婍怕佟骁误会，迫不及待地解释着。

见她如此敏感，佟骁不禁笑着摆手："不要这么紧张，我刚跟陆总通过电话，他连我都不见，我正准备回去呢，顺道载你呀？"

谢芷婍一脸感激地凑上前，指着手机上的地址问佟骁："能送我去法院吗？"

佟骁很是亲和，就像年长的大哥哥一般，冲着谢芷婍一挥手："上车！"

一路上，谢芷婍不停地查看手机，心急如焚的样子被佟骁尽收眼底。

"为什么去法院？"

"家里出了点事。"这有些难以启齿，谢芷婍也无从说起，于是吞吐半天，只能这样含糊而过。

看出她的尴尬，佟骁也不再多问，倒是随性地感叹道："这世界上的所有需要经历的事，都不会轻而易举地过去，但时间一直在走，只要相信厄运会过去就好。"

谢芷婍微微愣神，眉头紧锁的脸上，终于露出了一个平淡的笑容。

只是这笑容，并没维持太久。

到达通岛市人民法院门前时，一大拨记者围在法院大厅外。

谢芷婍向佟骁道谢后，一路疑惑地朝大厅走去，她以为父母的案子真像齐安说的那样普通，可看着记者们争先恐后的样子，她就知道一切都没有想象的简单。

正门已经围得水泄不通，谢芷婍只好绕过人群，却在石柱后看到失魂落魄的齐安。

"哥，你怎么在这儿？案子审完了吗？"

齐安淡定地点头，谢芷婍这才发现他连胡楂都没清理，因为情绪低落，整个人看上去甚是憔悴，语调都阴沉沉的："审完了。"

"那怎么样？"其实看见齐安的那一刻，她心里就有了答案，但还是想亲耳听到才甘心。

齐安嘴唇颤抖着："因受贿50万，判刑十年……"

十年！谢芷婍倒吸一口凉气，这个十年像一把枷锁，顷刻间卡住她迷茫的思绪。而齐安强忍的泪水，终究还是在谢芷婍的怀抱中落了下来。

她轻轻拍着齐安的后背，握住他一双紧握成拳的手，希望以此能给他些许安慰。

谢芷婍明白齐安的痛，虽然她只是齐家收养的女儿，可那些年的幸福生活，还是让此刻的她既难过又着急，更何况是齐安呢？

等清风与你一起归来

那时，审判已经结束，齐玉达和蒋婷被监警送到押送车里，齐安和谢芷婠紧跟上去，却被一众记者挤到了边缘。

齐安面色沉重地注视前方，因为愤怒，他的喘息变得越发急促。谢芷婠挽住他的手臂，建议道："哥，不如我去找师父辛泽良帮忙吧，他人脉广，或许会有办法。"

"不！我不会再求任何人，我会想办法弄清楚这一切的！"齐安红着眼圈看向谢芷婠，心疼地抚摸着她的额头，"怎么办？哥哥既没有照顾好你，如今还让你无家可归了。"

齐安的自责令她更加心疼，这些年她一直从齐家获得家庭般的温暖与关心，她不曾付出过什么，所以她下定决心，无论如何，都会将齐家公寓买回来！

那时，已是八月初，经过一天曝晒的城市散发着湿热的温度，可对于谢芷婠和齐安来说，这一段人生已是跌入了深厚冰川之下。

然而，哭过、痛过，也抱怨过命运的不公后，生活并不会因为人们的满腔斥责而停下脚步。

从法院出来后，在谢芷婠的死缠烂打下，齐安终于答应带她去自己的住处。

隐没在摩天大楼后的一片老城区里，齐安的新住所就在一栋六层住宅楼里，确切地说是小阁楼。

谢芷婠心情沉重地爬上楼顶时，一推门，失落的情绪瞬间被淡蓝色的墙壁给治愈了，不宽敞的房间内，收拾得整齐干净，一抬头还能从顶窗看到幽蓝色的天空。

谢芷婠扭头望着齐安，一脸温暖又感动的笑容。

"干吗这么看着我？怪瘆人的。"齐安鄙夷地将谢芷婠的脑袋扭到另一方向。

她轻笑两声，撒娇地黏在他身上，齐安最怕痒，最后哭笑不得地求饶："我错了，好妹妹我真错了。"

谢芷婠这才满意放手，两个人对视片刻，齐安语调变得轻松："幸好在这种情况下，还有你逗我笑。"

想想自己的心思又被齐安发现了，谢芷婠尴尬一笑，靠在书桌前摆弄着文件的页角，只是随手一翻，便看到扉页上写着"瑞曼休闲娱乐公司资料"十个字。她本想再细看内容，文件却被齐安一把抢过。

谢芷婠怔怔地看着齐安紧张的反应，问："哥，这是什么？"

"公司简介而已。"齐安的笑容有些僵硬，不断解释道，"你知道的，我做公司法务组律师，当然要很了解公司才行。"

## 第六章 火与噩梦交织，你却选择救我

显然，齐安没说实话，他说了谎话，眼神就会闪烁不定，这一点他们兄妹二人倒是极其相似。但是齐安刻意不说，这一次她也不敢再追问，毕竟父母经历了这样的事，他压抑的内心里，总归会有些只留给自己的秘密。

"哥，我搬来跟你一起住好不好？"谢芷婧建议道，却被齐安一口回绝。

大概是怕谢芷婧多心，齐安突然捧住她的脸颊，眼底尽是宠溺与温柔，他低语道："房间这么小，怎么一起住？我不穿上衣你都嫌弃我呢。再说，我得好好赚钱，在爸妈出狱后，才能住回我们的家呀。不要为我担心。"

谢芷婧与齐安视线相对，曾经的哥哥也是这般宠爱她，也有过这样亲昵的举动，但是……她总觉得，此刻齐安的眼神中多了一种说不出的情愫，似兄长般又夹杂其他。

也正因不知晓是哪种情感，才会让人更轻易地忽略。

她点点头，倔强地说道："别忘了，我也可以赚钱了。"

齐安习惯性地揉着她脑袋，透过天窗看到墨色的夜空，问："天都黑了，今晚就别回去了。"

哪想齐安这一句话，瞬间戳醒谢芷婧混沌的思绪，这一下午发生的事情对谢芷婧来说太重大了，以至于将陆清风的事忘到了九霄云外。

"哥，我得先回去了。"

"天黑我送你！"

"不用，我可是保镖！"谢芷婧头也不回地打开门，突然又停下脚步，微愣片刻，转身扑进齐安的怀中，说，"哥，不管发生什么事，我永远都会在你身边，我们一家人永远不会分开！"

她抬起头，盯着齐安，坚定地说："还有，爸妈那边我也会想办法！"

谢芷婧这般忧愁又不服输的样子，看得齐安内心隐隐作痛，忍不住伸手抚平她紧皱的眉心，意味深长地重复道："我们永远不分开……"

世界上的每一段、每一种情感，在经过时间的沉淀后，都会变成每个人心中最珍贵的宝石。而对于齐安来说，谢芷婧就是他最最想要呵护与珍藏的那部分。

在齐安的记忆里，对谢芷婧的最初印象就是个不爱说话，又可爱懂事的小女孩。她被领养的时候才九岁，那时比她大两岁的齐安也是个内向的男孩，又瘦又矮，每天都被父亲逼着学习、做题，错一题就会打手心。每每那时，初来齐家的谢芷婧就会跑去帮他揉痛处，不过齐安从不给她好脸色看。

两个人第一次和解，也正是那一年。那年春节，齐安和谢芷婧随爸妈去辉山

旅游区度假，嫌吵的齐安跑去温水泳池玩耍，不想却滑进池水中，对于成年人并不深的泳池，却轻而易举地将瘦小的齐安淹没。那时只有九岁的谢芷婧，想都没想就跳进泳池，死死地抓住齐安的手。

她哪里会游泳，但因为那是她哥哥，于是就义无反顾地跳下了水。小小年纪不知如何救人，只知道不能和哥哥分开。兄妹二人在水中扑腾半天，最后被大人救上来时，谢芷婧已经昏迷过去，只呛些水的齐安低头看着妹妹紧抓着自己的手时，他抱着谢芷婧一下子哇哇大哭起来。那之后，两个人关系和缓，也更形影不离。齐安学会了保护妹妹，谢芷婧也会将对亲生父母的思念说给哥哥听。那时，齐安就下定决心，帮她找到亲生父母。

虽然时间已过去了十五年，可小时候发生的画面和说过的诺言，齐安从来没有忘记。

齐安站在门前失落地望着，楼道里早已没了谢芷婧的身影，他那么爱护她，怎么忍心让她去外面居住？也许只有齐安自己知道，对于谢芷婧，他不只有兄妹情，那份在心中默默滋长的情感也是他的秘密，至少在一切都未回到正轨前，那份情感他还无从说出口。

齐安退回房内，重新翻开那份瑞曼休闲娱乐公司秘密文件，扉页之后是两张照片，陆元浩和陆清风父子二人赫然在目，后面便是两个人厚厚的文字资料。

合上文件后，齐安将它藏在了书桌抽屉的底层。再望向天窗，几颗明亮的星星被框在四四方方的天窗内，孤寂又落寞，如同此刻的自己一般。

3

回去的路上，谢芷婧顺便在药店买了一盒药膏，腰伤经过一下午的奔波，这会儿每走一步都钻心地疼。好在过了下班高峰期，谢芷婧轻松拦了一辆出租车，只是不知是不是父母判刑的事压在心头的缘故，这一路上她莫名烦躁不安，从衣兜里拿出那枚蓝色的衬衣纽扣思量许久，脑海中不停出现陆清风各种出意外的场景，她只得一遍遍催着司机开快点。

第一次深切体会到心急如焚的感觉，第一次迫切地想要确定陆清风是否安全。谢芷婧站在公寓前，抬头望着陆清风的卧室窗户，一片黑暗。

她突然感到害怕，心也跟着慌乱起来。

公寓的备用钥匙藏在门框上，谢芷婧借着路灯的微光，轻手轻脚地打开大门。

一切都与她离开时一样，只是没有光线的客厅里黑暗得让人紧张，谢芷婧在

墙上摸了半天，手刚触到电灯开关的瞬间，声嘶力竭的吼声从二楼传来。

那是陆清风的声音，充满了绝望与不解："没错，他是大伯，可背地里他做过的所有肮脏之事，你为何都要帮他掩盖？"

"我再说一遍，答应辉山影视城的项目，以后陆展兴的事你不许再插手！"这声音低沉而苍老，却显得异常恼怒。

陆清风冷哼道："我不会答应的！爸，这么多年来你对我如此冷漠，又不许我调查陆展兴，难道不是因为他跟妈妈的死有关吗？"

话音落下的瞬间，"啪"的一记猛烈的耳光打在陆清风的脸颊上，陆元培震怒地吼道："不要再提十五年前的事了，我宁可真相永远埋藏下去！"

"真相？你知道当年发生了什么，对不对？"陆清风震惊之余咄咄逼问。

陆元培这才意识到自己说错了话，一副欲言又止的样子，突然话锋一转，似在祈求："清风啊，回来吧，我一手建立的陆氏集团，必须由你来接管。"

"不！没查出真相前，我不会回去，也不会原谅你。"陆清风断然拒绝，悲痛而怨恨，"这个公寓是母亲曾住过的地方，我希望你以后不要再来了！"

长久的沉默，让站在门外的谢芷婧莫名感伤起来。

原来这位老人是陆清风的父亲——陆元培。同时，也是陆氏集团的掌门人。但面对儿子这番抵触，陆元培完全是失败者的口吻，连声音都开始颤抖："我也不想受制于陆展兴，那是因为……"

在一声长叹中，陆元培迈着缓慢的步伐走下楼梯，又走出公寓，微驼的背影在夜色中显得极为寂寥。

谢芷婧悄悄从木柜后走出，隐约中听到一声低吼，那声音很是沉重，像是在极力压抑着情绪。她四下环顾，循声走去，最后停在陆清风的卧室门前，半掩的房门里，窗外惨淡的月光落在陆清风的肩膀上，他靠着床边，整个人无力地蹲在地上，喘着粗气的身体猛然站起身，一拳挥在书柜上，凌乱的书落声中夹杂着血腥味。

谢芷婧没有想到，平日里霸气凛然的陆清风，在内心深处也埋藏着这么多的苦痛。而童年到底经历过什么，才会使他有这般恐惧的时刻？看到陆清风这样痛苦的一幕，谢芷婧不由自主地落下了泪。每个人的命运都不一样，她苦苦想要找到亲生父母，可陆清风的父亲却为了外人而打了亲生儿子。

想到这里，谢芷婧忍不住又看向卧室，陆清风的西装上满是残留的蛋清痕迹，乱糟糟的头发像一团稻草。

她又想起了陆清风被人群包围时惊慌失措的样子，想起他孤独无助时自己竟然躲在远处。谢芷婍好恨自己，那时候她应该冲上前保护他，哪怕枪林弹雨也不能后退的！她恨自己，是因为现在对陆清风的心疼，更是因为她已经违背了作为保镖最基本的原则——保镖原则第一条：除了被保护人和自己以外，任何人都可能是自己的敌人，因为真正的危机往往来自被保护人的身边。

谢芷婍很想亲口跟陆清风说声抱歉，但她却没有那样的勇气。

"原来，每个人都有痛处深埋心底。"谢芷婍念着这句话，缓缓走下楼梯，她不知该如何安慰陆清风，甚至以她现在的身份，与跟他的感情，还不足以闯进他的卧室给予安慰。

她依旧反锁好门窗，回到自己的房间，疲惫感让她没有心情再去擦拭药膏，她只觉得看过、经历过这些的自己好累好累，只愿沉沉睡去，忘却所有烦忧。

而同一时间，二楼的陆清风也满脸泪痕地靠在床边睡着了。

月色皎洁而寂静的夜晚，世间仿佛进入了休眠状态，如果不是钟表上的秒针一步步跳跃着，时间真像静止一般。

公寓区中，夜风吹动树叶，发出"沙沙"的响声，月光下路灯的影子倾斜到一边，墨色般的夜空中不知何时红光乍现、浓烟滚滚……

陆清风是被一阵吵闹和敲门声叫醒的，睁开惺忪的睡眼，一股浓烟熏得眼睛刺疼，鼻腔中被烟雾占据着，每一次呼吸都是灼烧般的疼痛。

陆清风从窗口望去，公寓门口已经围了好多邻居，纷纷指着他的公寓议论着。

失火！陆清风猛然从浑浑噩噩的状态中回过神，慌乱着就要冲出房门，然后就在打开房门的瞬间，映入眼帘的却是熊熊火光。那一刻，他只觉得头剧烈疼痛着，脑海中闪过一幕幕游乐场爆炸、火光和无数人哭泣的画面。

陆清风痛苦地揉着太阳穴，踉跄地扶着墙壁走到一楼，瞥了一眼浓烟滚来的方向，竟然来自自家厨房。那浓烟气势汹汹，他忙着朝门口跑去，却在手接触大门的时候停住了脚步。

他怔怔地愣在原地，屏住呼吸，盯着自己握成拳头状的右手，然后一点点张开手心，他惊讶地发现手里竟是一只打火机。

再看看身后的火光与浓烟，陆清风似乎明白了什么，于是惊慌失措地丢掉了那只打火机，一只脚刚踏出大门便踩到了谢芷婍的帆布鞋。

是啊，谢芷婍还在火海中，而他已经安全了。陆清风站在门口，炙热的浓烟

从他身后袭来，他是那样惧怕火，在为数不多的幸福的童年记忆里，火就像陆清风的专属恶魔，瞬间将他所有的幸福化为灰烬。

所以，火是他难以克服的恐惧；所以，要不要去救谢芷婧，对陆清风来说难以抉择。

那时，热心的围观者正朝陆清风招手："怎么还站在屋里？快出来呀，好危险的！"

他看向围观者，吞了下口水，迈出门外的脚步还没落下他就反悔了，扭头看去，浓烟中已经看不清房内本来的样子了，但陆清风还是凭着印象，在围观者的惊呼声中冲进了大火里。

谢芷婧的房间临近一楼健身室，陆清风再熟悉不过的路线，却摸索了好几分钟，找到房间的时候，门把被火炙烤得滚烫，他顾不上手心被灼伤的痛，猛地推开房门，冲到床上晃了晃谢芷婧。

灼热的火焰刺激了谢芷婧儿时的记忆，脑海中的爆炸火光、尖叫求救，还有那个男孩，不断在脑海中循环着，她好想睁开眼，却又分不清这是梦境还是现实，口中一遍遍重复着那句："在清风和煦的时节里，我会回到你的身边……"

耳边尽是火苗燃烧的声音，陆清风根本听不清她说了什么，见她不回应，索性拦腰将她抱了出去。

围观者已经报了火警，急救车也适时赶来，看见闪烁的急救灯，陆清风急匆匆地朝救护车跑去，见到医生，他气喘吁吁地说道："快看看她还有救吗？"

两名女医生好奇地看着他和怀里的人，眼神中还有些尴尬。

陆清风心里着急，哪里顾得上观察医生的表情，正想再重复一遍的时候，他的左胸突然被一只手猛地摸了一下，他身子一震，低头看见谢芷婧的脑袋正拱在自己怀中，贴在他胸口的嘴角还在流着口水，而她右手此刻已经伸进陆清风的衬衣里，胡乱地寻找暖意。

因为她右手的闯入，陆清风衬衣胸前的两颗纽扣被挣开，健硕的胸肌外露无遗，连两名女医生都没顾上回避。

陆清风被人看得不自在，匆忙抱着昏迷不醒的谢芷婧转过身，不停地叫她："醒醒，你给我醒醒！"

怎料睡着的谢芷婧非但没醒，大概是夜风微凉，她竟然缩缩身体，更毫无忌惮地将脑袋抵在陆清风胸前蹭了蹭，散乱的长发碰到他的脖颈，酥酥痒痒的。

陆清风叹口气，硬着头皮将她放在救护车的担架上，看着两名女医生，做出

一副很生气的样子:"看看她脑子是不是被烧坏了。"

趁着医生给谢芷嫣检查的间隙,陆清风赶忙扣好衬衣纽扣,一名医生笑着说道:"她没事,大概是太累的缘故,只是睡得太沉而已。"

女医生说"太累"二字时还故意加了重音,陆清风怎么会不明白这言外之意,于是故意边解释边用力捏着谢芷嫣脸上的肉:"她一个保镖还要我救,她累个屁!"

谁知道陆清风到底用了多大力气,总之谢芷嫣在一阵疼痛后,恍恍惚惚睁开眼,被面前浓烟滚滚的场景吓了一跳,她抓住陆清风,问:"发生什么事了?"

陆清风早已气结攻心,哪还有闲心搭理她,甩开抓着自己的手,他快步朝消防车的方向走去,只留下一脸错愕的谢芷嫣。

"你可真有福气,有个这么帅的男友,还不顾危险跑进火场救你!"两名医生不住地夸赞着。

谢芷嫣心底一沉,不可置信地问:"是他救了我?"

看着医生们坚定地点着头,谢芷嫣再次穿越人群找到陆清风的身影,他正跟消防员谈论着什么,身上的西装依旧粘着蛋清,但此时的他已经变回那个霸气又沉稳的陆清风了。

谢芷嫣望着他,在这惊险又微凉的夜晚,她心底竟然有一丝暖意慢慢化开。

# Chapter 07 第七章
## 与你并肩前行，
## 尝遍喜怒哀乐

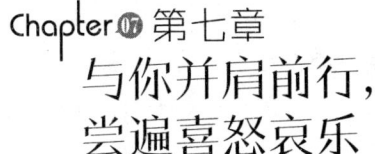

有时，人的情感真的很奇怪，会在不经意间刻意去寻找那种怦然心动的情愫，也会在情愫突然降临的一刻感到害怕。

# 1

大火经过四十分钟被扑灭,好在无人受伤。

消防员还在公寓内检查安全隐患,李敏熙接到消息后,和几名电视台的记者带着设备就赶到了失火现场。

见谢芷嫱没受伤,李敏熙也不再管她,跑到现场时而拍着新闻素材,时而采访消防员,无处可去的谢芷嫱和陆清风只得坐在花坛边等待着。

"谢谢你救了我。"酝酿许久,谢芷嫱打破沉默。

陆清风心不在焉地瞄了眼身边人,语气中满是嘲讽:"你真的是保镖吗?海雷学院毕业的女保镖竟然一点儿警觉性都没有,还要我这个大老板来救你,简直是个拖油瓶!"

身为保镖的专业性受到质疑,谢芷嫱闷闷不乐却也无言反驳,她望了眼陆清风,正巧与他四目相对,那无意的一瞥像道电流,吓得谢芷嫱匆忙仰望起破晓时分的天空。

"我说过不准你随便上二楼的吧,谁让你偷听我和父亲谈话的?"

"我……是怕你出事。"面对陆清风的一再逼问,谢芷嫱的解释听上去有些别扭。

陆清风也愕然地看向她,不可置信地问:"你这是在担心我吗?"

原本上下属之间的对话,不知何时变得如此暧昧,谢芷嫱脸颊滚烫,闭紧嘴巴不再回答。

而在那个喧嚣又安宁的凌晨,陆清风凝视晨光,而谢芷嫱却在偷望着他,连时间都静止在那一刻。

陆清风心事重重地收回视线,凝视着谢芷嫱,眼底尽是说不清的情愫,与前几分钟的他判若两人,语调也异常平静:"我那时的样子,你一定看到了吧。"

谢芷嫱身子一震,不知是该否认还是承认,纠结许久,她摇摇头,回答:"没有,什么也没看到。"

"撒谎……"陆清风的语调突然变得黏腻腻的,缓缓将右手伸到她面前。

谢芷嫱一垂头,看见躺在他掌心里的心形蓝色纽扣时,突然整个人紧张得渗出一身冷汗,她悄悄地去衣兜寻找,果然空空如也。

"在海雷被抓掉的衬衣纽扣,原来一直被你收藏着。"陆清风并没有收回那枚纽扣,似乎在等待回答般看着谢芷嫱。

凉爽的夜风中,他灼热的目光落在她身上,像是要窥视到她心底所有的秘密

一般。

而她对他那些微妙的情愫在心中肆意疯长,如今那枚心形蓝色纽扣似乎要将她所有的心事摆在陆清风面前。

谢芷婧用外套遮挡住半张脸,极力解释道:"我也是后来才发现的,只是觉得纽扣挺漂亮,如果对你重要的话,那还给你好了。"

"不,你留着吧。"

谢芷婧目瞪口呆地看着他,却依旧不敢伸手拿回纽扣。

看出她的迟疑,陆清风与她四目相接,眼神中透着复杂的情感,他郑重地问道:"我……可以相信你吗?"

谢芷婧的目光渐渐下滑,直到落在那枚躺在他掌心的蓝色纽扣上,那炽热的蓝色如同一种莫名的召唤,让那一刻犹豫的她有了更大的力量。她伸出手,将纽扣捏在手中,忽而抬头,用坚定的目光回应陆清风。

"我会尽我所能保护你,贴身保镖就是要二十四小时都守护在被保护人的身边,即便身体不在,心也必须和对方连在一起。"她这样回答道。

谢芷婧的答复很是委婉,但如此已经足够,至少陆清风对她放下了戒备之心,因为他第一次向外人讲起了那些深藏心底的过往——

原来,陆氏集团是陆元培一手创立的,作为唯一的儿子陆清风,却一直对母亲的去世耿耿于怀,于是陆清风暗中调查,渐渐发现父亲陆元培和大伯陆展兴似在隐瞒此事。也因此,父子二人关系日渐恶化,陆清风为了独立生活,五年前一气之下答应了父亲接管陆氏集团旗下的烂摊子,也就是如今的瑞曼休闲娱乐公司,并许下承诺,只要能让瑞曼这个子公司起死回生,就会召开股东大会将瑞曼独立出去,由陆清风自立门户,也会放他离开陆家独自生活。

也许连陆元培也没有想到,当初只想让陆清风知难而退,哪承想他真就答应了要求,并且只用了不到四年的时间,就将陆展兴一手败坏的瑞曼重新带入正轨,还将其打造成全国第一大休闲娱乐公司。

就这样,陆清风离开了陆家别墅,如愿以偿地住进了母亲曾经最喜欢的公寓。

这一番回忆,令陆清风愁容满面,看似风光如他,却也有着令人唏嘘不已的过往。谢芷婧嘴笨,不知怎样安慰,只是极为内疚而认真地说道:"以后有什么需要我帮你调查的,尽管交给我。"

陆清风把视线落在远处,忽然从嘴角挤出"对不起"三个字,一副做错事的口吻:"这火是因我而起,差点害了你。"说完,再看向谢芷婧,嘴角除了一抹

安慰的笑容外，竟看不到任何惊讶的表情。

"火是我用打火机点燃的，你差点死在我手里，不害怕也不惊慌吗？"对于她平静的反应，陆清风反倒有些着急，建议道，"你还是搬出去吧。"

谢芷婠满不在乎地耸耸肩，调侃的语气："有什么好惊慌的，梦游而已嘛，大不了以后我搬到客厅睡。"

"还敢睡客厅，不怕我再坐断你的腰吗？"陆清风面带笑意，可在谢芷婠看来，却夹杂着几分苦涩。

"你的梦游症是跟儿时的遭遇有关吗？"这样隐私的问题，她是第一次问出口，出于好奇与关心，并没期待他会与她倾诉。

陆清风收起令人心疼的笑容，满目的怅然之色似乎勾起了心底的伤痛，他轻叹一声，低语道："那场爆炸让我失去了最亲的人，眼睁睁看着浑身是血的母亲死去，那样的画面是我永远的噩梦，那之后我便患上了梦游症。"

悲伤的事情总让气氛变得沉闷，两个人的对话也戛然而止。

星光皓月，灯光散尽，各怀心事的两个人并肩而坐。直到暗夜天边展露日出的曦光。

而因为这场大火，天一放亮，附近的居民就聚到了公寓前围观，消防员还未散去，陆清风和谢芷婠依旧坐在花坛边发呆。

晨风微凉，谢芷婠着一件单薄的T恤，不由得抱住肩膀，旁边的陆清风突然站起身，几下脱去脏污的西装丢到她怀中，手在收回时刚好碰触到谢芷婠的上臂，分明冷冰冰的，他却烦躁地嚷着："今年夏天好热啊，看来要再安一台空调才行。"

陆清风呢喃自语着离开，谢芷婠凝视着他的背影，又望了望怀中沾满蛋液的西装外套，内心的欢愉瞬间溢在脸上，为了不让笑容太过明显，她咬住嘴角，想要藏起自己那颗被甜蜜之感侵袭的心房。

谢芷婠紧紧抱住那件西装。

第一次，她让那股像极了恋爱感觉的情愫，肆意蔓延。

第一次，她从心里认可了陆清风。

然而这份美好没能持续太久，谢芷婠就被一个划破晨曦天际的声音，惊得不禁哆嗦下，回头望去，还能是谁，正是容不得谢芷婠有丁点伤害的齐安。

"谢芷婠，你有没有受伤？我看到新闻立刻就赶过来了，出这么大的事怎么不给我打电话？"齐安将她上下打量一番，见没有受伤，这才松口气，用力把她抱在怀中。

"齐安，我没事，别担心。"谢芷婧安慰道。

因为与齐安算是同时入职瑞曼，再加上父母的案子颇为复杂，谢芷婧并不想让外人知道两个人的兄妹关系，所以这次她直呼了齐安的姓名。

远处的陆清风也听到了身后的声音，扭头看去时，却被齐安抱住谢芷婧的一幕搅得心里不是滋味，有点酸，又带些愤怒，他本想冲上前分开两个人的，自己却先被股力量束缚住。

"你知道我有多担心你吗？"娇滴滴的声音从陆清风背后传来，柔媚的哭腔听得人不免心生怜惜。

奈何陆清风不为所动，无奈叹口气后，用力掰开那双从背后环住自己腰身的手，似有不悦："涂菲菲，你怎么会在这儿？"

毫无疑问，涂菲菲和齐安是看了新闻报道赶来的。

在这个媒体、网络都迅猛发展的时代，消息不论大小，都能不胫而走，更何况是通岛这座多年未遇火灾的城市。

不过涂菲菲向来是个善于察言观色，又极其聪明的女人，见陆清风并不欢迎自己，立刻就岔开了话题："失火原因查到了吗？我觉得跟那个谢芷婧肯定有关系，快辞退她嘛。"

失火的原因，陆清风再清楚不过了，本就对谢芷婧满是愧疚和自责之感，偏偏齐安和涂菲菲突然出现，给他好不容易平息下来的内心重新点燃了一把火："我一直把你当成普通朋友，所以涂菲菲你不要再误会了，我的事我自己解决。"

陆清风把话说得如此直白，令涂菲菲再也无法假装下去，索性也将心底的恼恨爆发出来："我们的家人都认为我与你般配，你为什么要这样拒绝我？难道就因为那个保镖谢芷婧？她有什么好？粗鲁又土气，除了帮你看门还会干什么？"

涂菲菲发泄完，有种酣畅淋漓的痛快感，却也惹怒了另一个人。

齐安几步上前，怒视着涂菲菲："你就是咬伤谢芷婧手臂的女人？"

在这之前，两个人并没有见过面，所以突然间被陌生人怒目而视，涂菲菲瞬间就没了气势，畏怯地后退两步："我咬了怎么样？你又是谁？"

谢芷婧早就见识过涂菲菲嚣张的气焰，以至于那些话根本没放在心上，她更担心齐安。因为从小到大，不管男女，只要敢欺负谢芷婧，哪怕是小孩，他也会冲上去理论。

原本只为了赚钱才做保镖，可如今谢芷婧觉得自己的处境尴尬至极，也更不想把齐安也牵涉其中，于是挡在两个人中间，附在齐安肩旁低语道："哥你放心，

我不是那种任人欺负的人。"然后又使了个眼色,示意身旁还有陆清风的存在,"你好不容易做了瑞曼公司的法务律师,别因此惹上麻烦。"

齐安惨淡一笑,深情地凝视谢芷婧:"若是为你,即便是给我全世界最好的一切,我也不要!"

谢芷婧明白他的真心,却未看穿他的真情,依旧像个长不大的小女孩,倍感暖心地吐下舌头,试图用撒娇的方式说服齐安不要再牵涉其中。

"不过,你住这儿我实在不放心,跟我离开这里。"这句话齐安是说给谢芷婧听的,可视线却看向陆清风。

两个人相距足足四五米的距离,可周围的气氛却像陷入冰冷的结点般,陆清风无喜无怒:"我的法务组律师和我的贴身保镖,似乎不像普通朋友的关系。"

"非工作时间,个人隐私无须向你汇报,陆总。""陆总"两个字被齐安故意拖了长音,嘴角那抹不友善的浅笑,刚好被谢芷婧看得真切。

一时间,敌对的余火转移到这两个男人身上。齐安说得没错,总裁也无须过问职员隐私,陆清风稍有迟疑,竟哑然失声。

这场对峙,齐安占得上风,于是将问题抛给了陆清风:"陆总,你觉得谢芷婧有必要住在这儿吗?"

此时此刻,陆清风只恨自己当初没在合同里写上一条"贴身保镖只属于被保护者一人"的条款。虽然心底已烈火燃烧,可表面上还要保持应有的风度,他看向谢芷婧,黯然失色的眼底闪过不舍、隐忍和悲切的神色,声音也低沉许多:"你自己做决定吧,去与留,年薪不少。"

齐安本以为这样就能令谢芷婧离陆清风远些,可他终究还是迟了一步。手刚要揽住谢芷婧时,她却先一步斩钉截铁地回答道:"我想留下来。"

齐安的手悬在半空,他看见谢芷婧眼中的坚定,就知道她做出了决定,可还是想要再次确定:"你真要留在这儿?"

谢芷婧眉宇微皱,又笑又哭的表情,郑重地点头。

是啊,这是她的撒手锏。在齐安这里,只要露出这副撒娇的表情,他就必然会心软,屡试不爽。

齐安揉着她的额头,终是妥协:"好,你说怎样就怎样,但有事一定要打电话给我。"

在谢芷婧的催促声中,齐安终于答应离开,不过直到临走的前一刻,齐安的视线都没离开过陆清风。

# 第七章 与你并肩前行，尝遍喜怒哀乐

而谢芷婧与齐安之间的亲密举动，也被陆清风尽收眼底，两个男人暗自较劲，彼此那双暗潮涌动的眼神，似乎隐匿着两个人之间有着不为人知的纠葛。

"谢芷婧，回去收拾房子！"陆清风呵令道，转身朝公寓走去，任由涂菲菲怎么叫唤都置之不理。

两个人前后走进公寓，墙壁被熏黑了，可想要一时半会儿清理干净也非易事。

好在公寓二楼并未被大火殃及太多，只有厨房、餐厅烧得面目全非，除此之外就是谢芷婧的房门被整个烧掉了。

她真信了陆清风的话，埋头就开始整理残余的物品，却被他断然制止："合同里写着不许谈恋爱吧，你是不是不想要钱了？我是你老板，你必须听我的！去，一分钟内把车给我擦干净，否则立刻开除你！"

陆清风阴晴不定的脾气实在令她招架不住，反驳道："一分钟怎么可能擦干净，你是不是要我？"

"那你求我啊。"陆清风眉头轻挑，像个受了委屈的小男友。

可谢芷婧哪里看得出他刁难之下的吃醋情绪，气呼呼地转身去擦车了，见她不服软，陆清风在身后吆喝道："房子留给佟骁处理，一会儿你跟我去公司。"

谢芷婧根本不愿搭理他。

谢芷婧拼命擦着车，十五分钟后将车开到公寓门口时，佟骁正独自站在花坛边张望。

"佟助理，你的车呢？"谢芷婧环顾四周，并未见到佟骁常开的汽车，不免疑惑。

而佟骁也是一脸不解："陆总丢下一句话就把我的车开走了。"

"走了？"谢芷婧不可置信，"明明让我跟他去公司的，怎么自己先走了？"

佟骁努力回想着陆清风走时留下的最后一句话，暗自嘀咕："好像不是回公司，说是找毛……毛什么我也没听清，公司客户中没有姓毛的人呀？"

没有一天是能平静度过的，谢芷婧叹口气问："那我们现在怎么办？"

"你给陆总打个电话就先回公司吧，反正他有车，清醒的时候，陆总不会出问题的。"佟骁倒是宽心，"至于我嘛，看来今天要帮你们修葺房子喽。"

这句话说得谢芷婧面红耳赤，仿佛真与陆清风发生了令人想入非非的事，为了不被佟骁看出自己的异常，她低着头跑回公寓取走手机，又慌张地钻进汽车，恨不得踩着油门立刻逃出这座总是牵动她心跳的公寓。

去公司的路上，谢芷婧瞄了一眼手机，页面刚好显示三条已被查看的信息，

一条是"小猫昨晚失踪了",第二条是"我找到小猫了,它很安全,你不要担心"。至于第三条则写着:"听说你住处失火,你有没有受伤?需不需要我过去帮忙?"

三条信息均来自魏然,可谢芷婧很确信自己是第一次查看这些信息。

而同一时间,陆清风已经将车停在了位于郊区的明仁小区外,凭着模糊的记忆,他找到了小区B座1302室。

## 2

上午九点,阳光正烈。

谢芷婧先行到了公司,可刚关上车门,身后不知从哪儿拥上一群人,谩骂声夹杂着口号声,来不及弄清事件的缘由,被人群挤到车窗旁的谢芷婧,在"嘭"的一声巨响后,疼痛中额前流下黏稠的液体,再抬头看去,原来是车窗被人用石头打破,溅起的玻璃碎片刚好砸破额头。

"车里没有陆清风!"

不知谁高喊一声,人群迅速散去。谢芷婧擦去血迹,回头望去时,刚好认出队伍为首的一人正是在辉山袭击陆清风的带头人。

一定是陆展兴怂恿这群人来找麻烦的!因为谢芷婧开了陆清风的车,这才险些被围攻。她焦急地翻找手机,想要让陆清风晚些回公司,可是手机号未拨出,他却已经将车停在了公司门口。

"看!陆清风在那儿!敢拆我们房子,别放过他!"

领头人高呼着,人群浩浩荡荡地朝陆清风围去。谢芷婧顾不上额前再次渗出的鲜血,拼命跑向陆清风。

这一次,谢芷婧没有丝毫的迟疑,不愿再看到他受伤、难过,只想竭尽全力地保护他,那一刻,谢芷婧终于听到了自己心底的声音。

这一次,谢芷婧于人潮涌来前,便挡住了陆清风的身体,拳头、鸡蛋、石头和唾骂,如枪林弹雨般袭来,她却以一人之力护他周全。

眼看事态越发严重,她终于忍无可忍地吼道:"事情不是你们看到的那样,陆清风是无辜的!"

可这些住户哪肯听解释,几十人情绪激昂地再次发起攻击时,谢芷婧左脸下颌骨处被人猛地击中,牙齿的疼痛和眩晕,让她瞬间陷入几秒的空白状态。

"伤到了吗?"

纷扰的争吵中,耳边恍然掠过陆清风关切的声音。谢芷婧顾不上回应,只想

# 第七章 与你并肩前行，尝遍喜怒哀乐

快些带他离开这里，可任凭如何努力，面对人潮的层层包围，即便她一身功夫也无计可施。至于瑞曼公司的一队保安，挥舞着警棍，却怎么也抵不过这群丧失理智的人。

车水马龙的街道上，警笛声由远而近，直到看见穿制服的警察后，事态才得以控制。警察和保安组成一排，将闹事人群阻隔在临近街角的地方，而解除危险后，谢芷婧依旧一副与人对抗的姿势，整个后背紧贴在陆清风胸前。

"谢芷婧？"身后的陆清风轻声唤着，她却一副还未从突发事件中回过神的样子，双臂绷得紧紧的。

下一秒，陆清风便攥住她冰凉的手，这才看见她惨白的脸上浮现大片瘀青以及额头上的伤口。这番景象，看得他心疼不已，于是自作主张地将谢芷婧拦腰抱起，霸气凛然地朝公司走去。

"好端端的抱我干吗？你哪根筋不对？"谢芷婧因他突如其来的举动，再次陷入惊慌中，像一条脱离海水的游鱼，在陆清风的怀中胡乱地翻腾挣扎着。

"喂！"陆清风底气十足地呵斥着，眉头也皱成一团，见她终于安静下来，语气才和缓地提醒道，"要是不想被人误会，就给我老老实实待在怀里！"

的确会被误会的！谢芷婧偷瞄了眼四周，正是上班时间，瑞曼公司大厅中满是上班职员，三五成群窃窃私语着，一道道好奇和八卦的眼神纷纷落在两个人身上。

他不肯放她下来，她也别无他法，低着涨红的小脸，催促道："那你还不快走！"

从大厅一路走去，来往的员工纷纷闪避开道路，而刚走到电梯处，适时打开的电梯门内便出现了一串阴阳怪气的笑声。

没等谢芷婧从他怀中挣脱下来，陆展兴与陆岩父子二人便迎面走来。

"哟，公司最近丑闻不断，陆总竟还有心思调情，不如尽早把位置让出来，好好回家哄女人……"陆岩一句话没说完，就被父亲陆展兴打断，训斥道："混账东西，还不闭嘴！"

陆展兴继而换上虚伪的笑容，客气地说："陆总事务繁多，我们就不打扰了。"说完瞄了眼陆岩，匆匆离开。

陆清风面无表情地走进电梯内，因为抱着谢芷婧，只得开口道："按楼层键。"

显然，陆清风想要把她抱回办公室。

谢芷婧不安地按下25楼的按键后，两个人双双陷入了尴尬的沉默中。电梯本就空间狭小，被抱着不太舒服的谢芷婧刚动下身子，整条手臂便更加贴近他身体，进而感觉到他衬衣下胸膛的温度。

等清风与你一起归来

　　如果把谢芷婧涨红的脸比作充血袋，那她此时的状态就处于炸袋的边缘，连汗毛都竖起，皮肤更是有着火辣般的灼痛感，她实在讨厌这种感觉，于是睨了他一眼，呵道："没人了，放我下来。"

　　这一次，陆清风照做了。可谢芷婧的双脚刚落地，整个人就被他拥入怀中。

　　今天的陆清风，每个举动都甚是异常，谢芷婧顺势推了推他的胸膛，却被他拥得更紧，下巴也抵在她肩上，慵懒地问道："下次换我来保护你好不好？"

　　有时，人的情感真的很奇怪，会在不经意间刻意去寻找那种怦然心动的情愫，也会在情愫突然降临的一刻感到害怕。

　　没错，谢芷婧害怕了！这个承担许多悲伤的男人，她不知道自己能否与他匹配，或是说能帮他分担多少苦痛。她迷茫地依在他怀中，在电梯门打开的时候，被他缓缓牵出。

　　那是陆清风的休息室，被风吹起的窗帘下，两盆开得正好的茉莉花散发着馥雅幽香，她被按坐在沙发上，忐忑地开口道："保护你是我的工作，有合同有薪酬，这是理所应当的，你不用多想。"

　　"怎么能不多想，除了母亲外，你是第一个在危险来临时，不顾一切保护我的人。"陆清风说这话时，小心翼翼地撩起谢芷婧前额的碎发，指甲大的伤口血迹已凝固，他抬手蹭了蹭，起身说道，"在这儿等着，我去拿药箱。"

　　在陆清风离开休息室后，谢芷婧一直盯着他离开的方向，跳动不安的心也逐渐平复。望着半掩的房门，她竟然迫切期待着他能快些出现。但是，门缝一晃而过的熟悉身影并不是陆清风，她心头瞬间跌入谷底，起身寻去。

　　25楼整条走廊上都铺着圈绒地毯，人走在上面悄无声息，谢芷婧推开游泳室的房门，一目了然的室内并无他人，那么就只有办公室了！

　　谢芷婧悬着心停在陆清风的办公室门口，她很害怕里面会有人，害怕那个人是自己熟悉且依恋的亲人。紧闭的大门被她打开一条缝隙，正是透过那细小的距离，让她看到了那人的面容。

　　是齐安！他鬼祟地翻着陆清风办公桌上的文件，急迫的表情似在寻找重要的东西。

　　谢芷婧很早就发觉齐安有些不对劲。

　　从在他住处发现"瑞曼休闲娱乐公司资料"起，她无意间看到了文件中陆清风和陆元培的照片和详细资料，那时齐安慌张的神色像是在隐藏自己的计划。

　　而在公寓失火那天，齐安处处针对陆清风，以及那抹不友善的坏笑，在谢芷

108

婠看来，也深藏着巨大的秘密。

谢芷婠不止一次暗示自己："齐安所有异样的举动都是因为太在乎我。"但此时此刻，谢芷婠不得不推翻这样的想法。

"怎么出来了？"

陆清风突然出现在身后，谢芷婠脑海闪过的第一个想法就是齐安不能被发现，她将他往休息室拉去，嘴里嚷道："伤口好疼，快去清理下吧。"再回望下办公室，她只希望齐安能尽快收手离开。

为了牵制住陆清风，谢芷婠没有拒绝他帮忙清理伤口的举动，此刻乖巧的模样与之前顶嘴女保镖的形象形成鲜明对比。

见她默默无语又一副如坐针毡的样子，陆清风疑惑地问道："今天怎么这样安静？"

"你是领导嘛，当然不能拒绝。"谢芷婠反应迅速，却被陆清风钻了文字漏洞。

"当真不拒绝？"陆清风语调中充满了甜腻的感觉，一张冷峻的脸庞猝不及防地凑到谢芷婠面前，那样近在咫尺的距离甚至能看到他唇上细致的纹络。

片刻失神后，谢芷婠机警地架起手臂将两个人身体阻隔开，陆清风因她紧张的模样逗趣一笑，补充道："我只是想说，下午准你半天假……"

"真的？那陆总没事的话我就先走了。"难得有假期，谢芷婠必须去找齐安问个明白，可前脚刚迈出休息室，就被陆清风提着后颈的衣领拽了回来。

他有些不悦，谢芷婠的衣服都被抓变了形，但话语中却充满了宠溺："我话还没说完，你要去哪儿？我给的假期是让你跟我走！"

陆清风说完，重新擒住谢芷婠手腕走向电梯，看他按下地下停车场的按钮，她疑惑地挣扎着："我真有急事，你这样算什么假期？"

"你不去，它会死的！"陆清风甩手打开车门，毫不绅士地把谢芷婠塞进后座中。

他说得那般严重，谢芷婠也想知道到底谁会死。然而，就在陆清风一屁股坐进驾驶室时，车内忽而响起奶声奶气的猫叫声，她循声找去，在后车窗旁的一块狭小空间里发现了一只关在铁笼里的白猫，而看它尾巴上的花色，正是当初被陆清风赶出公寓的那只小猫。

"它怎么会在这儿？"谢芷婠说不出的惊喜。

陆清风隐忍浅笑："魏然那家伙不靠谱，这猫你自己养吧。"

陆清风明明无比讨厌猫狗，明明当初毫不留情地把猫赶出公寓，可此刻竟说

让她养着。这样的反差，实在令谢芷婧诧异。

"你去找魏然了？"谢芷婧问。

"当然不是！肯定是佟骁带回来的。"陆清风知道她会问，一早便想好的说辞，反正车是佟骁的，干脆推给这家伙。

谢芷婧也觉得，公司一堆烦心事，陆清风不会那般清闲地跑去魏然家中，只为要一只猫，更何况他没有理由这么做。既然说了是佟骁，那也没什么可怀疑的，一路上陆清风开着车，她便乐不可支地逗着猫。

车开到通岛市立医院时，陆清风猛踩刹车，没坐稳的谢芷婧一头撞在了前座上，可还没回过神，他已经递上一张字条，命令道："按字条上的地址去帮我拿药。"

谢芷婧接过字条并没有下车，她一直很好奇，像陆清风这样的人，聘请个家庭医生不是更方便吗？既不用自己抛头露面去医院，还能更好地保守患病的秘密。

"愣着干吗？还不去。"陆清风催促着。

谢芷婧撇撇嘴，揉着手里的字条，磨叽道："其实你都聘了保镖，干吗不再找个私人医生呢？"

"因为没有值得我信任的人！"陆清风不假思索地给出了答案，夹带着眼底的深情与坚定，如火般炽热地蔓延到谢芷婧心底最柔软的地方。

可她依旧有些不甘心，执着地再次抛出问题："涂菲菲就很合适啊，她那么喜欢你，肯定会站在你这边，而且又是医生。"

这次，陆清风没有急着做出回答，而是解开安全带，突然探身到谢芷婧面前，似笑非笑："你是不是期待我说些什么？比如，我不喜欢涂菲菲；再比如，我喜欢……"

话没说完，他把脸凑得更近，惊得谢芷婧连连摆手："不不不，我去拿药。"

看着谢芷婧落荒而逃，陆清风却得意地笑着。

其实，没从陆家别墅搬出来前，有病有伤时基本都是魏然负责的，但好几次心机颇重的魏然都险些发现他患梦游症的秘密，于是他便刻意提防着。至于涂菲菲，陆、涂两家早为世交，双方家长更是有意撮合两人，只是任由陆清风如何婉拒，涂菲菲都不放弃。

所以，在脱离陆家后，佟骁便帮陆清风找了位可靠的医生。

谢芷婧按照字条上的地址找到神经内科金良沅主任的办公室，走廊上站满了等待看病的患者，她敲门而入，一位穿白大褂的男人正揉着肩膀，她礼貌性地称呼道："金医生，我来拿陆清风的药。"

金医生迟疑下，恍然大悟："怎么佟骁这家伙没来？"

"他今天很忙。"谢芷婧随口解释，又好奇道，"你们很熟？"

"我们可是大学室友，简直不能再熟了。"金医生边说边递上一瓶药，郑重地提醒道，"这是苯巴比妥片，睡前吃一片，长期服用的话不要突然停止，会出现副作用的。"

"好，我记住了。"谢芷婧应允道，致谢着走出办公室，因为走廊人太多，她索性从另一条走廊下去，刚到楼梯口就被人叫住。

循声望去，竟然是辛泽良老师。

"师父你怎么在这儿？"谢芷婧惊讶又欢喜。

"刚从国外开会回来，有点不舒服。"辛泽良叹口气，突然想到什么似的精神一振，看着谢芷婧，"听说你做了瑞曼总裁的贴身保镖？这可是好工作。不过话说回来你怎么来医院了？自己过来的吗？"

有些事永远是如人饮水，冷暖自知。所谓的好工作，在谢芷婧看来并没有值得羡慕的地方，就像要帮陆清风保守患病秘密一样，只能选择撒谎："我有点反胃，来检查下。陆总开车捎我过来的。"

没想到这个理由让辛泽良目瞪口呆，抬头瞅了瞅走廊上的指示牌，又看向谢芷婧："你们进展这么快？"

辛泽良没缘由的问题，让谢芷婧摸不着头脑，好半天才回过神："什么进展？"

大概是觉得不好意思，辛泽良并没有言明，而是伸手指了指头顶。

谢芷婧顺着手指的方向看去，"妇产科"三个大字赫然在目，她深吸一口凉气，拼命解释着："师父你误会了！"

"你紧张什么，师父我又不是老顽固。"

辛泽良的这番话让谢芷婧彻底蒙了："我还有事先走了，改天去看您！"话音未落，她已消失得无影无踪。

而在医院走廊的一角，谁也没发现一个鬼祟的人，那人不是别人，正是陆岩！他对着手机，胜券在握的语气，说："钱已到账，记得把资料发给我！"而看向谢芷婧的眼神中，闪过一丝令人不安的邪魅笑意。

3

跑出医院的谢芷婧并没在汽车里看见陆清风。

难道被人劫持了？她刚要转身去找，却在人群中看到了熟悉的身影，银色修

身西装穿在他身上，衬得身姿笔挺、俊逸非凡，可手里提着一个木质小房子，看上去跟陆清风的气质很不相符。

"你买狗屋干吗？"对他此举，谢芷婧甚是疑惑。

"准你养，但没同意它进公寓！"陆清风怕失了面子，声音不由得提高。

虽然他依旧保持高冷的气质，可在谢芷婧听来，这句话却带着浅浅的暖意。

那天回到公寓后，陆清风将狗屋安放在院子中，又将小猫拴在里面，这才放心地走进家门。能够养猫就让谢芷婧很满足了，她屁颠屁颠地跟进公寓，可一进门就震惊了，不过一天时间，佟骁已经将满目疮痍的火灾现场，装饰得犹如新房般。

烧黑的墙壁全部粉刷一新，贴着淡色的壁纸，谢芷婧卧室的门也换上了雕花木门，欧式风格的沙发，水晶茶几，绒毛地毯……甚至连餐厅桌椅餐具都是崭新的。

谢芷婧叹口气，从心底佩服佟骁的办事能力。

佟骁将费用清单交由陆清风过目，他瞥了眼后就疲倦地朝二楼走去。

"陆总！"佟骁低声唤道，"这个是你吗？"并递上手机。

手机视频里，两个西装革履的男人扭打在一起，旁边的草地上还趴着只满脸萌相的猫，而穿着银色西装的男人略胜一筹，口中喊着："这猫我必须带走，省得你有事没事给我保镖发短信！"

被压在身下的魏然只有喊救命的份。

"这视频你哪儿弄的？"陆清风口气低沉，带着愤怒。

"哦，微博上看到的，估计是被看热闹的人拍下上传的。"佟骁小心翼翼地解释着。

一直站在陆清风身后的谢芷婧，将视频内容看得真真切切，再仔细打量他的银色西装，的确有些褶皱和猫毛，她暖心而笑："原来那人是你啊。"

陆清风面如死灰，冲着佟骁翻下白眼，带些调侃的语气下逐客令："佟大助手，您要是忙完了就赶紧走吧。"

佟骁很识趣，拿了车钥匙就赶紧开溜，这倒让陆清风和谢芷婧更觉尴尬。

"我回房了，有事叫我。"谢芷婧匆忙逃进卧室，总算空出了时间，第一件事就是给齐安打电话，奈何齐安并不接，只简单回了条短信：我在忙，明天回你。

想着齐安白天潜入陆清风办公室的情景，谢芷婧虽然不安，可更希望自己是多虑了。

望了眼窗外的夜色，谢芷婧刚换好睡衣，却从外套兜里掉出一瓶药。

竟然忘了把药给陆清风！她多想自己没看到这瓶药，如此一来就不用再与他见面，可脑袋里总出现金医生的话，为了不出意外，她只好硬着头皮去送药了。

谢芷婧边埋头看药瓶上的说明，边打开房门，正好奇着副作用是什么的时候，视线里多出了一双脚，她心里怦怦跳着，暗想：莫不是又梦游了？

可陆清风那双直勾勾盯着她的眼睛，分明就是处于清醒状态，而背在身后的双手好像拿着什么东西。

虽然，谢芷婧必须承认，陆清风长了张煞是惑人的脸，可几次梦游事件后，还是觉得有些后怕，尤其像现在这样，寂静的深夜，光线暗幽幽的室内，一开门站着个死死盯着自己的人，还是个有梦游症的危险患者。

不过，剪子、菜刀、打火机和车钥匙，但凡陆清风梦游时接触过的物品，全被藏到了隐蔽的地方。谢芷婧转着眼珠，将客厅扫视了一遍，摆放的物品似乎都没少，那他手里拿的会是什么？想到这，心也不由得颤抖着，谢芷婧攥紧拳头，吞吐地问："你……你在这儿干吗？"

大概没想到谢芷婧会突然开门，陆清风怔怔地站在原地，喉结不停地上下浮动，突然将背后的手伸了出来，她慌神后退一步，定睛看去才发现是个包装精致的礼盒。

"下周公司有个隆重的宴会，这衣服给你！"陆清风一板一眼地说着，像是练习了许多遍的台词。

虚惊一场！

谢芷婧接过礼盒，顺手递上药瓶，刚提醒句"睡前吃一片"时，陆清风指着她身子，评价道："你这 Hello Kitty 的睡衣真的和你本人一样，好土好矬。"说话时，他手里的药瓶被晃得噼里啪啦乱响，像极了他的嘲笑。

原本好心提醒，却换来了句好土好矬。本就身心疲惫的谢芷婧顿时气恼了，冲着陆清风吼道："你自己去把门窗锁好！本姑娘今晚不伺候你了！"

吼声刚落，房门便"砰"地被用力叩死，陆清风好半天才回过神来，咬牙切齿地自语道："臭丫头，吓死我了！"

至于卧室里，谢芷婧小心翼翼地打开礼盒，却怎么也没想到陆清风送她的竟是一件红色的晚礼服，腰身处系着一根黑丝带，胸前的开口目测能到肚脐的位置，裙摆从大腿根缓缓斜下去，如此性感的衣服，哪里适合谢芷婧这样穿惯训练服又性格大大咧咧的女孩？她撇着嘴，嫌弃地将礼物丢回礼盒，嘀咕道："这哪是人穿的衣服？"虽然并不喜欢这件衣服，但她心间升腾起甜蜜的感觉。

也许，陆清风也未觉察自己对她称呼上的改变。可对于谢芷婧来说，敏锐的洞察力和女人的第六感却让她感觉到，彼此的关系正在发生变化。但她又希望在

保镖合约结束前,每一天都能归于平静,不论是自己还是陆清风,抑或齐安。

但设想总归会有落差。

那几天,因为陆清风没有妥协辉山事件,建造影视城的议题彻底从瑞曼公司的计划事项中被撤销。但陆展兴已经凭借瑞曼总裁大伯的身份,说服周寒签了协议,且两个人蛇鼠一窝,都想在其中大捞一笔,可他们万万没想到,即便逼着陆元培去说服陆清风,还是没能保住这个项目,于是骑虎难下的陆展兴,唆使周寒将瑞曼公司和陆清风告上法庭。

而负责应对这个案子的,正是瑞曼公司法务组的律师齐安。

从得知这个消息的那刻起,直到案件开庭,谢芷婠都提心吊胆的。一面希望陆清风能赢得官司,一面又深知哥哥齐安对陆清风深藏不为人知的心结,她总觉得这场官司,齐安不会全身心地帮助瑞曼和陆清风。

谢芷婠的担心并非多余。

就在陆清风着手准备与芬兰AST国际休闲公司的签约及欢迎宴会事项的前一天,果然如谢芷婠担心的那样,传来了辉山案件对瑞曼公司不利的消息。

签约合同需要陆清风本人的签名和公司公章,可他万万没想到陆展兴竟会伪造他的签名。

"但不知为何,公章的确是真的。"齐安在向陆清风汇报的时候,完全事不关己的表情。

陆清风打开密码柜,公章还在,眉宇不禁皱得更深,手指蹭在鼻翼间细细地思索着。终于,他将邱明行凶和公章失窃联系到了一起,又调出当日的监控,果然是邱明和陆展兴里应外合,偷了公章。

虽然陆展兴为人油滑城府极深,可他毕竟是大伯,陆清风一直视其为长辈,在瑞曼公司更为其保留了可有可无的职务,没想到他野心这么大。陆清风在心中暗想:这个年纪还学会了开密码锁,也是难为你了。

齐安适时轻咳,请示道:"陆总若没事,我就先出去了。"

"所以……"陆清风停顿片刻,直到与齐安对接上视线,才继续开口质问,"明知道合约是伪造的,你还是无能为力,或者说你根本就想我输掉这场官司?"

陆清风话音中带着深意,齐安倒是淡然:"官司没判决前,陆总不如先想想如何让对方撤诉吧。不过你说得没错,即便不为谢芷婠,我也想让你输掉官司。"

眼下如何处理这件事,陆清风还没有头绪,此时又从齐安嘴里听到"谢芷婠"三个字,他那股隐忍的怒火再也压制不住地蹿腾起来。他猛地站起身,怒视着齐

安道："我不管你跟谢芷婧是什么关系，你最好离她远点！"

"我跟她的关系，比你想象的更亲近。"齐安故意激怒陆清风后，转身离开。

两个人的谈话被门外的谢芷婧尽数收入耳中，齐安离开时，被她拦在25楼的电梯口，因为怕被他人听去，刻意压低声音："哥，你有心事瞒不了我，再大的事也请你一定要告诉我！"

谢芷婧想给齐安坦白的机会，可得到的却是他云淡风轻的一句："还有什么能比父母被抓的事更大呢？"

谢芷婧顿时哑口无言，只得任由齐安离去。

而办公室里，陆清风疲倦地陷在座椅上，满面愁容地翻看文件。

至于恢复详静的25楼则像一处海岸线，在看不见的地方，暗藏着惊涛骇浪，不经意间便会袭来致命一击。

接待芬兰AST国际休闲公司的事情迫在眉睫，这是瑞曼休闲娱乐公司第一次联手跨国公司，打造全球顶级的休闲娱乐度假圈，他一直秘密整理相关资料，封锁消息，就是怕中间出现变数，也更想让父亲刮目相看。可辉山事件偏偏出现在这个时间段，对瑞曼公司的形象造成不小的打击。

谢芷婧在公事上帮不了忙，便安心做好分内事，午餐她精心检查是否含有绿色植物后，才小心地放到他桌上。陆清风全程没有抬头，直到佟骁心急如焚地闯进办公室。

"陆总，出事了！"佟骁匆忙打开电视。

主持人正播报着关于陆清风的新闻：据某位不愿透露姓名的人士证实，瑞曼休闲娱乐公司总裁陆清风确定患有梦游症，并曾在梦游期间做出过疯狂举动，危及无辜……

签约在即，辉山事件还未解决，如今陆清风的梦游症传到尽人皆知，连佟骁都露出了胆怯的神色，谨慎地提醒道："陆总，公司股价不断下跌，各高层管理人员正吵着要开临时会议。"

陆清风阴沉的脸上看不出担忧的神色，只见他伸伸手指，示意佟骁和谢芷婧离开。

整整一天，她都守在办公室门前，虽然隔着那道门，但他指点江山般凛然沉稳之气，全都印在了她心上。

谢芷婧是真的佩服陆清风！只是坐在办公室里，他便命令佟骁带着钱款去找辉山居民和解，并对经陆展兴手下的人损坏的房子主人进行赔偿，又找人查出周

寒挪用公款开公司的证据，然后一个电话打过去，周寒便同意撤销此案。

陆清风阴沉沉地走出办公室时，双眼布满血丝，看见谢芷婧，眉头才渐渐舒展。

"解决好了？"谢芷婧轻声问道。

"嗯。"陆清风点头，默契地回了个微笑，语气慵懒道，"回家吧，我好累。"

从公司开车回公寓的路上，谢芷婧忐忑不安，生怕陆清风会质问她与齐安的关系，不过坐在副驾驶上的陆清风早已沉沉睡去，晃了几下身子后，整颗脑袋便靠在了谢芷婧肩膀上。

她握着方向盘的手，因为被陆清风压住肩膀有些酸痛，刚要推开他时，他却倦然开口："不要推开我，就这样让我靠一会儿……"

空气在此刻凝结，她是为了化解尴尬，也是为他担心，轻声问："新闻的事，不用处理下吗？"

"噢。"他慵懒一声，似是疲惫，"先放下那些事情，让我在你这儿休息会儿，就一会儿……"

如小鹿乱撞般的慌乱感瞬间占据了谢芷婧整个心房，那被依赖的幸福感，家庭支离破碎的失落感，以及哥哥深埋秘密的无奈感，让谢芷婧只觉得心底五味杂陈，此刻是她最不该碰触爱情的时候，可眼前这个男人总能在某一刻撩拨起她的心弦。

也许，她要承认，她真的爱上了陆清风。

但爱也有现实的骨感，就在到达公寓后，谢芷婧彻底抓狂了，因为陆清风。

睡得犹如死猪般的陆清风，任谢芷婧如何摇晃都毫无反应，最终被她生拉硬背给拖回了公寓，在他办公室门口站了整天的谢芷婧，这会儿双腿直打晃，再望向二层楼梯，索性将他扔在了客厅的沙发上。

盯着熟睡的陆清风，她长舒口气："困成这副德行，希望今晚咱俩都能睡个好觉。"谢芷婧迅速锁好门窗，丢给他一床被子后，便钻进卧室跟李敏熙通起电话。

好闺蜜间总是会说些心底的小秘密，不过对于从未谈过恋爱的谢芷婧来说，每次见陆清风时的心跳感觉，令她很是不安，她小声问道："李敏熙，你说喜欢一个人是什么感觉？"

听谢芷婧这么一问，李敏熙立马来了精神："是不是有情况？那人是不是陆清风？"不给她回答的机会，手机那端的李敏熙俨然八卦记者，说："陆清风一定是喜欢上你了，我有证据！等我把照片发你手机上！"

那边匆匆挂了电话，不多时果然发来一张谢芷婧与陆清风的合照，照片中，她看着别处，身旁的陆清风却深情款款地注视着她。

## 第七章 与你并肩前行，尝遍喜怒哀乐

那张照片，是失火那晚两个人坐在花坛边闲聊的场景，竟然被现场采集新闻素材的李敏熙无意间给拍了下来。

而那晚，应该是谢芷婠做保镖以来睡得最安稳的一次。

长夜寂静、无梦无扰，安稳到清晨闹钟连续响过三次后，谢芷婠才懒懒地苏醒。

手机上的日期显示是2015年8月29日。

"糟了！"

谢芷婠如梦初醒，今天是芬兰AST国际休闲公司的创始人塔博·库切及其团队来瑞曼洽谈合作事项的重要日子。她疯了般跑出卧室，然而客厅的沙发上却已不见陆清风的踪影。

正准备去寻找时，二楼传来打开房门的声音。

"谢芷婠，准备早餐，我健完身就去公司，记得带上我给你的晚礼服。"陆清风半眯着眼，慢悠悠地走下楼梯，感觉没人回应，他努力睁开双眼，结果看到谢芷婠呆若木鸡地戳在原地，"你干吗这么看着我？"

谢芷婠抬手指着他，嘴唇微动，结巴着挤出几个字："你你你……我的睡衣……"

谢芷婠语无伦次，陆清风也觉得奇怪，顺着她手指的方向，垂头一看，他自己也被吓到了，转身就朝二楼卧室跑去，速度之快犹如脚踩火箭般。

没错！陆清风此刻穿的正是谢芷婠的睡衣，那件被他嘲笑又土又矬的Hello Kitty的半袖睡衣，因为身高和骨架都大于谢芷婠，睡衣的两颗纽扣都被撑开了，胸前原本可爱的Kitty猫也变成了大脸猫，睡裤更是惨不忍睹，因为太小整个后腰都露在外面，再加上陆清风因为迈不开腿，跑上楼梯的过程中摔倒好几次，狼狈又逗趣的样子让谢芷婠笑得肚子疼。

金医生所说的副作用，该不会就是这个吧？

自从公寓失火后，虽然没做出更危险的举动，却开始梦游找女人的衣服穿，谢芷婠真不知道这种情况，病情是稳定些了，还是更加严重了。

谢芷婠兀自琢磨着，此时陆清风已换好西装走到了她面前，铁青的面色看上去心情并不好，声音也低沉得吓人："接待芬兰客户不容有失。还有，刚才的事不准让第三个人知道，否则立马开除你！"

谢芷婠拼命点着头，跟在他身后走出公寓。

她突然发现，虽然做陆清风的保镖会遇到许许多多奇怪的事情，可当真心决定与他并肩前行时，那些奇怪的事情反倒能坦然对待了。

每每想起，都觉得甚是珍贵。

# Chapter 08 第八章
## 原来，
## 你是这样的总裁

正午的阳光最是炙热，停车场上没有任何遮挡物，陆清风等在出口的栅栏后，因为食用了绿色植物后又被太阳暴晒，陆清风觉得皮肤发紧、灼热又刺痒，那种感觉就像是千条虫子在皮肤上爬行。

等清风与你一起归来

## 1

芬兰 AST 国际休闲公司，是芬兰国内最大的一家民营公司，项目小到服装鞋帽、健身房、游泳池，大到文艺表演、高档会所，其品牌效应享誉全球。由于芬兰 AST 国际休闲娱乐公司的创始人塔博·库切看中亚洲市场的价值，准备引入具有亚洲特色的娱乐产业，在芬兰闻名遐迩的旅游城市卢塞伽打造国际级别的度假村，而作为中国知名的休闲娱乐公司的瑞曼，被塔博·库切选中成为合作对象。

至于陆清风，也早有走国际化路线的想法，倘若此次能与芬兰 AST 公司签约达成合作意向，瑞曼休闲娱乐公司不仅能实现国际化经营，还能寻求更大的市场资源和更高的利润空间。但更重要的是，他想让父亲陆元培明白，自己是有能力管理好公司的。而这次，塔博·库切只在中国停留一天，不管有多难，陆清风都一定要拿下这个合约，抓住这个至关重要的海外发展机会。

谢芷婧观察下公司四周，瑞曼公司前高管们个个着正装等待着，百米红地毯从楼梯口一直延伸到街边人行道，两侧每隔五米摆设着大型云松盆景。

站在楼梯上的陆清风眉宇微垂，侧头与左后方的佟骁低语："塔博·库切是个不喜面子工程，脾气又古怪的人，你们言行举止一定要谨慎些。"

"AST 公司对我们瑞曼的考察结果很满意，陆总不用这么小心。"

陆清风瞪了眼佟骁，摇着头，说："塔博·库切的公司虽然设立在芬兰，可他是个谨慎的南非人，任何小事都有可能致使合作破裂。只怕，现在已经有人蠢蠢欲动了。"

陆清风似在深思，余光刚好落在谢芷婧手里的礼盒上，随即冲佟骁使个眼色："去看看会议室准备得如何，顺便把礼盒放我办公室去。"他看下身穿黑色西装的谢芷婧，长发高高束起，面色沉着冷酷。

为了避开陆清风的视线，她双眼一直盯着远处，直到佟骁离开后，他依旧保持着扭头姿势盯着她看。

"陆总，客户来了！"谢芷婧神情不自在地提醒道。

此时，三辆汽车依次停在瑞曼办公楼前的一处空地上，为首的车是陆清风派去引路的行政人员，在一众黑衣男保镖的簇拥下，芬兰 AST 国际休闲公司创始人塔博·库切从第二辆商务车中走下来，黑色皮鞋、黑色西装、黑色墨镜，再加上黑色的皮肤，整个人走在红毯上视觉效果尤为惊人。

陆清风迈着稳健的步伐走下楼梯，随和又郑重地与塔博·库切握手寒暄。

塔博·库切是个五十岁出头的男人，身材略瘦较矮，在与陆清风用英语简单

## 第八章 原来，你是这样的总裁

交流后，从助手那里拿出一根孔雀毛，形状如碧纱宫扇，花纹斑斓有致，塔博·库切娓娓说道："This is a gift for you."（这是给你的礼物。）

陆清风笑容僵硬地接过那根孔雀毛，面露尴尬。

早些时候，谢芷婧专门搜集过关于南非人的礼仪事项，其中有一条便是，生长在农村的南非黑人，习惯以鸵鸟毛或孔雀毛赠予贵宾，而客人此刻得体的做法应该是将这些珍贵的羽毛插在自己的帽子上或头发上。

显然，在这样郑重的场合，不按照南非礼仪回应的话，不仅失了礼数，更会影响彼此的合作。

可陆清风向来不喜动物毛发，但极为注重面子，在这样的公众场合中，他会照做吗？

谢芷婧不禁冷汗直冒，却在下一秒看到了陆清风强颜欢笑着将孔雀毛，插到了自己梳得笔挺的发丝里，突出的羽尾微微上翘，像极了古代女子佩戴的发簪，配着陆清风的褐色西装，在他原本儒雅又不失霸气的气质中，多出了些许滑稽。

简单的迎接仪式后，两队人直接乘坐电梯抵达二十四楼的大型会议室，佟骁和开发部的同事已布置好会场，可当所有人入座后，会场里却响起骚乱声。

"What is this？"（这是什么？）塔博·库切盯着面前的电脑屏幕，惊问道。

此时，会议桌上的十台笔记本电脑被人控制般在播放着陆清风患病的新闻。

塔博·库切果然性子急，侧头与两名助理耳语片刻后，一人忙着上网搜索，另一名金发男则看向陆清风，用一口流利的中国话彬彬有礼道："塔博·库切先生身体有些不适，接下来就由我代替他发言。陆总患有梦游症的新闻负面影响太大，贵公司股价也在下跌，这对我们的合作是很大的阻碍，我方希望合作对象和公司的形象正面，毕竟我们开发的项目具有国际影响力，必须谨慎对待，如果会影响到我们，那么我方宁可放弃签约。"

这显然是个陷阱！有人故意控制了会议室的电脑，想要以陆清风患病的新闻阻止与芬兰 AST 公司的签约。

一时间，会场内鸦雀无声，就在众人等待着陆清风会如何回应时，会议室的大门被人猛地推开。

来人不是别人，正是陆展兴、陆岩父子，他们身后还跟着三四名董事会的成员。只见陆岩耀武扬威道："公司管理岂是儿戏，怎能让一个有梦游症的人当总裁？陆清风你还是乖乖让位吧。"

与芬兰 AST 公司签约的现场，这样一场突发事件，令会议室里的瑞曼高层们

　　个个都面露惊色，连一贯沉稳的佟骁都有点儿坐不住了，刚要起身打圆场时，陆清风率先站起身，他淡然自若地看了眼腕表，时间似乎刚刚好，电视屏幕也适时打开，会场内瞬间变得嘈杂。

　　屏幕里，金良沅医生正在接受记者采访，然而面对是否将陆清风病情透露给媒体的质问，金医生却矢口否认，并解释道："陆清风先生并没患有梦游症，是陆岩先生收买了我的副手故意透露给媒体的……"

　　陆清风谦逊一笑，提醒金发男子："请将这段采访一字不差地翻译给塔博·库切先生。"

　　至于全程未开口的陆展兴，则瞠目结舌地盯着电视。

　　再次主导全场的陆清风神情自若地走上前，附在陆展兴的耳边笑道："大伯，太轻易打败的敌人，不能算作对手！"

　　这句挑衅的话令陆展兴的脸色由红润变得无比惨白，只得气结般悻悻离开。

　　陆清风整理下西装，不卑不亢地说："让塔博·库切先生见笑了，但我可以保证，我们公司形象健康，绝无任何不良示范，所以请给我一次论述合作方案的机会。"

　　在塔博·库切点头应允后，陆清风走到投影屏幕前，有条不紊地演示合作方案。

　　AST公司想要将新项目定址在卢塞伽，这是一座经济高度发达的城市，在他的方案中，从合作内容、项目介绍、出资标准，再到双方可实现的最大利益，陆清风细致深入地阐述出自己的想法。

　　商海沉浮几十年的塔博·库切，自然是个精明的商人，直接用英语说道："陆总的公司实力雄厚，只出资区区八千万不足以显示你们的实力和诚意，不妨考虑追加项目资金。"

　　"我们很看重这次的合作，反复核算过方案中的项目预算，我们的投入在合理范围内。虽然此次合作贵公司是占主导地位，但我也要保证自己公司的利益，不是吗？"陆清风回应得从容不迫。

　　在这场心理战上，显然塔博·库切并没能占得便宜，但依旧不放弃，似在威胁："要知道合作成功，陆总的瑞曼公司会一跃成为亚洲第一大休闲娱乐公司，即便多一些投入也很值得不是吗？"

　　陆清风仪态端正地坐在转椅上，露出礼仪性的微笑望着塔博·库切回答："不好意思，我们现阶段能投入的只有这些。"

　　商场如战场，陆清风怎会不知自己的不卑不亢有可能会惹恼塔博·库切，继而丢了这次能将瑞曼推向亚洲的难得机会，只是他的让步也是有底线的。

## 第八章 原来，你是这样的总裁

金发男低头翻译完，塔博·库切忽然面带笑容地看向陆清风，用英语说道："我们要内部讨论下。"

陆清风庄重点下头："不着急，中午在瑞曼旗下酒店将会为塔博·库切先生举办欢迎宴会，那会议室先让给你们。"

陆清风威风凛凛地带着瑞曼职员离开会议室，谢芷婧自始至终都跟在他身后，那份沉着冷静中又透着几分温润，让人无比安心。

"你们都先回各自岗位吧。"陆清风遣散开发部的员工。

走廊上，只剩下他们三人。

佟骁瞄了眼陆清风，尴尬地提醒道："陆总，脑袋上的孔雀毛先拿下来吧。"

被这么一提醒，陆清风才想起头发上插的那根羽毛，恨恨地扯了下来。

旁边的佟骁更显担心："陆总，你刚才的做法有些危险，如果真的惹怒了塔博·库切，签不到合约，我们损失也不小。更何况，咱们的劲敌铭瑄集团，也有意与芬兰AST合作。"

当然会有损失！为了全身心拿下与芬兰AST国际休闲公司的合作项目，陆清风取消了四个国内项目，所以与芬兰的合约，他必须签约成功。

陆清风思考片刻，重新恢复自信的模样，这才条理清晰地回答佟骁的疑虑："AST虽然声名在外，可已经连续两年亏损，所以塔博·库切急需这笔资金东山再起。至于铭瑄，也不容小觑，你留意下铭瑄集团的动向，AST这边先观察着。"

佟骁点点头："那我先去酒店准备下。"再看向谢芷婧，叮嘱道："陆总这边交给你了！"

佟骁走后，陆清风和谢芷婧走进电梯内，直到电梯门关上的瞬间，陆清风才像从身上卸下千斤重担般，疲惫地靠在墙壁上。

谢芷婧上前扶住陆清风，无意间碰到他汗涔涔的手掌心。原来陆清风也是个普通人，也会害怕、会紧张。

她紧紧搀扶住他，颇有些心疼道："我以为你无坚不摧呢，原来……"

"原来这么让人失望吗？"陆清风将视线对上她，失落的眼神，好像在寻找一丝安慰。

谢芷婧心底一沉，更加用力地抓住他手臂，一副挖苦的语气："是啊！好失望，整个瑞曼的员工都需要你养活，你怎么能泄气呢？就应该冲出去给那个什么什么塔博一记重拳！"

这哪里是安慰？分明就是指责，可陆清风却被谢芷婧的话逗得愁眉舒展。

123

## 2

果然不出所料,直到午休的时间,塔博·库切也没能给出是否签约的确切答案,陆清风只好将孔雀毛重新插回脑袋上,皮笑肉不笑地陪着塔博·库切闲聊。

商务车行驶了大约二十分钟,最终停在了位于市中心的瑞曼丽景大酒店。

陆清风这才将视线转移到谢芷婧身上,看着她一身黑西装,疑惑地问:"怎么不穿礼服?"

谢芷婧以为百忙中的大总裁一定不会注意到这点小事,可偏偏被他逮个正着。她愣了下,如实说道:"那衣服太裸露了,我穿不了,再说保镖穿那种衣服多不方便。"

"别人能穿你怎么穿不了,我看就很漂亮。"好不容易摆脱塔博·库切诸如中国美食、书法各种问题轰炸的陆清风,终于跟谢芷婧说了几句正常话,整个人都觉得轻松许多。

看他心情不错,谢芷婧毫不客气地回嘴道:"你觉得漂亮怎么不自己穿?"

陆清风万万没想到她会顶嘴,脸色立刻沉了下来:"集中一下精力,别在宴会中出差错!"虽然语气是凶了些,可只有陆清风自己知道,对于谢芷婧的顶嘴举动,他有多么欢喜。

可就这点儿欢喜,还是被宴会中的小插曲给打破了。

十二楼的宴会厅中,星光璀璨,硕大的水晶灯映出的莹莹光辉落在大理石地板上,犹如颗颗剔透的钻石。在角落里,有一队小型乐团,正在演奏着中国民歌《茉莉花》。四张宴席桌上摆着红酒和各式菜肴。

听闻塔博·库切对中国美食颇有兴趣,陆清风特意安排今日午餐以中国菜作为主打,翡翠鸡茸、水晶滑虾仁、明炉烩鱼头……高档名菜摆满整桌,可塔博·库切偏偏对一盘不起眼的莼菜羹喜爱有加,大概是出于好心,还特地用公用汤匙舀了一大勺绿油油的莼菜羹放在陆清风的小碗内,用中文慢条斯理地说道:"听说莼菜是珍贵的水生蔬菜,不仅能治疗多种疾病,也很有养生的功效,陆总也尝尝。"

莼菜是一种水生草本蔬菜,自然也是陆清风不能食用的那类绿色植物。

陆清风捏起汤匙,在唇边轻抿下,随即招呼道:"味道不错,既然塔博·库切先生喜欢,那就多吃些。"

"哦?看来陆总不喜欢我为你添加的食物?"塔博·库切反问道。

这种场合,谢芷婧不适合出面阻挡,可是吃了绿色植物后,陆清风的皮肤会立刻浮现黑斑,她站在过道旁,为陆清风捏了一把汗。

塔博·库切一脸真诚地望着陆清风,让他很难找到推托的理由,为了顺利签约,

# 第八章 原来，你是这样的总裁

他狠狠舀起一勺莼菜羹放在嘴里，含在口中半天，似乎在做着重大的决定，继而没有咀嚼便将莼菜带着汤羹，直接吞咽了下去。

陆清风如若冰霜的脸上，努力挤出笑容，两只放在膝盖处的手紧紧攥成拳头状，极力克制住身体的颤抖。

"陆总，有电话找您。"谢芷婧上前提醒道，为了让塔博·库切听到，还故意提高些分贝。

陆清风看了眼黑屏的手机后，便知谢芷婧是在帮他找理由离开，于是顺势接过手机，抱歉地看向塔博·库切："我失陪下。"

必须在病发之前躲开众人视线，带着这个想法的陆清风加快了步伐，刚走出宴会厅他便呼吸急促地扶住墙壁，谢芷婧在衣兜里翻找半天，内疚地看向陆清风。

"怎么，药丢了？"陆清风定了定神，并没有迁怒于谢芷婧，每天都要因为所谓梦游症而担惊受怕，大概也就谢芷婧这样死心眼的人没想过要辞掉这份工作。

"早上换了件外套，忘记把药拿出来了，这次真是害死你了。"谢芷婧自责不已，忽然想到什么似的抓住他手臂，激动得语无伦次，"药店！我……我去给你买药！一定不会让你有事的！"

患病的明明是他，忧心合约成败的也是他，可谢芷婧比陆清风还惊慌失措的样子，让他心头一暖，匆忙抓住正准备冲向楼梯的她，有气无力地说："先送我回公司吧。"

谢芷婧茫然地点着头，这么久以来，她已经习惯听从陆清风的安排，虽然她也很担心撇下塔博·库切会造成严重后果，但在这种重大项目上，既然业务方面帮不上忙，她就决心做好该做的本职工作。

丽景大酒店并没有专属通道，为了避免在电梯里被人认出，谢芷婧带着陆清风走了楼梯，她逐个楼层检查无人后，才发出指令让他下来，可等了许久，都不见陆清风的身影，她担心地跑回楼梯口，可看见他的一瞬间，整个人都愣住了。

她错愕的表情算是回答，陆清风一下就明白了。

"是不是病发了？"陆清风镇定地指着自己的脸。

那时，陆清风的脸颊犹如烧红般，看上去颇显肿胀，面部、颈部、手背上都出现米粒大小的疙瘩。

谢芷婧搀扶住陆清风，语调平静地说道："我带你离开这里。"

十二层的楼梯，两个人整整走了十五分钟，就在谢芷婧庆幸安全到达一楼时，不知为何有几个人却放着电梯不坐，偏偏走起了楼梯。一楼安全门外的讨论声越

来越近，此时的陆清风因为没来及吃药，已经有些呼吸急促、视线模糊了。

陆清风可是掌控整个瑞曼公司的总裁，如果被客人看到堂堂总裁是这副狼狈模样，估计第二天就得上头版新闻。

想到这里，谢芷婧咬紧牙关，在安全门被打开的瞬间，毫不迟疑地用一个生涩的吻，将陆清风那张怪异的脸遮挡得严严实实。她紧紧闭着双眼，身体僵直着不敢动，身后是人们诸如"好浪漫、好激情"此类的惊叹声。

直到一拨人离开后，谢芷婧才离开陆清风怀中，她暗暗舒口气，耳边却响起陆清风颤抖的声音："谢芷婧，你你你……"

"视线不清也没关系，跟着我走，绝不会让你受伤的！"谢芷婧整张脸涨得通红，却坚定地抓起陆清风的手臂冲出大厅。

正午的阳光最是炙热，停车场上没有任何遮挡物，陆清风等在出口的栅栏后，因为食用了绿色植物后又被太阳暴晒，陆清风觉得皮肤发紧、灼热又刺痒，那种感觉就像是千条虫子在皮肤上爬行。

谢芷婧开车到出口时，陆清风脸上的红肿已经不见，转而是黑色的斑块从额头出现，脖子上和手臂，但凡暴露在外的皮肤都遍布着黑斑。谢芷婧慌忙将他塞进车里，一路朝公司疾驰而去。

幸而瑞曼公司有专属通道，陆清风总算安全地回到了办公室。

"我出去给你买药，门反锁上不会有人进来打扰，你自己待着没关系吗？"即便谢芷婧不是第一次见他发病，可植物日光性皮炎的症状还是让她无法镇定，而看着陆清风遍布的黑斑越发严重，害怕和担心的情绪让她连声音都变了腔调。

整个人躺在沙发上的陆清风，无力地撑开眼睑，挤出一句"去吧，我休息会儿"后，便沉沉睡去。

连跑了四条路，谢芷婧才在第五家大型药店里买到烟酰胺药片。顾不上喘口气，谢芷婧再次以最快的速度杀回了公司。

那时已是下午两点，谢芷婧刚冲进瑞曼公司时，就听见一个不满的说着英文的声音响彻整个大厅。

"Where did he go? As a leader, how can it disappear?"（他去哪里了？作为一个领导者，他怎么能随意消失？）塔博·库切对于陆清风中途退席又不知去向的举动大为不满，冲着佟骁就是一通质问。

谢芷婧怕自己被叫住，匆匆躲在引导台下，直到塔博·库切一行人走进电梯后，她才搭乘另一部电梯回到二十五楼。

但世事难料，越是混乱如麻的时刻，越是容易出现难以预料的事情。

刚走出二十五楼电梯，谢芷婠就看见一名穿着红裙的女人用力推开陆展兴，慌慌张张地跑进了隔壁的休息室。

那红裙看着很是眼熟，从大腿根缓缓倾斜的裙摆，还有束腰的黑丝带，谢芷婠认出那分明就是陆清风送给自己的裙子，她无比确定！跑来总裁办公室偷衣服，是不是太夸张了？而那个穿着红裙落荒而逃的女人又会是谁呢？

谢芷婠绞尽脑汁地想着，刚走到办公室门口时却被陆展兴拦住。

五十多岁的陆展兴向来好色，但自从邱明行凶被谢芷婠制伏后，也知道她不好欺负，此刻笑盈盈地问："陆总是不是新聘请了女秘书？还是个外国女人呢，跑得太快没看清长相，真是好可惜。"

"没有什么女秘书。"谢芷婠言简意赅地回答完，见陆展兴还是兴致颇高的样子，不禁再次提醒道，"陆经理，这里是公司不是声色场所，您还是收敛些吧。"

被小丫头这般挖苦，陆展兴有些不悦，但谢芷婠毕竟是陆清风的贴身保镖，他也不愿招惹她，只好兀自寻思着：明明是从陆清风办公室跑出来的呀……

陆展兴一语戳中了谢芷婠的神经，谢芷婠不禁想起陆清风穿着她卡通睡衣的情景。

谢芷婠不敢再往下想，为了让陆展兴尽快离开，她提醒道："你不请自来，要是陆总回来看到你擅自进他办公室……"

陆展兴自知不招陆清风待见，又被下了逐客令，虽然心里不爽，但也无可奈何，只好悻悻离开。

可就在陆展兴离开的同一时间，突然有个影子从身后掠过，谢芷婠警觉回身，在楼梯转角处却看到了逃走的齐安。他一定是趁陆清风接待芬兰客户的特殊时间，才潜入二十五楼的，齐安有事情瞒着谢芷婠，这已经是毋庸置疑的事实了，可在这关键时刻，一边是想弄清楚哥哥在调查何事，一边是亟待寻找正处在梦游症中的陆清风，而就在谢芷婠纠结地做着选择的时候，佟骁心急如焚地冲出电梯。

"陆总呢？怎么电话也打不通？吃药了吗？"大概塔博·库切是真急了，搞得佟骁焦心不已，拉着谢芷婠的手臂上满是汗水。

"药还没吃。"谢芷婠不知如何解释现在的状况，只好这么回答。

佟骁抹去额头上的汗水，叮嘱道："赶紧让陆总把药吃了，我尽力拖延下塔博·库切。"

谢芷婠点头应允，却看见佟骁朝陆清风的休息室走去，许是忙昏了头，她不

禁提醒道:"不是去拖延塔博·库切吗?他们在二十四楼会议室呢。"

佟骁拍着脑门,这才想起忘了通知谢芷婧:"为了拖延塔博·库切,我特地让他来休息室睡会儿觉,不然我怎么脱身出来找陆总,你知不知道,因为陆总中途离席惹怒了塔博·库切,来的路上一直吵着说要放弃这次合作呢。"

"……"谢芷婧大脑一片空白,方才红衣女人跑进去的地方不正是陆清风的休息室吗?她愣神半天才再次问道:"你确定塔博·库切在里面?"

看着佟骁不明所以地点着头,谢芷婧使劲抓了下头皮,突然间像名斗志昂扬的小战士,一下冲向休息室。

佟骁被她的惊人之举吓得不轻,生怕她没轻没重地再次惹恼塔博·库切,于是大步流星地追了上去,可终究还是晚了一步。

见谢芷婧推开门后也不说话,也不走进去,只是一副灵魂出窍的模样呆愣在原地,佟骁好奇地上前一看,也不由得倒吸口凉气。

休息室里,塔博·库切坐在沙发扶手上,一手扯着西装纽扣,一手揽在红衣女人的肩膀上,如果不是露出一排雪白的大牙齿,谢芷婧一定看不出塔博·库切是在笑,而且是满脸春意地笑。

至于那个红衣女人,红裙前襟处有条细缝一直开到肚脐,黑色的皮肤似露非露,让人多了些许遐想,而从大腿处缓缓斜下去的裙摆下,一双大长腿因为黑色的丝袜更显诱人。不过红衣女人看上去并不想讨好塔博·库切,整个人半低着头,披肩长发挡住了整张脸,身体僵硬地始终保持一个姿势。

红衣女人的这身装扮的确性感,但又与非洲黑皮肤的女人有些许不同,比如"她"漆黑如炭的肤色很不匀称,再比如胸部平平。

佟骁从没见过这个女人,慌神地戳了下谢芷婧,窃窃私语道:"这个非洲女人是谁呀?"

谢芷婧吞咽下口水,从嗓眼里挤出三个字:"陆清风……"

"开玩笑,陆总怎么会穿女人的衣服?"虽然佟骁知道陆清风患有梦游症,可并不知晓他已经出现梦游时穿女人衣服的怪异行为,所以对于谢芷婧的回答,佟骁简直像听到了天方夜谭般不敢置信。

谢芷婧给佟骁使了下眼色:"你看看那双腿。"

佟骁半信半疑地凝神看去,果然在黑丝袜下发现了浓密的腿毛,而再仔细端详那个红衣黑脸的女人,从脸型上真能看出些许陆清风的轮廓。对于这样的结果,佟骁震惊无比,眩晕地揉着太阳穴退到了门外。

而塔博·库切这才发觉门口站着个人，非但没因谢芷婧的突然闯入而生气，还极具绅士风度地看向女人装扮的陆清风，用英语问道："你能给我们一杯咖啡吗？"

谢芷婧虽然是个英语学渣，可还是能听懂他想要喝咖啡，于是心生一计，趁送咖啡的机会将惨不忍睹的陆清风解救出来。

可事与愿违！

就在谢芷婧端着两杯咖啡，想伺机泼在塔博·库切身上时，他却忽然起身，命令道："你不用在这帮忙了，只要这位女士在这就好。"

此话一出，休息室的气氛变得异常诡异。谢芷婧趁机瞄了眼坐姿奇怪的陆清风，他已然清醒过来，一张百感交集的脸上满是无奈。

那时，已是下午三点，陆清风脱不了身，更无法签约，如果错过了今天，一旦塔博·库切离开中国，想要再签约就更难了。眼看着塔博·库切似有看上自己的欢喜模样，陆清风清下嗓子，以极嗲的女声说着英文唤着对方："塔博·库切先生，我去化下妆，您能稍等一下吗？"

刚放下咖啡的谢芷婧，因陆清风这肉麻腔调"扑哧"笑出了声。化妆！亏陆清风想得出来，不过这借口倒成功帮助他逃脱了塔博·库切的纠缠。

出了休息室的大门，陆清风狠狠甩掉头上的假发和脚上的女士帆布鞋，压抑着愤怒道："这鞋怎么这么挤脚？"

佟骁和谢芷婧跟在他身后，谢芷婧这才发现帆布鞋正是自己的。

原来，没吃药的陆清风睡着后开始梦游，不仅穿上了谢芷婧的红色礼服，连她临时放在办公室的帆布鞋也穿上了，至于那顶假发，是佟骁买给母亲的，结果早上太忙，一并放在了礼服手袋里，这才引发后续的事情。

"陆总，你先把药吃了吧。"谢芷婧将烟酰胺药片递给陆清风。

原本疾步快走的陆清风，突然停在洗手间的门口，像做重大决定般，拒绝道："不，先不吃药，你快去找些女人用的化妆品，还有拿双高跟鞋来给我。"

谢芷婧似乎猜到了他的计划，但还是觉得太冒险："你不会想以女人的模样去签合约吧，被发现的话，别说合约签不成，到时候满世界都是你的八卦新闻。"

但陆清风管不了那么多了，与芬兰 AST 的合约一定要签下来！

幸好谢芷婧与行政部的女职员聊得来，随口找个理由就拿到了化妆包。

两个人挤在洗手间的隔间里，口红、睫毛膏、腮红……能往脸上涂抹的化妆品，谢芷婧全给陆清风化了个遍，又为他重新戴好披肩长发，直到将高跟鞋递给他时，她才惊讶地指着他茂密的腿毛，问："这个怎么办？"

陆清风幽怨地盯着她,半晌,坚决地说道:"拔掉!"

闻言,谢芷婧忙摆手,推托着:"这我可下不了手,你自己解决吧,我去外面帮你守着。"说完就逃了出去。

拔腿毛的过程,光想想就觉得很痛,为了合约、为了公司,谢芷婧没想到陆清风会这般付出,不由得为他心疼又忐忑,而佟骁似乎更着急,在走廊上来回踱步,直到脸黑的陆清风,身着性感红裙,踩着一双黑色细高跟鞋,跟跟跄跄从洗手间走出的那一刻,佟骁才目瞪口呆地停住了脚步。

"看着吧,合约一定会签下来的!"陆清风霸道地向他们宣告,与他此时惊艳的装扮十分不符。话毕,他便踩着妖娆的步伐,朝休息室走去。

谢芷婧轻咬嘴唇,一时间五味杂陈,有担心、有期待,但更多的是感叹。她望着他消失在走廊上的扭捏身姿,怔怔一笑,心想:陆清风,原来你是这样的总裁!

## 3

走出休息室的时候,陆清风脸上的黑斑已经遍布均匀,可见病情也在加重,但他手里却多了一本文件。

"合约签完了?"一直守在门外的佟骁迫切地问道。

但和合同相比,谢芷婧却更关心陆清风的健康,她将药片递到他嘴边,关切之情表露无遗:"现在能吃药了吧,没有什么比你更重要了。"

陆清风疲惫地垂下眼睑,不带丝毫戒备与抵触地凝视谢芷婧,而后在她含蓄深婉的眼神中,乖乖张开嘴,药片又大又苦,他懒得咀嚼,在痛苦地生吞下去后,他含义深远地指了指休息室:"佟骁,剩下的事你来处理,晚上订家有特色的餐厅给塔博·库切送行。"

陆清风慢吞吞地推开办公室的门,一眼望去便看到挂在衣架上的笔挺西装,还有双崭新的皮鞋,他颇有感触地扭过头,问:"这些是你准备的?"

正四处张望的谢芷婧并没注意到他颇有意味的眼神,一味催促着:"快把这身装束换掉,然后再好好睡会儿,我会一直守在这里,不会让人打扰你。"

在谢芷婧的记忆里,陆清风是那个被她踢过、挨过拳头的倒霉人,也是在泳池里救她的恩人。陆清风也曾为救她而被徐阿姨抓伤,也曾不顾全公司职员的议论,将被辉山住户打伤的她抱回办公室……这些画面就像剪辑的电影,在漫长的相处中,已悄然变成她心底最珍贵的一部分。

所以,她现在必须要弄明白一件事!

## 第八章 原来，你是这样的总裁

谢芷婠给齐安发了条短信：哥哥，告诉我，你进瑞曼的真正原因！

然而等了许久，都没能得到任何回复，带着复杂的心情，她又打了一行字：哥，我是陆清风的保镖，就一定会保护他，忙完这段时间后，我们好好聊一聊吧。

她会保护他，是因为雇用的关系，更是因为他已经住进了她的心。而不论何事，包括她能力范围以内，更包括她无力承担的事情。

就像那晚在辞行晚宴上一样。

那时，陆清风的植物日光性皮炎已经得以恢复，他穿着一身黑色西装，站在豪华水晶餐桌前与塔博·库切谈论合作事项，明亮的灯光落在他俊朗的侧脸、肩膀上，举手投足间尽是动人心魄的魅力。

谢芷婠紧随其后，忽然陆清风不自在地扯了扯领带，略有尴尬地解释道："我真的不认识什么红裙女人。"

原来，塔博·库切还对陆清风乔装打扮的红裙、黑皮肤的女人念念不忘，因为今天就要离开中国，这会儿正缠着他询问那女人的下落。

陆清风被问得心烦，又不知如何收场，正干着急的时候，谢芷婠建议道："塔博·库切先生，不如我们先帮您寻找那位女士，找到后再和您联系如何？我们两家公司正在合作中，以后要见面沟通的机会还有许多呢。"

谢芷婠提出这番建议后，塔博·库切也舒心不少，端起酒杯就要敬酒："好，不仅庆祝我们合作愉快，更要麻烦陆总帮忙寻找我那一见钟情的爱情了。"

因为皮炎和梦游症，陆清风向来滴酒不沾，需要喝酒的时候全是佟骁顶上。

可那天塔博·库切和随从却兴致甚浓，一轮白酒狂轰滥炸后，佟骁已经晕倒在餐桌上了，而随行来的瑞曼高管们，也都个个微醺，无力应战。

见有人求饶，借着酒劲的塔博·库切说着不标准的中国话，笑问道："不是说中国人千杯不醉吗？这就没人敢和我喝了？陆总你不会也不行了吧？"

本就憋屈了一整天，此刻还要被这个黑人挖苦，陆清风抓着高脚杯的手青筋暴露，脸上却不露声色："好，我陪你喝！"

话音未落，谢芷婠已抢下陆清风手里的酒杯，毫不胆怯地盯着塔博·库切："谁说没人，还有我！"说完，仰头饮尽杯中白酒。

这下塔博·库切也来了兴致，而本就沾不得酒精的谢芷婠更没了形象，竟然蹲在凳子上跟塔博·库切勾肩搭背着划拳罚酒，从白酒到洋酒，最后连同两瓶红酒全都喝干净后，皮肤黝黑的塔博·库切脸色紫红，几声饱嗝后终于瘫倒在凳子上。

早就不清醒的谢芷婠傻笑几声，扭头冲着陆清风嚷道："我……我帮你把……

131

把那块黑巧克力喝倒了……"一句话没说完，东倒西歪的谢芷婧身子一软，整个人朝地上摔了过去，幸而被眼疾手快的陆清风揽入怀中。

作为保镖怎么能跟客户拼酒，还勾肩搭背毫无礼数。陆清风本想这样训斥谢芷婧的，可再看向怀中烂醉如泥的她，到嘴边的斥责，却变成了无奈的叹息。

至于芬兰一行人也是醉得不省人事，显然今天离开中国是不可能了，陆清风跟塔博·库切的随从商量后，决定先安排他们在瑞曼旗下的酒店住一晚，第二日再离开。一切安排妥当后，陆清风才驱车载着谢芷婧回了公寓。

陆清风费了好大劲才把谢芷婧从车里拽出来，好在她醉得够彻底，整个过程几乎没什么挣扎，他心里庆幸着将她拦腰抱起，可不经意间，她半张的唇间呼出一股热气，刚好落入他汗津津的脖颈里，微凉、酥痒，也似乎撩拨起他内心的波澜。

他不禁心跳加速，几下打开公寓大门，面色匆匆地将谢芷婧扶到了卧室里，不知是不是被陆清风抓疼了，她低吟两声，扭转着身子刚要挣脱束缚时，却再次被他擒住手腕，本就醉醺醺的谢芷婧撑着迷离的双眼，步履跟跄地将陆清风一把推到墙壁上，他后背撞得生疼，可来不及回过神，就觉得有双手臂攀在自己脖子上，而同一时间，一个迅猛而火辣的吻猛然落在陆清风的双唇上。

那个吻，来得毫无征兆又激烈，全然没有女子该有的矜持。

那是一个如暗夜惊雷般的深吻，在漆黑的房间里，某种情愫正在疯狂滋长。

可喝醉酒的谢芷婧太大胆了，环住陆清风脖子还不够，双手竟缓缓滑向他胸前，在撕了几下他衬衣纽扣无果后，干脆紧紧抱住他的腰身，自始至终那个吻都没结束……直到谢芷婧觉得口干舌燥，她才从陆清风的身上撤了下来。

而身体和思维都处于僵硬状态的陆清风，这才意识到自己被谢芷婧给强吻了！但这并不重要，因为那份怦然心动的感觉，也正是他想要的。

陆清风如梦初醒般抓过谢芷婧纤细的腰，霸道地将那一吻延续了下去……那样寂静的夜，那样美好的感情，陶醉的人自是甜蜜，可醉酒的人却只剩呕吐。

"……"

随着谢芷婧痛苦的声音，美妙一吻终是戛然而止，陆清风呆若木鸡地靠着墙，嘴角上挂着不明呕吐物，黑色的西装外套上更是大片脏污，他惊愕地低头望去，竟然还有片菜叶混在其中，周围弥散着酸腐味道。

陆清风不禁凝神叹气，那一刻所有的美好，全被突如其来的呕吐毁得荡然无存。

至于那一夜，陆清风注定无眠了，因为那个吻，更因为要照顾那个醉酒闯祸后却酣睡如泥的谢芷婧。

# Chapter 09 第九章
## 纷扰尘世，幸而有你

时光深处的记忆，就这样毫无征兆地被牵引而出，也让谢芷婧终于想起了十五年前的一切，亲生父母是因为救她才去世的，那一幕幕破碎的画面，犹如昨日之事，终于在这一刻又重见天日了。

等清风与你一起归来

1

本就沾不得酒精的谢芷婧，昏睡了一天一夜后才醒过来。

那日刚好周末，下午四点的阳光已经退去了灼热，风也最是舒适，有晚夏的余温，也带着初秋的凉爽，一阵风从窗外钻进来，缕缕花香闯入谢芷婧的鼻腔中，瞬间睡意全消。

她绞尽脑汁地想，却还是记不起醉酒后发生了什么。再望去，视线刚好落在墙角里一盆茉莉花上，映着光亮，绿叶旁点缀的白花清新又怡人。

这些茉莉花是陆清风珍藏的宝物，连接着对母亲的思念，谢芷婧万万没想到，他竟会将这茉莉花放在她的卧室里。

谢芷婧咬着唇，悄悄环视下卧室，一切平静如初，可空气中似又萦绕些令人心跳的情愫，她觉得莫名其妙，却怎么也抑制不住心底升腾起的幸福感，以及那种迫切想要见到陆清风的冲动。

难道昨晚发生了些什么事？

她不顾胃里被酒液烧得火辣辣的痛感，几步便冲出卧室，客厅里极其安静，她轻声唤道："陆总……陆清风……"

莫不是他自己去了公司？长久的寂静令谢芷婧有些失落，刚要转身回卧室，窗外忽然传来异常的声音，她眼神一亮，几步跑出公寓，却因眼前搞笑的一幕笑得胃部更难受了。

只见穿着短裤短衫的陆清风，手持软管浇花喷头在院中忙碌，小猫半站半蹲于他身后，不知看见了什么有趣的东西，小猫灵巧一跳，四肢伸展着蹦到陆清风的身上，吓得他惊叫连连，可小猫却稳稳当当地伸出爪子勾住他的短裤，毛茸茸的身体垂直地挂在陆清风的后腰上。

谢芷婧看得开心，乐得捶胸顿足，直到被陆清风一声大吼："还笑，快把这猫给我拿开！"

他很怵爪子锋利的小动物，吓得连碰都不敢碰，只得由谢芷婧一点点将猫爪从他裤腰上拿下来，她这才发现，一条卫生纸正夹在他腰间，随风乱摆，像条尾巴。

谢芷婧没忍住，"噗"的一声笑了出来，却被陆清风狠狠白了一眼。

两个人都尴尬了片刻，她率先开口，问："昨晚你带我回来时，有没有……有没有发生什么奇怪的事？"

陆清风沉默不语，只是不停地吞着口水，谢芷婧用手指戳了戳他手臂，重复道："问你呢，有没有发生什么奇怪的事？"

## 第九章 纷扰尘世，幸而有你

"不记得了！"陆清风平静的脸上犹如乌云压境。事实上，他怎么可能不记得昨晚发生的事，那个吻可扰得他整晚未眠，可碍于被自己保镖强吻，为了保住面子怎么也不能告诉她真相。于是陆清风话锋一转："梦游穿女装的事，我问过金医生了，是因为那场爆炸造成的心理阴影和没能救母亲的内疚心理引发的应激反应，药物对我没什么效果，金医生允许我停药了，你手里的苯巴比妥药片对我没什么作用，你自行处理吧。"

不知为何，每当陆清风提及儿时的那场爆炸，谢芷婧的心底都会波澜迭起，她望着他，经历了那样多的尔虞我诈，多希望晨光的明媚能治愈他心灵深处的伤痕。

"金良沅医生还能相信吗？"她关切地问道。

陆清风垂眉浅笑，点头示意。

看着他平静清澈的眼底，她便知这一切都在他的掌控之内。

不过陆岩似乎并不安分。

在一个凉爽的傍晚，下班的金良沅刚走出医院就被两名小混混拖进了小巷，陆岩从一辆跑车内走出来，阴笑着一拳打在金良沅的脸颊上，掉落的眼镜显示出这拳的力道之大。

"拿了我十万块，竟还敢背叛我！你是不是活腻了？"陆岩抬脚踢在金良沅的腹部。

金良沅冷笑两声，嘲讽道："一直视你为敌，何来背叛？"

"你把我的钱吐出来！"视金钱为宝物的陆岩气急败坏地吼道。

怎料金良沅露出无奈的表情，抬手指着远处回答："你坏事做尽，我只好帮你积点儿德了。"

顺着手指的方向，陆岩看见门诊楼外的一个募捐箱，随即气不打一处来，用极尽愤怒的声音吼道："你这浑蛋，我今天不会放过你的！"然而下一秒，陆岩扬在半空想要施暴的手被人给拦下，六名壮汉解救了受伤的金良沅。

这些人是陆清风派来的。其实早在一周前，陆岩就偷偷去了金良沅的办公室，并以十万元为由向媒体透露陆清风患梦游症的消息。但作为一名有良知的医生，金良沅第一时间告知了陆清风，为了牵出狐狸尾巴，这才有了后续的一步险棋。

谢芷婧得知事情的始末时，陆清风正坐在沙发上喝咖啡，忙里偷闲好不惬意，他睨她一眼，严肃地说道："准备下，跟我去趟卢塞伽进行项目考察。"

谢芷婧点头应允，疑惑地看着他匆匆离去的背影。

后来的几天，陆清风总是有意无意地关心她，却又刻意与她保持距离。不知

为何，谢芷婧总觉得，她跟陆清风之间好似隔了一层带有异样情愫的薄纱，只是谁都不愿先说出口罢了。

直到，涂菲菲再次出现。

去卢塞伽的前两日，陆清风去拜祭了母亲。

天空阴霾的午后，谢芷婧将车停在通岛市北郊的一处墓园外。

这个时间并没有太多拜祭的人，整个墓园格外宁静，远处青山植被茂密，棵棵松柏立于整齐的墓碑旁，陆清风穿着一身黑色西装，捧着一盆茉莉花，步履缓慢地走在水泥小道上，沉重的步伐显得格外孤寂。

他突然停住脚步，并未回头，声音悲沉："你不必跟着，我想单独待一会儿。"

"嗯，我在车里等你。"失去家人有多痛苦，谢芷婧再清楚不过了，即便平日里可以伪装得不露痕迹，可内心深处对亲情的渴望却不曾被治愈。

谢芷婧凝望着陆清风渐远的身影，心仿佛被硫酸腐蚀般不是滋味。

也罢。身份悬殊、门不当户不对，即便在当下的社会，也是一种无形的阻隔。至少，在谢芷婧看来，陆清风的世界离她太遥远了。

她想，即便只是这样守护着他，也便知足了吧。


墓园外，远远传来争吵声。

在两辆车之间，两个流里流气的男人将一名穿着白纱裙，外披黑皮衣的女人左右围住，吵嚷的间隙还试图将女人拉上车。

"你们知道我是谁吗？竟敢这么对我！"女人既害怕又愤怒，大声嘶吼的时候拿掉脸上的墨镜。

其中一个戴着金项链的男人，双手叉腰，嘲笑道："我管你是谁，不听岩哥话的后果就是这样，是你自己上车，还是我们抓你呀？"

女人不敢再多言，只是缩着肩膀往后退。这个被恐吓的女人不是别人，正是涂菲菲！

"既然你不走，就别怪我们不客气了。"戴金项链的男人说着，一把抓住涂菲菲的手臂就往车上生拉硬拽。

涂菲菲怎敌得过两个男人的力气，就在整个人快被塞进车门时，伴随"咔、咔"两声骨关节被扭伤的声音，两个男人痛苦地惊叫着松开了涂菲菲，骂道："谁在这多管闲事？"两个人抬头看去，站在一米外的人身穿休闲装，遮阳帽和医用口罩将面部遮挡得严严实实，但从身形上能看出是个女人，且是个身手不错的女人！

# 第九章 纷扰尘世，幸而有你

"你是谁？没事别瞎管闲事……"金项链男人想以喊话方式转移对方注意力，一句话没说完，突然从腰间抽出一把短刀朝神秘女人刺去。

神秘女人临危不惧，她往后闪避的同时，左手快速向下重击男人持刀的手腕，同一时间，肘关节用力击向男人的喉咙部位。

随着金项链掉落地上，男人也丧失反击能力倒地不起，在同伴的拖拽下，才迅速驾车离去。危机解除，涂菲菲才从车后走出来，冲着救了自己的神秘女人叫道："谢芷婧！"说着执着上前扯掉遮阳帽和口罩，表情复杂地盯着她："果然是你！"

谢芷婧将头一歪："怎么，你还想跟我再打一架？"

"别以为你救了我，我们之间的恩怨就会消除。"涂菲菲咬牙切齿。

这句话说得充满恨意，可在涂菲菲的眼中，谢芷婧却没看到亦如当初那般的怒火，她释怀浅笑，回道："即便恩怨不除我也会救你，不是因为喜欢你，而是因为作为保镖应该有的正义感。所以，即便是陌生人我也会救，你也不必因此介怀。"

谢芷婧说完，便潇洒离开，她没有问涂菲菲来此的目的，因为除了跟踪陆清风外别无可能。

"你喜欢陆清风！"

涂菲菲的这句话，瞬间牵制住谢芷婧的脚步，她怔怔愣在原地，再次被涂菲菲质问道："他……也喜欢你？"

"喜欢"这个词，陆清风从来没说过，所以她不知道，也猜不到，更无从回答涂菲菲的问题。

"既然不确定，就不要随便踏入他的生活。"涂菲菲忽然凑到谢芷婧耳边，提醒道，"陆清风不肯接我电话，你告诉他，要小心陆岩和陆展兴。"

言罢，涂菲菲踩着高跟鞋优雅离开。

既然已经得到消息，谢芷婧就不打算坐以待毙，她求师父辛泽良帮忙调查一番。

辛泽良学生众多，国外人脉也广，不出半个小时便给谢芷婧回了电话："我国外搞黑市拳击的朋友说陆岩三个月前就秘密回国了，好像是要帮父亲做什么。"

谢芷婧总觉得这对父子一定没安好心。所以，那天在回公寓的路上，她将这些消息尽数告诉了陆清风。

陆清风手指关节攥得"咔咔"直响，一字一句地说道："我一定会查出母亲去世的真相！"虽然他答非所问，但她隐约觉得此事定与陆展兴这老狐狸有关。

回到公寓时，不过下午三点。

公寓的门前停着一辆黑色汽车，陆清风视而不见地擦身而过，却被摇下车窗

的人唤住："你取消辉山影视城，就为了跟芬兰公司合作吗？我不是说过，叫你不要招惹陆展兴吗？"

陆清风眼神闪烁，背对着汽车的身子微微颤动了下，他失望地笑道："虽然不知道你在惧怕什么，但怕陆展兴的是你不是我，还有瑞曼已经步入正轨，按照约定，是不是该把瑞曼从陆氏集团中独立出来了？"

"你……"陆元培没想到自己的儿子竟然会说这种话，气得倚靠在车背上喘息。

陆清风并不稀罕公司、股权、总裁这个称呼，一直以来他这般努力经营瑞曼，让自己变得愈加强大，只是想让父亲认可自己，相信他能查明真相。可陆元培并不这样想，所以，这对父子此刻在做的分明就是互相伤害。

"你以后不要再来了，即便只是在门口，也让我觉得恶心！"陆清风狠狠说完，开门走回公寓。

谢芷婧一路紧跟，在陆清风走到楼梯转角时，她分明看到他微红的充满愤恨的双眼，不管是父亲的指责，还是母亲的意外离开，或是大伯的咄咄逼人，此刻的陆清风，就像个倔强的小孩，拼命想要挣脱谷底的黑暗，却又总是经历众叛亲离。

那一晚，她彻夜守在客厅，比以往的每一次，都更担心与心疼。

如果他愿意，她真想一直陪在他身边。

"在合同期内要好好保护他，也许日后他能相信的人就只有你了。"谢芷婧突然想起佟骁曾说过的这句话。

第一次，她觉得能够保护陆清风，也是一种幸福，哪怕危险丛生，她也毫不畏惧。

2

八月末的清晨，秋高气爽，阳光和煦。

在飞往卢塞伽的航班上，气氛却有些冷。这次行程的主要目的就是勘察项目地的选址，除了谢芷婧，只有六名公司高管人员和十名男性保镖随行，而谢芷婧被指定坐在陆清风旁边，全程都如坐针毡。

所有人都保持着安静，谢芷婧环顾四周，最后将眼神落在陆清风身上，问："这飞机不会是你包下来的吧？"

陆清风合上手里的财经杂志，嘴角含笑地扭过头，凝眸望她，意味深长地回道："怎么？怕我乱花钱，又想教训我了吗？"

这句话，瞬间将谢芷婧的思绪拉回徐阿姨鸭绒被事件上，因为他被徐阿姨当成冤大头，用鸭绒被冒充名牌骗取高额赔偿金，她当众训斥他的场景还历历在目。

而此时，谢芷婧也觉得自己太多管闲事，抓耳挠腮地坐回座位上，强装镇定地说："反正钱是你的，跟我无关。"说完，便匆匆将视线挪到别处。

可谢芷婧分明觉察到有人靠向自己，一回头，陆清风眉宇紧锁的脸便处于近得令人窒息的距离，双眸盯着她的眼底，似要寻找宝藏般认真。

谢芷婧静静地咬着嘴唇，心脏怦怦直跳，突然间他语调轻佻地问："昨晚你没睡好吗？怎么眼底这么多血丝。"

果然是她想多了！

谢芷婧失落地转过身，小声抱怨道："要不是守在客厅一夜，哪会出血丝啊。"

"睡会儿吧，今天换我守着你。"

陆清风柔声细语的一句话，令谢芷婧像看神奇物种般看着他，许久不确定地问道："你真的让我睡？"

原本平淡无奇的一句话，却在谢芷婧嘴中变了味，整个机舱中都是压抑不住的窃笑声，连始终绷着脸的高大保镖们都忍不住露出了笑容。

谢芷婧没想明白大家为什么笑，刚想再开口，就被陆清风强行捂住嘴，提醒道："我是让你睡觉，不是睡我！"

这才明白其中缘由的谢芷婧，脸唰地红起来，匆忙闭眼、转头，管别人怎么嘲笑怎么想，但凡有时间补充睡眠，她一刻也不想放过。

自从养父母出事后，世态炎凉、人情冷暖，让谢芷婧品尝个遍。再加上齐安越发古怪的举动，和在陆清风身边发生的突发事件，每一件事都令她焦头烂额，唯有在睡梦中，她才能稍微放松些……

但那日，许久未出现的爆炸画面，却再次于睡梦中浮现——爆炸后的火苗，有个小女孩奄奄一息地躺在地上，身旁蹲着一个年龄稍大的男孩附在女孩耳边说着什么，就在女孩努力抬起手想要触摸他脸颊的时候，男孩却被硬生生地拉走了。

睡梦中的谢芷婧眉头紧锁，口中断续地说道："回来……在清风和煦的……时节里，我会回到你……"

陆清风这才注意到她异常的举动，有些担心地唤着："谢芷婧，你说什么？"见她头倒向另一边，陆清风不禁伸手托住她的下巴，动作轻缓地将她的脑袋靠在自己肩膀上，拂去她额前的冷汗，轻声道："清风和煦的时光里，我会一直陪着你……"再低头望去，发现并未吵醒身边的人儿，陆清风这才安心地闭目养神。

谢芷婧完全感知到了方才的一切，从陆清风唤她名字的那刻起便已经苏醒了过来，只是她自己也被他接下来的举动吓到了，只得闭着眼睛假装熟睡。

清风和煦的时光里，我会一直陪着你。

这句话与梦中少年所说的多么相似，他们会是一个人吗？

想来，这世间大多不会有如此奇妙的机缘，她跟陆清风怎么会有那样久远的交集呢。

谢芷婧在心中默念着这句话，嘴角却不自觉地浮起一丝浅笑，是苦涩的、亦是幸福的。她靠着他的肩膀，缓缓睁开眼，失神的眼眸中噙着泪花。耳边是飞机嗡嗡的发动声，似是记忆深处那场爆炸现场中人们哀痛的哭声。

那一刻，谢芷婧心底萌生一个愿望。

她希望卢塞伽之行能顺利、平安。能在异国他乡，忘掉所有的烦心事，哪怕只是短短几天也好。

也许，更重要的是，身边还有个陆清风。

经过漫长的飞行，到达卢塞伽机场时，已是隔天上午。

八月份的卢塞伽正是雨水充沛的夏季，走出卢塞伽机场，天空略有阴霾，微雨飘零，凉风萧瑟。

此时，芬兰 AST 国际休闲公司派来的十二辆商务车已在机场外等候多时。

陆清风是在一众保镖的围护下走到车队旁的，并与 AST 随车负责人简单交谈着，直到他安全坐进车内，十名保镖和随行人员才悉数分配到其他车辆中。谢芷婧扫视一眼周围，略显空阔安静的周围，她却总觉得有无数双眼睛在注视自己。

"看什么呢？"陆清风摇下车窗，不解地询问道。

谢芷婧回过神，冷脸摇摇头，可就在她伸手开车门的瞬间，只听"砰"的一声巨响，车门上便多了一处深陷的裂痕。

那是手腕粗的铁棍留下的痕迹！

而此时，谢芷婧已被四名外国壮汉包围住，她伺机逃脱，却听到随行车队的负责人冲着司机惊慌地命令道："从这儿出去，太危险了。"

"不，我的保镖有危险！"陆清风不顾形象地嘶吼着，发疯般想要打开车门去救谢芷婧，却被随车负责人拦住。

当初会将度假村选在卢塞伽，就是因为这座城市高度发达的经济和良好的社会治安，然而眼下，谢芷婧却正经历着一场前所未有的生死之战！因为在中国，保镖不允许携带武器，所以谢芷婧外出实施保护任务时只能凭借赤手空拳。

耳边又是一轮叫嚣声，数不清的外国男人手持棒球棒朝陆清风的车辆袭去。

# 第九章 纷扰尘世，幸而有你

"谢芷婠，快上车！"陆清风担心地催促着，向她伸出手。

而同一时间，车后方突然出现一个拿着铁棍的金发男人，精壮的身材和冷厉的神情看上去就是个狠角色。

铁棍朝谢芷婠的头部挥打过去，她迅速侧转身的同时双手抓住那个人持铁棍的手腕，上下一用力，在一声关节扭断声后，铁棍便应声落地。但那个人并未退却，一面咆哮一面进攻，谢芷婠不敌对方的力量，阻挡几拳后脸上便受了伤。

好在谢芷婠学过巴西柔术，面对比自己高大强壮的对手，她伺机寻找机会，抬脚踢在对方的下腹上，随即狠狠地锁住那个人的喉咙，不过几分钟，对方便丧失了知觉，而扭打中心形蓝色纽扣从她衣兜里掉落出来。

至于车内，一心想冲下车的陆清风被AST随车负责人死死拖住，用中文制止道："你是重要人物，出去危险！"

慌乱中，谢芷婠刚要去捡纽扣时，忽然听到呼喊声，循声望去，不远处有个持刀的外国男人正拼命朝陆清风袭去！

那一刻，谢芷婠也不知自己哪来的勇气，她拼命朝陆清风跑去，在刚碰触到他冰凉手指的瞬间，后背被一股强劲的力量撞击，右肋后部像是被猛兽咬了一口般，火辣辣地痛，酥酥麻麻的似乎有血液流出。

谢芷婠是被陆清风抱上车的，司机见状赶忙驱车离开，在一番追逐躲闪后，他们的车辆终于逃出了危险地带。

谢芷婠痛苦地低吟一声，抓住陆清风衣襟的手瞬间滑落，整个人瘫倒在车座上。

模糊的视线中她看不到他的脸，却听得到他慌乱而焦灼的唤声："谢芷婠醒醒！谁准你替我挡刀的，赶紧把眼睛睁开……"

陆清风后面说了什么，谢芷婠全然没有听到，在昏迷的前一刻，她终于松了口气，因为在那个环境中，陆清风的安全超越任何事情。

这一次，谢芷婠可以彻底"休息"了，可陆清风的心却像被绳子吊起般，忐忑不安又懊恼痛心。

那天，谢芷婠直接被送到了塔博·库切的私家医院，急诊室的门外，陆清风急得来回踱步，命令随行保镖时，拳头似要攥碎般发出咔咔的声响："去查查袭击人员的身份，敢伤我的人一定要付出代价！"话毕，一拳打在墙上，手背上瞬间渗出血珠。

得知遇袭事件的塔博·库切带着随行人员匆匆赶来，大概是怕自己的中文表达不清楚，特地让翻译人员转述道："我们已经调查过了，持刀的匪徒都来自外地，

一共七人，都是受过专业训练的打手，只要给钱什么事都肯做。"

翻译人员的话终于让陆清风恢复了些理智，看来是有人花钱雇用打手袭击他，幕后主使会是谁呢？来卢塞伽的行程并没对外公开过。

他缓缓松开拳头，无奈地点点头："现在，我只需要谢芷婧活着，让你们这里最好的医生救活她……"

溢满悲伤的眼底如同没有星光的夜空，迷茫又无助，甚至连她醒来自己该说些、做些什么都不知道，只是出神地望着急诊室的门，不经意间一滴泪滑过脸颊。强硬如他、霸道如他，经历过母亲的逝世、父亲的冷眼相对，以及商场上的尔虞我诈和迫害，他从不曾流露脆弱的一面，唯独这次，陆清风露出了心底最柔弱的部分。

"如果她醒来，你所要做的就是告诉她你爱她。"塔博·库切说着绕嘴的中文，虽然听上去甚是别扭，却像箴言般点醒了陆清风。

是啊，他与她有过许多怦然心动的时刻，只是彼此从不曾言及更多。

但幸好，爱或不爱都逃不过时光的见证。

VIP病房里。

凌晨四点，寒意更甚，窗外一阵凉风吹过，令谢芷婧不禁打个寒战，刚缩了下手，手背上的输液针在血管中扭动得生疼，连同着背部的创伤，痛出一身冷汗。她努力睁开眼，发现自己正趴在一个人的腿上，再向上看去，是陆清风疲倦而详静的脸，在柔和的灯光下，少了些往日冷峻的棱角，却多了几分柔情。

谢芷婧试图挪动身体，却被他制止住："伤口刚清理好，别乱动。"说话的时候，他将手按在她肩膀上，一股暖流顺着她的肌肤顷刻间袭遍全身，她不禁惊愕地扭头，身上的病号服被脱到肩膀以下，整个后颈都露在外面，被陆清风看得真真切切。

看出谢芷婧的窘迫，他赶紧解释："是女医生帮你脱的。"

听了解释，谢芷婧终于安下心不再乱动，而再回忆起白天惊险一幕，这才感到有些后怕。

她是真的后悔没听师父辛泽良的话，穿上防弹衣。

那日她请师父帮忙调查陆岩的背景时，顺便说了卢塞伽之行，而刚从国外开完会议的辛泽良提醒她作为保镖，随时都会遭遇危险，所以防弹衣要时刻穿在身上以防万一。

当时的谢芷婧是不屑穿防弹衣的，如今想来，真是自己的疏漏。

陆清风盯着她白皙肌肤上的瘀红，满是责备的语气："怎么伤得这么重？我立刻让人去买防弹衣！"

## 第九章 纷扰尘世，幸而有你

谢芷婧猛地拦住陆清风，看他一脸无知的样子不禁觉得好笑，调侃道："你以为防弹衣就是金钟罩铁布衫吗？还好歹徒手法不准。"

"竟然还能笑出来。"陆清风垂下头，迎上她明如秋水的双眸，几乎贴面的距离，令谢芷婧很不自在地收回视线，却被陆清风忽然捏住下巴含情脉脉地问道，"你知不知道，我在急诊室外有多害怕，谁准你替我挡刀的，嗯？"

陆清风的手劲并不大，只是锁住她下巴的手指没有要松开的意思，反倒稍微用力，将她的小脸又抬起些，深情又霸气，似要逼她回答般。

"多做事，少说话，是我们的行事原则。雇主遇到危险时，即使是一颗子弹也要挡！"谢芷婧将保镖原则一本正经地说了一遍后，语气稍有气馁，"所以……作为保镖当然要替你挡了。"

"除了雇用关系外，就没有其他了吗？"陆清风继续逼问。

"嗯，没有！"谢芷婧话音未落，陆清风忽然俯身吻住她。

那吻有些生涩、大力，因为谢芷婧趴着的姿势，再加上陆清风的深吻，刚没了痛感的伤口再次被挣开，但震惊的她已无暇顾及其他了，这个吻像一股电流，酥麻的感觉遍布全身，她没有推开他，而是紧紧攥住他的衣角，羞涩地回应他。

这并不是谢芷婧与陆清风的第一次接吻。雨夜梦游之吻，醉酒呕吐之吻，但每一次总有个人是处于不清醒的状态，唯独这次他们彼此清醒，彼此接近时都认同了那份怦然心动。

天知道那个吻持续了多久，谢芷婧只觉得后背伤口痛得再也忍不住了，身子一晃，整个人从陆清风的双膝上掉了下去。戛然而止的吻，让陆清风恍然反应过来，输液的针管已经从她手背上脱离，冒出一滴小血珠，他心疼地将她抱回床，正想去找医生时，却被她制止："算了，这点儿伤不碍事。"

然而，那个吻像个导火索，把两个人之间的氛围变得有些奇怪。

陆清风坐在病床边，右手在衣兜里揣摸半天，冷不丁地说道："母亲当年也如你这般，奋不顾身地救我于危险中，那时我太小，保护不了母亲，那份内疚和恐惧最终变成了纠缠我至今的噩梦。"他转而凝视她许久，再次坚定地开口："以后不准你受伤，即便我有危险你也要躲得远远的，我来保护你！"

甜言蜜语之类的话，陆清风说不出口，只能用这样隐晦的言语表达内心所想。

虽然并不是海誓山盟的情话，可向来表现强硬的谢芷婧，在她接触的所有人中，从不曾有男人对她说过这样动人心弦的话语，心也不由得紧张起来，可脸上却伪装得极其镇定，不禁笑着调侃："我就是保镖，谁要你保护！"

　　谢芷婠的态度一下惹恼了陆清风,他忽而捧住她脸颊,含情脉脉地警告道:"不要在我面前故意强调你的保镖身份,总是表现坚强的人,其实最期待被保护。所以,你不需要在我面前假装坚强,小鸟依人、哭泣撒娇,这些你也试试看,我会喜欢也说不定,谁让你是我唯一相信的人呢。"

　　陆清风说完这句话时,谢芷婠突然失落地低下头,忧郁又自责地从唇间挤出几个字:"可我……弄丢了你的蓝色纽扣。"

　　"你看!"陆清风辗然而笑的时候,谢芷婠的视线中恍然出现一粒纽扣,同样的心形、同样的蓝色。

　　"你竟然找到了!"谢芷婠接过纽扣,脸上终于绽放了笑容。

　　纽扣是陆清风亲自找回来的,在得知谢芷婠没有生命危险后,他只带了两名保镖,就重返遇袭地,连续寻了两个小时,终于在绿化带中找到了这看似毫无用处的纽扣。

　　谢芷婠拎着系在纽扣上的银链,不解地问:"干吗把它穿起来?"

　　"因为是要戴在脖子上啊。"陆清风夺过纽扣吊坠,倾身为谢芷婠戴上,警告道,"这是你第二次弄丢纽扣了,你这个小迷糊,再丢的话……"他方才温柔的面孔转而变得冷若冰霜,如果不是嘴角一抹坏笑,谢芷婠真以为他要发火了呢。

　　可陆清风并没有言语,整张脸不断靠近谢芷婠,他清浅的气息撩过她的脸颊,手一抖,谢芷婠紧抓的衣领瞬间滑落,雪白肌肤全被陆清风看得真真切切,他不愿放弃,继续挑逗着想要看看她接下来的反应。

　　陆清风刚把头埋进谢芷婠发间,她便龇牙咧嘴地哀号着,边整理衣服边解释着:"伤口疼,特别疼!"

　　这定是她逃避与陆清风亲热的借口,他也不再做更亲密的举动,只是宠溺地捏住她脸上的肉,轻语道:"这几天姑且放过你,先睡吧,天一亮我就要去工作了。"

　　说完,陆清风在她额前深情一吻。

　　那一晚,他守在她的病床前,异国他乡的夜色中,两颗心终于不再孤独了。

　　在卢塞伽的第五天,塔博·库切给陆清风带回一条重要线索。

　　休息室里,塔博·库切递上一串男士运动手链,旁边的翻译补充道:"伏击你们的凶手已经抓到,这是在其中一个人身上搜到的,他们受过专业训练和管理,不会说出指使人的信息。"

　　陆清风也做过相关了解,这些伏击的人会先拿雇用者的一件贴身物品做抵押,直到任务完成才会一手拿酬金一手归还贴身物品。

## 第九章 纷扰尘世，幸而有你

他接过手链，仔细打量一番，虽然并未看出端倪，但总觉得它是重重疑团中的一把钥匙，于是询问道："塔博·库切先生，我能把这手链带回中国吗？"

"当然可以带走，我会在本地的警察局做一个备案说明。"塔博·库切回应道。

因为在国外的关系，陆清风也不便再纠结伏击人的身份，他只得将精力集中在度假村的选址工作上，以便尽早回国调查。

至于谢芷婧，自受伤后就一直被关在 VIP 病房中，门口除了陆清风带来的保镖外，还有塔博·库切的黑人保镖，悠长的走廊上，唯独她的房门前站着两排威风凛凛的保镖，不知道的人还以为这里住了位多么了不起的大人物。

不用跟着陆清风到处跑，谢芷婧倒也难得有了休息时间。

那天，刚换好药的谢芷婧本想去花园走走，却无意间发现邮箱里有十封来自李敏熙的未读邮件，除了询问为何打不通电话外，其中一条内容是关于齐安的："你哥最近好奇怪，要我帮他查陆清风的家族背景，还经常出入看守所。"

看守所？养父母齐玉达和蒋婷早已判刑，如今被关押在监狱，齐安去看守所找谁？又为何查陆清风的家族背景？

谢芷婧好不容易平复下来的心，因为这封邮件再次变得惴惴不安。

中国，通岛市。

一场绵绵秋雨，使郊区的看守所更显凄凉。

齐安带着文件夹，步履沉重地走进探视室，玻璃的另一面已经有个人等候多时了，看见齐安，那个人摸了下鼻尖的黑痣，谲诈地笑道："我就知道你会来！"

齐安冷着脸，开门见山地问道："邱明，为什么找我做你的代理律师？"

"因为我有你想要知道的事情，你不帮我的话，真相你永远也查不出。"邱明摸着法令纹，似在跟齐安进行一场心理战，补充道，"关于你父母被陷害一事。"

提到父母的事，齐安眼神变得越发犀利，将信将疑："你知道？"

"当然，因为陆家！但你不救我出去，就别想知道这一切。"邱明威胁道。

不论是年龄还是阅历，齐安都敌不过邱明这只老狐狸，但经历父母之事后，他看明白了人情冷暖，反而一笑道："你这种咎由自取的人我是不会救的，虽然有些律师会钻法律空子，但我是有底线的，真相你爱说不说，反正我自己也会查出来。"齐安蔑视地看着邱明，挖苦道，"听说，已经没有律师肯帮你了呢。"

邱明脸上的笑慢慢消失，不甘心地盯着齐安。显然，这场心理战，邱明还不想认输。

不过那时的邱明臭名远扬,因为行凶被抓后,老婆带着钱跑到了国外,如今的邱明连请律师的钱都没有,这才想以真相要挟齐安救自己。

邱明眼珠一转,话锋突变:"监狱不比看守所,环境不好不说,不知你父母那把年纪还经得起折腾吗。"

这话听得齐安心里泛酸,但更清楚邱明的伎俩,两个人对视半晌,他率先开口道:"你的罪刑判起来也不轻,还是担心你自己的处境吧。"

齐安说完准备起身离开,打心理战邱明是输得彻彻底底,自知无望的邱明终于急了,扑到阳隔的玻璃上,低吼:"我说我说,但你要答应我,不能放过陆展兴!"

闻言,齐安犀利的眼神扫过邱明身上,也不表态,只是等待着。

"我家厨房的窗格顶端,有个 U 盘,你看完便知。"邱明在纸上写了自家地址,经由看守警察检查过后交由齐安。

齐安瞥了眼字条,咬牙切齿地说道:"我一定会让陆展兴来陪你的!"

## 3

在卢塞伽逗留一周后,陆清风终于处理好一切事宜,一行人坐深夜航班匆匆赶回国。

前来接机的佟骁愁云满布,见到陆清风,担心地问道:"听说遭遇了袭击,你们有没有受伤?"

这段时间,陆清风没怎么休息,在飞机上又怕梦游症病发,谢芷婧虽然寸步不离地守着,可他也只是闭目养神而已。

面对佟骁的问题,他叹口气:"回去再说吧。"

陆清风大步走出机场,在他和谢芷婧的周围,十名保镖形成一个保护网,佟骁跟在后面,汇报公司情况:"公司除了法务组人事上的变化外,一切正常。"

"法务组?有何异常?"陆清风突然驻足质问。

"法务组齐安递交辞呈,可没等人事部审核批准,他便擅自离岗了。"

佟骁说完,陆清风微微侧头倾向谢芷婧的方向,用眼角余光观察她的表情,片刻沉默后,扶住她肩膀,温柔地询问:"伤口还疼吗?"

听到齐安离职,谢芷婧便猜到哥哥定是做了什么计划,虽然内心着急,可脸上却不露声色地摇摇头:"这点儿伤不算什么。"

卢塞伽之行最大的变化就是陆清风,他对谢芷婧的态度从雇用关系演变成了男女关系,对她百般呵护。

陆清风伸手抬起她下巴，宠溺地警告道："我说过，不准在我面前逞强，你先回公寓休息，我处理完公司的事就回去。"

公共场合又是众目睽睽之下，陆清风毫不顾忌地做出如此亲密举动，令谢芷婧心慌不已，她扭下头，将身子撤出半米，情绪低沉却透着担心："你一个人没关系吗？"

陆清风露出少有的爽朗微笑，指着黑衣男保镖们，回答："这不有他们嘛。"说着，替谢芷婧打开车门，霸道地把她塞进车厢，末了掐了掐她脸颊的肉，柔声道："回家等我。"

又是捏下巴，又是掐脸颊，去卢塞伽之前还无异常的两个人，如今看来关系已突飞猛进。更何况，佟骁跟了陆清风那么久，从未见过他有如此温柔的一面，不禁好奇心作祟："陆总，你们……"

"与芬兰 AST 的合作事项我委派了赵部长在现场，以后你负责跟进向我汇报情况。还有，去查下齐安的资料。"直到谢芷婧乘坐的车越行越远，陆清风才收回视线，脸上残存的柔情瞬间被严肃的表情代替。

陆清风是故意支开谢芷婧的！虽然她从未说过喜欢他，但他从没质疑过她对自己的真心。然而直觉告诉他，齐安与谢芷婧的关系绝不是普通的同事关系，就像公寓失火那天，齐安气势汹汹地要带走谢芷婧，只是那时他对她还未有那般炽热的爱罢了，但现在他确定了自己的内心，就不容许任何异性再对她过分地好。

然而心事重重的人，并不只有陆清风。

一心想弄明白齐安进入瑞曼公司真正目的的谢芷婧，并没有回公寓，她给齐安接连打了三个电话都无法接通，于是找个借口便下了车，几经周转，终于赶到了齐安位于老城区里的临时住处。

谢芷婧推了下阁楼的木门，房门紧闭，齐安并不在家。

而就在她准备离开的时候，一名五十岁左右的女人从外面走来，看见她热情地问："你不是齐安的妹妹吗，他昨晚好像没回来。"

"阿姨您认识我？"在谢芷婧的记忆中，她并没见过这个女人。

"我是这阁楼的房东，他常常在楼梯口抽烟，每次都拿着跟你的合照看好久，我以为你们是情侣呢，后来他才解释说你是他妹妹。"女房东说着手指向门框，"上面有备用钥匙，你自己拿。"

谢芷婧瞥了眼阁楼，有些尴尬："他不在我进去不太好，我等等他吧。"

老房区的邻居总是多一份热情与朴素，女房东摆摆手，替谢芷婧取下钥匙，

147

边开门边说道:"你们兄妹俩有什么不好的,难道你回家还要经过家人允许吗?"

女房东的话打消了谢芷婠的顾虑,道过谢后,她独自推开阁楼房门,而映入眼帘的凌乱,让她止住了脚步。

地上到处是散乱的纸张,书桌上堆满文件夹,而与桌面垂直的墙壁上,贴着陆氏家族的关系图,除了陆元培和陆展兴外,陆清风和邱明也在其中。谢芷婠捡起地上的一页纸,内容是邱明的银行明细,再拿起一张,上面是陆展兴的电话记录。

看着眼前的一切,谢芷婠只觉得大脑乱哄哄的,邱明不过是瑞曼休闲娱乐公司的普通高管,至于陆展兴更与他没有任何交集,她实在想不通,齐安为什么要调查这两个毫不相干的人呢?

谢芷婠环顾整间房,视线刚好落在书柜顶端的木箱上。

木箱很古旧,箱体上似有被磨平又凹陷的划痕,锁闩也是旧式的老铜器锁片,整个木箱看上去与这个时代格格不入。

谢芷婠抚摸着木箱上的灰尘,这个木箱她好像曾在养父齐玉达的书房中见过。

木箱上的铜锁大概是丢失了,她抠开锁片,又轻轻掀起木盖,只见木箱里平整地放着一沓泛黄的报纸,整齐的折痕看上去像是被人收藏了许久,浓重的油墨味混杂着霉腐味,最上面的一张报纸上有段新闻甚是醒目——

"2000年12月31日晚,通岛市儿童主题乐园在举办跨年派对活动期间,卡通广场上忽然发生不明原因的爆炸事故。据通岛市相关部门截至凌晨4时的统计数据,目前有3名成年人遇难,受伤32人。具体事故原因,还将进一步调查。"

这简短的新闻,像一把开启记忆之门的钥匙,终于打开了谢芷婠长久以来因恐惧而选择性遗忘的事件,也终于让那些梦境中的画面找到了连接点。

那一年,谢芷婠只有九岁,在通岛市最大的儿童主题乐园里,她牵着爸爸妈妈的手,吵着想要坐过山车,而就在那个瞬间,爆炸声响彻整个游乐场,她被爸妈掩护在身下,看到母亲满脸鲜血地唤着她的名字,但倒地的时候头部撞在铁栅栏上……谢芷婠也不知后来发生了什么,只记得再次恢复意识时,人们的哭喊声、救护车的警笛声让周围一片嘈杂,受伤的谢芷婠很是害怕,幸而有个小男孩趴在自己耳边,说着"在清风和煦的时节里,我会回到你的身边",才使她恐惧的心安定了下来。

时光深处的记忆,就这样毫无征兆地被牵引而出,也让谢芷婠终于想起了十五年前的一切,亲生父母是因为救她才去世的,那一幕幕破碎的画面,犹如昨日之事,终于在这一刻又重见天日了。

## Chapter 10 第十章
## 再遥远的星光，
## 也能照进梦里。

谢芷婧强忍住的泪水，终于在"还有我在"四个字后夺眶而出，她将头埋在陆清风胸前，长久以来的坚强，终于在这一刻卸下伪装。

## 1

通岛市的气候四季分明，不过两场秋雨过后，整座城市便沦陷在一片寒意之中。

夜幕初降，狂风骤起，街道上响着喇叭的汽车堵在路中间，形成一条长长的队伍。人行道上，步履匆匆的上班族迈着迫切的步伐，赶在回家的路上。

谢芷婧失魂落魄地停站在步行道中间，人潮与之擦肩而过，每个人都有条回家的路线，可她却不知该何去何从了。

狂风依旧肆虐，夹杂着稀疏的秋雨，落在脸颊上犹如一记耳光，冰凉微疼。她故意昂起头，任由风雨吹打，在那越发低落的情绪里，幸而一通手机铃声唤醒了她。

沾着雨珠的手机屏幕上显示着"齐安"二字，谢芷婧心中一沉，努力清了下嗓子，以最正常的语气唤道："哥，你终于肯理我了。"

然而手机另一端却传来几声冷笑，嗓音嘶哑透着一种玩世不恭的态度："哎呦小妹妹，哥哥也想你呦，我巴不得你来陪陪我呢。"那个人话音未落，便响起多人的哄笑声，而那笑声里还夹杂着齐安愤怒的吼声。

拿着齐安的手机，却说着这样不堪入耳的话语，谢芷婧立马意识到哥哥出事了，虽然着急，但她还是尽量保持冷静，警惕地质问："你是谁？"

手机那端并没有回应，而是传来"嘶啦"一声类似撕掉胶布的声音，片刻后，那个人似在与齐安对话："告诉你妹妹我是谁，我为什么抓你。"

谢芷婧屏住呼吸，仔细听着手机里的声音，齐安的嘶吼声盖过一切，他疯狂地叫着："不准来，谢芷婧你给我挂掉电话！"

闻言，谢芷婧闭眼叹口气，他是她唯一的哥哥，怎么可能不去救他？

因为想起十五年前爆炸案的经过，谢芷婧本就不知所措了，而哥哥齐安又不知为何被抓，她慌乱中不禁有些恼火地吼道："地址是哪儿？快告诉我地址！"

"复原路 23 号，远北货仓。"手机另一端，陌生的男人这样回答道。

听完地址，谢芷婧率先挂掉电话，随手招了一辆出租车，车子一路疾驰，很快消失在夜幕雨帘中。

而这一去，谁知又会在日后生出多少事端。

远北货仓位于通岛市海港南侧，十年前陆元培因涉足进出口生意，特地买下这间货仓存放货物，但由于经验不足，那单生意使陆氏集团损失上千万元，就此进出口生意中断，远北货仓也因无人打理而荒废至今。

在一片丛生的杂草中，果然有间墙体破败、占地面积甚广的仓库厂房，周围满是破铜废铁的杂物。泥泞的小道上，唯一的那盏路灯在忽闪几下后，彻底熄灭了。

如果不是仓库窗口发出微光和吵闹的声音，这里还真有点儿阴气森森。

仓库房顶有些漏雨，冰凉的水珠滴滴答答地落在齐安脸上，又渗入流血的伤口中，刺激神经的痛感渐渐使昏迷的齐安苏醒过来。

他的手被反捆着，衬衣上沾满了泥土、水渍和血迹的混合物，从额头到胸前，尽是被打的伤口和瘀青，最严重的地方应该是太阳穴上的一道血口，顺着伤处往下，刺目的鲜血流经整个面部。

"涛哥，这个人醒了！"一个小混混提醒道。

留着板寸头的壮汉便是这伙人的大哥——蒋涛，长得威猛凶悍，再加上一身黑的衬衣、西装和整条手臂上的青色文身，看上去就非善类。

见齐安苏醒，蒋涛凑上前伸手拽住齐安的头发，声音嘶哑得令人发寒："没本事就别来赌钱，在我的赌场里借我的钱，输了的后果可不止这样。"蒋涛一脚踩在齐安流血的小腿上，痛得他不禁苦叫两声。

齐安自嘲地笑着："破釜沉舟的人还会怕疼吗？想怎样随便你，但不许动我妹妹！"说到谢芷婧时，齐安眼底闪过一种鱼死网破的戾气。

"哈哈哈……"蒋涛仰天大笑，嘲弄道，"就凭你现在这德行，动不动你妹妹，你说得可不算。还有别用那种眼神看我，因为……"蒋涛忽然直起身，伴随着一连串铁棍划过水泥地的声响，眼看生锈的铁棍已举到齐安的头顶，可就在挥落到半空的时候，仓库大门伴着"砰"的一声响，被人用力踢开。

谢芷婧两手空空地走进来，瞥了眼蒋涛的六七名手下，又看向齐安，不可置信地问："赌博？他说的是真的？"

虽然她在仓库外潜伏了好一会儿，可对于正直的齐安来说，谢芷婧怎么也不会相信念法律的他竟然会来赌博！但在齐安内疚地低下头的那刻，她便不得不接受这个事实，而眼下最重要的就是如何救出哥哥齐安。

"他欠你多少钱？"谢芷婧问得直截了当。

从外貌上看，谢芷婧与普通女孩并无两样，可此刻表现得却尤为镇定，让蒋涛都有些惊讶与欣赏，一双色眯眯的眼睛盯向她："不多，也就一百万而已。"

对于有钱人，一百万也许不值一提，可谢芷婧不过平民百姓，即便陆清风给她年薪百万，可年薪工资也是按月付，所以这一百万赌债在她看来就是个天文数字。

"那我立下字据，定好期限，到时我一定还你钱，这样能放了他吗？"谢芷婧的建议显然不能令满是邪念的蒋涛满意。

蒋涛阴笑着摇摇头，视线依旧不离谢芷婧，弦外有音地说道："我不缺钱，

就是不想放他，或许你来陪陪我，说不定我一开心就放了呢。"

谢芷婧紧紧咬着牙，故作轻松地瞄了眼腕表，似在等待什么，忽然又机警地抬起头，不屑一顾地扫了眼众人："别废话，真抓到我再说！"

随着蒋涛一声"抓住她"的命令，六七名手下齐刷刷冲向谢芷婧，她用力挥出拳头，可动作幅度太大，扯得后背还未愈合的伤口阵阵疼痛，一个迟疑，脸上便重重地吃了一拳，几番较量过后，谢芷婧只是打晕两个人，体力不支加上伤口挣开，蒋涛的手下轻易便制伏了她。

谢芷婧被抓住双手，嘴角还挂着一丝血痕，眉骨上也破了口子，蒋涛狠狠打了她一巴掌，阴狠又怜惜地说道："挺能打嘛，果然是个与众不同的女人。"说完，刚想把脸凑上前时，仓库外刺耳的警笛声吓得蒋涛大惊失色。

"不缺钱的话，是想品尝下牢饭吗，开设赌场可是会被判刑呢。"谢芷婧的威胁终于让蒋涛害怕了，撇下两人匆忙带着手下撤出仓库。

其实，谢芷婧躲在仓库外观察时，便提前报了警，又估算好时间才冲进去与蒋涛进行周旋。

那天，警方没能抓住蒋涛一行人，谢芷婧和齐安被带回警局做笔录时，齐安只说是朋友间的纠纷，并没提及蒋涛开设赌场和自己赌博的事情。

两个人一前一后地走出警局，秋雨渐小，幽静的街道上，气氛凝结到了极限。

谢芷婧突然上前抓住齐安的手臂，厉声质问："为什么去赌博？为什么进瑞曼？为什么要调查陆家人？"

接连三个问题并没让齐安感到惊讶，他眼神复杂地凝视谢芷婧许久，突然反问道："那你为什么一定要做陆清风的保镖？"

她不知这些问题有何关联，更不知如何回答这个问题，一时语塞地怔在原处。

"你喜欢陆清风！"齐安说这句话时，声音都是颤抖的。

谢芷婧猛地抬起头，与他视线相对，认真而坚决地回答出一个字："是！"

"那你知不知道我们的家马上就要被公开拍卖了！"齐安失控地嘶吼过后，忽然扶住谢芷婧的肩膀，内疚地低下头，"对不起，我……我不该因此去赌博，是我一时被冲昏了头脑。"

齐安道歉的瞬间，谢芷婧的内心似被鞭子狠狠抽打般，她觉得自己好自私，在卢塞伽的那几天甚至想要躲在异国他乡，以此来忘掉所有烦恼。然而看着痛苦的齐安，她才真的明白，所有令人忧心的问题，都无法用逃避来解决，因为不论谁逃走，终究要有个人来承担起这一切。

# 第十章 再遥远的星光，也能照进梦里

"芷婧，回来吧，先住在阁楼一段时间，我一定会想办法买回我们家的。"齐安期待的眼神令她心中不是滋味。

谢芷婧没有回答他，反问道："你查陆家人是不是跟爸妈被抓有关？"

听闻这番质问，齐安苦笑着转过身，避开谢芷婧的眼神："我……还在查。"

背对着谢芷婧的齐安，忽然觉得有人从身后抱住自己。这样的亲密举动，并不是两个人的第一次，但却是唯一一次不带小打小闹，又充满悲情的怀抱。

"从小到大你没有任何事能瞒住我，哥，你到底在查什么？不能告诉我吗？"

齐安心底是说不出的躁动，他缓缓拿开谢芷婧的手，笑容惨淡："等我查清楚再说吧。也是，阁楼那么小，住着很闷的，你先回去吧，改天我去看你。"

齐安说完，头也不回地朝前走，只留下谢芷婧独站在雨夜中。

冰凉的雨水冲洗掉脸上的血迹与疼痛，却怎么也抚慰不了失落的内心。齐安拖着伤痕累累的身体越走越远，他拿出手机，上面是谢芷婧发给他的一条短信："我是陆清风的保镖，就一定会保护他"。

齐安痛心地闷笑两声，兀自呢喃道："芷婧啊，你总说我没有任何事能瞒住你，可为何我对你的真心，你却总也看不到呢？每次听你叫哥哥，我都好无奈……"

谢芷婧与陆清风不过相处几个月，便已互有好感。

而齐安却与谢芷婧有着整整十五年的回忆，在那些漫长的时光里，没有匪夷所思的梦游经历，更没有惊心动魄的国外伏击，关于他们的十五年，就像汩汩而流的小溪水，缓和而静谧，有着每个家庭该有的其乐融融，是每个人都向往的温暖港湾。

齐安对谢芷婧的所谓"爱情"，大概就是在这些细水长流中肆意蔓延，或许是从童年时小芷婧奋勇跳进泳池里抓住溺水的他开始，也或许是从她第一次冲他撒娇开始。

但可惜的是，谢芷婧始终把那份宠爱当作兄妹之情，而齐安却再也无法束缚爱情的滋长。

2

公寓楼的卧室里，陆清风盯着玻璃上的雨点出神，佟骁手捧档案袋站在一侧，昏黄的灯光映着两个人严肃的表情。

"那款男士运动手表是全球限量版，我找到了销售记录，给您过目。"佟骁递上资料，又小心翼翼地补充道，"记录中的购买者的身份都是外国人。"

陆清风扫了眼记录单，眉宇微皱着交还给佟骁，命令道："去查下那三个英国国籍的购买者身份。"

佟骁一愣，突然明白陆清风的意思，不可置信地问："陆总怀疑陆展兴和陆岩父子吗？"

"陆岩不早就换了英国国籍吗，也只有他们会将我视作眼中钉，去确认一下吧。"陆清风轻缓地说着，语气极为平淡。

听闻陆清风的话，佟骁匆匆退出房间。

而一窗之隔的秋雨中，淋成落汤鸡的谢芷婧正坐在花台上望着公寓里通明的灯光发呆。

也许，陆清风正在看文件，或是给佟骁安排工作。谢芷婧想着想着便笑了，可心脏却揪成一团苦不堪言，大约猜出齐安调查的事与陆家有关，而她突然就不知该如何面对陆清风了。

她埋头顾自苦恼，忽然间淅沥的雨滴被阻隔于她的世界以外，恍然抬头，一柄黑色的雨伞将她保护起来，而撑伞人的整个肩膀却在顷刻间被淋透。

"陆清风。"她第一次这样饱含深情地唤着他的名字，视线里，湿发紧贴在他前额上，水珠顺着发丝滑到西装继而消失不见，整个人气喘吁吁的，眉头紧皱，严肃得有些吓人。

陆清风抬手碰触下她嘴角的伤口，她吃痛不禁一躲。

"告诉我这些伤是谁造成的？"陆清风质问中夹带着温柔，听得谢芷婧鼻头泛酸。

再坚强的人，也有脆弱的时刻。

谢芷婧不惧怕伤痛，即便两次失去父母，她也能坚强地生活，因为在这之前，齐安一直是她的依靠，给她安慰、给她鼓励。但在齐安丢下她独自离开时，那种无依无靠的凄凉浸透整个身心，而此刻陆清风这简单的一句话，却像强有力的盾牌，给她平添一丝安全感。

陆清风伸手抚摸着她冰凉的脸颊，疼惜地安慰道："还有我在……"

是啊，还有他在！在谢芷婧最无助的时候，还有陆清风在。

而那一刻，谢芷婧强忍住的泪水，终于在"还有我在"四个字后夺眶而出，她将头埋在陆清风胸前，长久以来的坚强，终于在这一刻卸下伪装。他一手撑着伞，一手揽住她，雨夜中两个人无语相拥。

卢塞伽袭击事件后，陆清风是彻底害怕失去谢芷婧了，能像此刻这样将她紧紧拥入怀中，他感到既庆幸又幸福。

而小小的雨伞已经无力抵御这场暴雨，水洼中波纹夹杂着小水泡，发出"噼噼啪啪"的响声。

# 第十章 再遥远的星光，也能照进梦里

陆清风推了下怀中人。谢芷婧却把头埋得更深，低语道："不想让你看到我哭的样子。"

"可我说过，你不需要在我面前假装坚强。"他执意托起她冰凉的下巴，边抹去她眼角的眼泪，边心疼地劝着，"先回屋吧，再淋雨就该病了，到时没人保护我可怎么办？"

没等谢芷婧回应，陆清风将雨伞塞到她手中，不由分说地将其拦腰抱起。

她眉头微皱，正要制止，陆清风像是早已猜到她的反应般，先行开口道："嘘……不许挣扎，必须接受。"

陆清风的霸道，压制住她所有的倔强。她缩在他怀中，听着嘈杂的雨声和他剧烈的咳嗽声，直到……两个人回到公寓后，这个世界才仿佛安静了下来。

室内明亮的灯光落在谢芷婧惨白的脸上，斑斑瘀青和嘴角凝固的血迹，看得陆清风心生怜惜。他将她放在客厅的沙发上，手掌刚从她后背抽离出来就感觉到一股黏腻带着余温的液体，低头一看，竟是触目惊心的鲜血。

"伤口流血了？"陆清风语气紧张，冲上前就要查看谢芷婧后背的伤口，却被她拒绝。

谢芷婧尴尬地低下头，小声回道："我自己可以处理。"

不管是假装坚强，还是真正坚强的女人，大多都不习惯来自异性的过分关心和亲密举动，不是不喜欢，而是不像普通女人那样娇柔弱小、备受呵护。

陆清风看出她的心思，便不再执着，而是将自己宽松的白衬衣和急救箱放到桌上："好，我去阳台，有需要叫我。"

可是伤口位于后背肩膀以下，谢芷婧褪去右肩上的衣服，伸手试了半天，消毒棉也碰不到伤口，因为动作扭动太大反而使得伤口更疼，结果一不小心打翻了消毒水，水渍印在衬衣上。

闻声赶来的陆清风顺手夺过消毒棉，却力道轻柔地替她清理伤口。

刺鼻的消毒水味弥散四周，在落于皮肤上的瞬间，透着冰冰凉凉的感觉，又刺激了伤口，谢芷婧条件反射地缩了下肩膀，被雨水泡得发白的伤口，开始散发着撕裂般的痛，她咬着下唇，肩膀绷得紧紧的。

"疼吗？"陆清风和风细雨地问。

谢芷婧点点头，又摇摇头，忽然一个炽热的吻落在后肩上，虽然那吻极其温柔，却还是惊得她身子一颤。陆清风绕到她身前坐下，郑重地问："你是不是不打算告诉我伤你的人是谁？"

她的确不知该如何开口,与齐安的关系,齐安调查的真相,她多希望这一切都与陆清风无关,那样便能更坦然地接受他的爱,而不用像现在这般,半遮半掩、诸多顾虑。

陆清风本是等她回答,她却避而不答,沉默中,他只好将她周身上下连同细微表情都打量一遍。

只见谢芷婧眉头皱成个"川"字,还在努力想着借口,抿起的嘴使得瘀青痕迹更加显眼,右肩上的衬衣领因为开着两粒纽扣,细腻的脖颈和锁骨在明晃晃的灯光下,显得更是白皙。

陆清风只觉胸中似被一团火充斥着,他不禁靠上前,两只手臂撑起的小空间刚好将谢芷婧束缚在其中。

"你要干吗?"在两个人的唇瓣即将叠加在一起时,谢芷婧忽然回过神将双手抵在他胸前。

"明知故问。"陆清风猜到她不会说出被打的真相,于是也不再逼问,反正他自有办法找出伤她之人。只是这会儿,陆清风不想再轻易放开她,吐出这四个字后,便不顾谢芷婧双手的阻挡。他凑上前,她无处躲闪,被他唇间的气息扰得心神不定,就在这个瞬间,公寓的大门被人猛烈地敲打起来。

"陆清风,陆清风……"焦急的呼声压过急骤的雨声,从门外传来。

谢芷婧推推他,提醒道:"有人来了,我去开门!"

不用看,陆清风就知道来人是谁。而他并没有要放谢芷婧走的意思,两只手臂依旧按在她身体两侧,这个吻他势在必得,所以毫不含糊地吻上她的唇瓣。

这个吻,用力而短促。谢芷婧没反应过来时,便已经结束。

"下次绝不会这么含糊而过。"陆清风意犹未尽地撤回身。

此时敲门的人已经跑到窗下,玻璃似要被敲碎般。

谢芷婧定睛看去,竟是涂菲菲!陆清风一副不情愿的表情,起身去开门。

眼前的涂菲菲狼狈极了,精致的烫发被雨水淋得贴在头皮上,淡紫色的套裙上沾满泥污,银色高跟鞋上露出蹭破了的脚背,红彤彤的,渗着血丝,丝毫没有了往日的端庄与高傲。

只见涂菲菲猛地抓住陆清风的手臂,因为慌张,一句话说得断断续续:"我爸被……被人……绑架了……"然后便失声痛哭起来。

陆清风虽然不喜欢涂菲菲的纠缠,可毕竟两家是世交,又在公事上帮过不少忙,听闻涂叔叔被绑架心中不由一惊,询问道:"你别急,我帮你报警,有看清对方

## 第十章 再遥远的星光，也能照进梦里

的长相吗？"

"不能报警！"被他这么一问，涂菲菲这才想起什么，举着手机，说，"就是这辆车，我拍了照片。一定是陆岩干的！"

听闻又与陆展兴、陆岩父子有关，陆清风心底泛着狠劲："这父子两人真是不安分。"他将手机上的照片传给佟骁，言罢朝公寓外走去。

谢芷婧不由得担心，紧追两步跟在他身后："我跟你一起去！"

陆清风伸手轻揉下她的额头，回绝道："现在你跟着，我反而更担心。我很快回来。"

门外的雨和着狂虐的大风，砸在窗沿上发出震慑人心的动静。

谢芷婧痴痴地望着，直到陆清风驾驶着车彻底消失在夜幕中，她才回过神，发现涂菲菲全身颤抖着坐在沙发上。

眼前这个女人，虽然与自己有过许多不愉快，可谢芷婧看着狼狈的涂菲菲，到底还是动了怜悯之心。谢芷婧将一双拖鞋放在涂菲菲脚边，见她依旧处于发愣的状态中，索性帮她脱下高跟鞋，又顺便用剩余的消毒水给她清理了下伤处。

痛感终于令涂菲菲清醒过来，并诧异地看着谢芷婧的举动。

"你不用太担心，我们认识的陆大总裁可是无所不能的，所以你父亲一定会没事。"谢芷婧说完，替涂菲菲穿上了拖鞋。

"你不恨我吗？"

正收拾药箱的谢芷婧突然停下手上的动作，回身与涂菲菲对视着，淡然一笑："是你做错了什么，给我造成了什么实质性伤害吗，恨这个字太严重了。"

其实她与涂菲菲之间，的确说不上恨。

涂菲菲喜欢陆清风，而谢芷婧也刚好后知后觉地爱上了他。而关于爱情，谢芷婧向来相信缘分是命中注定，毕竟一个人的感情，无法强求、无法争取，更不能被代替。即便是她自己，也不确定与陆清风的未来会是怎样的。

而那一晚，曾经两个水火不容的女人，终于冰释前嫌地坐在了一起。

### 3

赶往远郊别墅的路上，佟骁开口汇报道："购买手链的三名英国国籍者的身份我查到了，如陆总预料的，其中一人正是用了英文名的陆岩。"

陆清风并不觉得意外，对于这样的结果他早已猜到："陆展兴父子二人竟然不惜代价想要在国外除掉我，真是煞费苦心了。"他呢喃着，眉头紧锁盯着车窗外，

等清风与你一起归来

任谁也猜不透他此刻的想法。

到达别墅时，大门正开着，陆清风带着数十名手下，与陆岩在大厅对峙，跪在旁边的是年近六旬的涂佳明，满脸恐慌，战战兢兢的不敢乱动。

身穿嘻哈短裤和运动背心的陆岩边脱下拳击手套，边习惯性地把玩着左耳上的耳钉，冷言笑道："什么风把陆总裁吹来了？我们好歹是有点儿血缘关系的兄弟，你却一向对我不闻不问，如今却为了一个无关紧要的糟老头深夜跑到我这来，真是让我寒心哪。"

的确，深夜雨天，想他陆清风堂堂总裁还要亲自带着手下跑这么远来救人，更何况还是在一个戛然而止的热吻后，那种心情何止是寒心，简直是愤怒！

陆清风蹭了下嘴唇，只想快点儿结束这场对峙，他抬起手，从佟骁那里接过几张照片，随手丢到陆岩面前的桌上。

照片上是一处拳击场，与传统概念中的拳击场不同的是，赛场上的选手都是满脸血迹，有的眼睑外翻，有的皮开肉绽，画面甚是暴力血腥，而赛场边上是手拿钞票的陆岩和围观人群。

虽然两个人年龄相当，可陆岩的性子却没有陆清风沉稳。

只扫了几眼照片，陆岩脸上的笑便瞬间凝固了，整个人也浮躁起来，眼神凶狠地盯着陆清风："你调查我？"

陆清风有备而来，直截了当道："在国外开非法黑拳比赛，还聚众敛财，不知道这会面临怎样的刑罚？"

发现自己的行踪被陆清风调查得清清楚楚，陆岩气不过，猛地将桌上的酒瓶、高脚杯一股脑摔到地上，起身就要冲陆清风挥拳头，气焰极其嚣张，可还没出手，就被陆清风身后的几名手下制伏。

陆岩是喜欢拳击的，奈何生性懒惰，又乐于享受，很多时候只是喜于观赏，或是组织比赛，因为有钱，每每大显身手时，对方总会故意输掉比赛，这也让陆岩自以为身手了得。

陆清风冲佟骁使个眼色，示意他先带着涂佳明离开，而后视线再次落到陆岩身上，随手将那条运动手链丢在地上，冷言警告道："你和你父亲还是安分点儿吧，即便没有这些乱七八糟的事，我也不会放过你们！"

眼看卢塞伽伏击事件的真相被陆清风查得一清二楚，刚挨完打的陆岩再也不敢嚣张了，只得恨恨地看着陆清风扬长而去。

而那场雨，终于在后半夜停止了，整座城市都被升腾的水汽笼罩着。

# 第十章 再遥远的星光，也能照进梦里

回去的路上，陆清风特地派了辆车将涂佳明送回家，再看一眼时间，已经是凌晨五点，折腾了一夜，陆清风不禁有些困倦，半躺在车背上，说："佟骁，再派辆车去公寓，把涂菲菲也送回去吧。"

自从直言伤了涂菲菲后，陆清风很怕自己再做出什么令她生出无端的幻想，所以只好减少与涂菲菲的见面机会，更不想让谢芷婧有任何误会。

陆清风揉着眉心正想小睡会儿时，通完电话的佟骁汇报道："涂佳明已经安全到家，他被吓得不轻，已经全部交代了，是陆岩威胁他让涂菲菲故意接近你……"

"勾引我，与我结婚，抢夺陆家财产，这些我早已猜到，这手法也太老土了。"陆清风闭着眼，似乎并不震惊，想到结婚，他突然睁开眼，嘴角的微笑荡漾着满满的幸福，"我对女人要求很高，我的另一半必须是很独特的女人。"

"你说的这是谢芷婧吧。"佟骁接过话茬。

恋爱中的人，不论男女，都有种想要别人知道的心思。总裁陆清风也不例外，对于佟骁给出的答案，他欣然笑道："就是她！"

"可是，天天惹祸，没一个优点，这也叫独特吗？"

佟骁不识趣地反驳一句，惹得陆清风震怒不已，嗓音也不自觉地提高了，嚷道："谁说的？这话是谁说的？"

"你自己说的呀，谢芷婧与涂菲菲打架那次说的，你亲口说的！"佟骁故意揭短，搞得陆清风颜面全无，最后只能搬出总裁的身份，"搞清楚我是你老板，你这个助手怎么哪壶不开提哪壶！"

见陆清风似有尴尬，佟骁赶紧换上助理该有的沉稳模样，说："我连夜找人查过了，弄伤谢芷婧的人是昆庭房产公司董事长的儿子蒋涛，在父亲公司不过挂名，实则开地下赌场，对了，这事跟齐安有关。"说着，递上一个文件夹，解释道："齐安的背景我调查了下，陆总请过目。"

陆清风打开文件，首先映入眼帘的竟是"谢芷婧"三个字，他惊讶地挑起眉头："妹妹？"

"但与齐安没有血缘关系，谢芷婧是十五年前被齐家收养的。"佟骁补充道。

那份文件，从齐安的家庭背景到父母齐玉达、蒋婷的入狱时间、原因，以及齐家公寓被查封之事，全都详细列出。陆清风一一看下来，心里就像过山车般起起落落，兄妹的关系让他对两个人的种种亲密举动得以释怀，可实则并无血缘的关系再次令他陷入紧张中。

出于男人的敏感，陆清风觉察得到，齐安会那么关心谢芷婧，绝不仅限于兄

妹之情，替她清理伤口，公寓失火那天还理直气壮地要带走她，再想想齐安看谢芷婧的深情眼神，他猛地将文件扔在车座上，气呼呼地嚷道："这个齐安分明是喜欢上谢芷婧了，马上回家，把车开快些！"

佟骁被他吃醋的反应吓到了。

在佟骁担任助手的这些年中，向来稳重的陆清风不曾在任何场合，让任何人看到自己情绪波动的一面，唯独此时。

公寓的院中，小白猫正用爪子拨弄着茉莉叶上的水珠，谢芷婧心不在焉地捋着猫背，双眼却担忧地望着铁门外。

"哎哟，等你老公呢？"安静的氛围，就这样被徐阿姨刺耳的声音打破。

自从鸭绒被事件后，不安分的徐阿姨已经把谢芷婧和陆清风的事传遍了整个公寓区，诸如强悍女保镖与总裁共处一室、民家女扑倒富二代飞上枝头变凤凰此类的话。

每次遇到公寓区的大妈们，谢芷婧都要忍受一番指指点点和窃窃议论，所以她对徐阿姨也是忍无可忍，回身反驳道："你是亲眼见过我们的结婚证，还是参加我们婚礼了？我再说一遍，我们不是你说的那种关系！"

谢芷婧吼完，整个身体忽然被一股力道用力扶正，她这才看清来人，不禁有些欣喜："陆清风……"

"谢芷婧，你喜欢我吗？"谢芷婧话没说完，就被陆清风直接打断，迫切又真诚的眼眸中，除了谢芷婧，再无其他。

这个问题让谢芷婧满面窘色，跟在陆清风身后的佟骁还在掩嘴偷笑，旁边的徐阿姨更甚，一副看热闹不嫌事大的模样："快回答他呀！哎哟，这种爱情戏码我以为只有电视剧里才有呢。"

谢芷婧瞪着陆清风，嘴角里狠狠挤出："你大脑短路了！"

"嗯，就当短路了吧！所以，你喜欢我吗？"陆清风不顾旁人，此刻就像个执着的孩子，非要得到心中的答案，"我们可不止一次接吻呢。"

此言一出，谢芷婧脸颊涨红得犹如熟透的樱桃，既羞涩又愤怒，她赶紧捂住陆清风的嘴，拽着领带将他拖进了公寓，只留下徐阿姨、佟骁和小猫三双充满好奇与八卦的眼神。

大概陆清风也没想到谢芷婧反应会这么激烈。他是被谢芷婧直接推倒在沙发上的，来不及起身，就被她压坐住双腿，手一用力，领带勒得陆清风喘不过气："当着那么多人面，你竟然说我们接吻的事，你是不是活得太无趣，想找点儿刺激啊？"

## 第十章 再遥远的星光，也能照进梦里

陆清风陷在沙发里动弹不得，只能挥舞着双手挣扎着，好不容易喘口气，赶紧提醒道："你压得我好难受。"

谢芷婧低头看去，这才意识到自己有些用力，于是匆忙从他身上下来，语无伦次地警告着："下……下次不许再提接吻的事……"

话音未落，陆清风忽然从背后抱住她，身子一仰，两个人双双倒向沙发，她被他抱得死死的，似在逼问："以后就这样，开心就笑，不开心就打，这样才像普通人过的平凡生活嘛。不过……你还没回答我呢，喜不喜欢？"

"接吻和喜欢是两码事吧。"谢芷婧不愿回答，随口说出的这句话反而更让陆清风着急。

可陆清风的脑海中，满是齐安看谢芷婧时含情脉脉的画面，更何况此时心里的醋坛子已打翻，不得到个明确回答，他是没心情去工作的。

陆清风干脆将头凑到她耳边，威胁道："那要不要再亲亲试试，让你确定下接吻和喜欢是不是两码事？"

陆清风的气息撩过脖颈的酥麻感，实在让谢芷婧觉得不舒服，索性扭头回答了他的问题："是，我喜欢！"

本想再逗逗谢芷婧的，可没想到她回答得这般干净利落，陆清风听得满心欢喜，满意地松开环在她腰上的手臂。

谢芷婧匆匆逃离了客厅。一直以来，陆清风就像遥不可及的繁星，高高在上、璀璨夺目，在她看来，不管平凡的自己如何努力追赶，好像与他都有段距离，但她却忘了，爱情有时就像块反光镜，即便再遥远的星光，也能反照进梦里。

不过那些天，不论是在公寓还是公司，谢芷婧都极力避开陆清风的视线，生怕一个眼神不对，再次惹火上身。

但也正是那几天，谢芷婧觉得陆清风和佟骁行踪古怪，总是支开她悄悄谈论着什么，好几次外出也不许她陪着。

许是与芬兰 AST 合作出了问题，总归是公事，谢芷婧弄不明白，也无须插手过问，更何况家中的事情已急到火烧眉毛。

那时，距离齐家公寓被公开拍卖还有三周时间，谢芷婧的保镖工资只是杯水车薪，齐安赌博输得更是分文不剩，好友李敏熙得知此事后，向父母借了一大笔钱给谢芷婧，但她和齐安都没有接受这番好意。

谢芷婧认为，用借来的钱买回房子失去了原本的价值。而齐安也想明白了，没有父母的家，再也不会有曾经的温暖。

# Chapter 11 第十一章
## 清风已回,你可安好

他望着漆黑的夜色,那璀璨的繁星美不胜收,再望一眼怀中的人儿,不管是十五年前,还是十五年后,他都觉得,缘分如此,甚是奇妙。

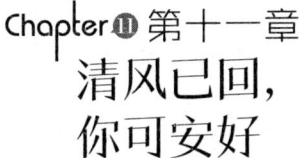

## 1

在那三周时间里,谢芷婧每天都忧心忡忡的。直到拍卖会开始的前一天,她才去了趟监狱。

那是齐玉达和蒋婷被判刑后,谢芷婧第一次前来探视,独自而来。

隔着玻璃铁窗,身穿监狱制服的齐玉达两鬓斑白,皱纹如沟壑般深陷,看上去苍老了许多。再次见到女儿,齐玉达难掩激动的心情,可当视线落到谢芷婧手中的报纸上时,眼神忽然变得飘忽不定,像是做错事般低下了头。

"芷婧啊,你终究还是想起十五年前的事了……"

齐家的收养之恩,谢芷婧从不敢忘,她从小就告诉自己,既然想不起亲生父母是谁,那便不再去找,至少不会当着齐玉达和蒋婷的面,去询问亲生父母的事情。只是,当记忆全部恢复时,她还是忍不住想去问一问,十五年前到底发生了什么?

谢芷婧咬咬牙,内疚地问:"父亲,收藏十五年前爆炸案报纸的木箱,我记得一直放在您的书房里,您是不是知道些什么?"

齐玉达始终低着头,放在桌上的双手不停地揉搓着,过了许久,他忽然抬起头:"芷婧,抱歉我现在不能说,我不能看着你和齐安深陷危险之中,如今我和你们母亲都落得如此下场……芷婧,你和齐安去国外生活吧。"

"哥查的事也与十五年前的爆炸案有关?"谢芷婧觉得事情越来越复杂,而自己却如同走失在迷宫中一般,毫无头绪。

齐玉达摇摇头:"他查的应该是我的案子,但不管是什么,你们都放手不要再管了,我……"

话没说完,齐玉达老泪纵横。此情此景,谢芷婧便知道自己是听不到答案了。

探视结束后,谢芷婧去了趟报社,将十五年前发生的事和养父齐玉达的话,全都告诉了好友李敏熙。

李敏熙听完便觉得其中必有蹊跷,并答应谢芷婧一定会帮她查出真相。

第二日清晨,陆清风起个大早,本想与谢芷婧一起吃早餐,却发现卧室里空无一人,四处寻找一番,才看到她坐在院中的石凳上发呆。

今日便是齐家公寓被拍卖的日子,想到这,谢芷婧心中就不是滋味,她心事重重地抠着指甲,猛然间肩上多了一件外套。

"秋季天凉,出门也不记得穿上外套。"这句话分明有些责备的意味,却在陆清风口中多了几分关心,对于此刻的谢芷婧来说,十五年前的爆炸案,养父母入狱,再加上齐家公寓被拍卖,每一件事都像巨石般压得她不知所措。谢芷婧幽

## 第十一章 清风已回，你可安好

幽抬眉正对上陆清风的眸子，她轻抿下唇，弱弱地请求道："你……能抱抱我吗？"

这样直白的要求，于谢芷婧是第一次，陆清风又惊喜又心疼，伸开双臂环抱住她。两个人一站一坐，谢芷婧把头抵在他心脏的位置，眼泪打湿了他白色的衬衣。而这一切，都被陆清风觉察到，不禁拍着她的后背予以安慰。

"好点儿了吗？要不要整理下，今天我有礼物要送你。"陆清风富有磁性的声线，因为语调轻柔，以至于听上去明媚如光。

谢芷婧蹭了蹭脸颊，彻底将眼泪和鼻水留在了陆清风的衬衣上，红着眼圈看向他："为什么要送我礼物？"

"想送就送喽。"陆清风笑得神秘。

果然有钱人就是任性，不过谢芷婧并没当真，努力挤出个笑容后，提醒道："还有心思送礼，你不用去公司了？我去开车，在外面等你。"

那天，陆清风的确没去公司，而是与谢芷婧驱车赶往通岛市中心的一处拍卖会现场。拍卖会场设立在高级酒店的超大会议室内，场内人头攒动、热闹非凡。

陆清风身着墨蓝色修身西装，衬得他高壮而匀称的身材无比挺拔，整个人看上去品貌不凡。他亲自签到后，领取了叫价牌，整个过程，谢芷婧都警惕地观察身边经过的人潮。

她担忧地扯住陆清风，问："这里鱼龙混杂，你怎么不多带些人来？"

"怎么？怕我受伤？"陆清风笑得轻松，抬手捋好她额前的碎发，安抚道，"别那么紧张，这里可不是卢塞伽，更何况我想送你礼物，带着那么多电灯泡多尴尬。"

虽然他这样说，可敏锐的谢芷婧还是有些不安，总觉得在摩肩接踵的人群里，有双眼睛在注视着自己或是陆清风，保镖的直觉不会错的！

在谢芷婧用余光扫了圈周围时，主持人已经开始致辞、宣读流程和规则，尔后拍卖会便正式开始。至于拍卖的实物是什么，她丝毫不在意，注意力都集中在会场及周边人群上，直到看见陆清风拿在手上的拍品目录时，她思绪瞬间混乱如麻。

谢芷婧抓过目录单，"海泉1号公寓"几个字赫然在目，居然是齐家公寓！

"看到我要送你的礼物了吗？"陆清风扬眉笑问道。

原来，陆清风与佟骁前些日子行为古怪，就是为了瞒着谢芷婧拍下齐家公寓。他一早便知，她是为了钱才拼命想要进瑞曼做保镖的。直到佟骁调查齐安资料后，才牵引出谢芷婧需要钱和齐安铤而走险去赌博的原因——都是为了买回齐家公寓。

那天，拍卖会上的陆清风神采飞扬，也势在必得。因为是经过法院拍卖的房子，所以会比市场价便宜许多，而为了避免流拍，齐家公寓房产将保留价200万作为

起拍价。几轮叫价后，陆清风最终以350万拍得海泉1号公寓房产。

陆清风见谢芷婠愁云满面，以为自己擅作主张惹她不高兴，便小声解释："本想买下来给你个惊喜的，我……"

"这么多钱，只怕是一时还不了你。"谢芷婠不愿亏欠他人，即便亏欠的对象是陆清风，她也想不夹杂任何情绪去相爱。

得知她并没生气，陆清风的脸上终于露出了笑容："那就留在我身边慢慢还吧，毕竟保护我也是有薪酬的。"

是啊，在与陆清风的爱情中，谢芷婠唯一能与他势均力敌的部分，便是她保镖的身份。

她抬头对上陆清风深沉的目光，郑重地说："哪怕赔上性命，我也会护你周全。"

如果爱上谢芷婠之前听到这句话，他并不觉得这话有任何问题，然而在爱情中，女人却说要保护男人，这多少让陆清风觉得别扭，于是佯装不悦："这句话应该是我对你说才对吧。"

没等谢芷婠回应，一名身着旗袍的礼仪小姐走上前，落落大方地提醒道："陆先生，麻烦您签署下拍卖成交确认书。"

陆清风点头示意，转而看向谢芷婠："先去取车，我很快下去。"

在礼仪小姐的引领下，陆清风走进办公室，此时拍卖现场的人也悉数散去，直觉中的危险人物并没有出现。

难道真是自己多想了？谢芷婠悬着的心这才悄然安定下来。

停车场的人不算多，谢芷婠很快便将车开到了酒店台阶旁，目不转睛地望着酒店出口处。

忽然她整个人被人用力扯住，定睛看去竟然是齐安。

谢芷婠终于知道那道令人不安的眼神出自谁了，齐安怒发冲冠的样子多了一丝陌生感，也失去了曾经亲近的感觉。

"为什么？为什么陆清风会买下我们的家？"齐安激动的情绪令谢芷婠有些发怵，彼此相处的十五年来，她从未见过他发火。

谢芷婠支吾着回应："不知道，只说是送我的礼物……"

"退给他！我们宁愿不要这个家，也不能接受陆家人的施舍！"

"哥，你告诉我到底发生了什么事，为什么一直针对陆清风？"

谢芷婠袒护陆清风的样子令齐安愤怒至极，他不顾形象地吼道："我父母入狱是陆展兴一手策划的，陆清风的父亲陆元培也涉入其中，他根本就是幕后主使，你以为陆清风让你做保镖是看中了你的能力吗？别傻了，陆家根本没有好人！"

齐安所有奇怪的举动在这一刻得到了解释，也让谢芷婧哑口无言，她木讷地望着远方，虽然面无表情，但内心却纠结成一团。

恍然间，谢芷婧听到有人叫自己的名字，循声望去是陆清风在远处朝她招手，两个人相隔着一条行驶道，他步履匆匆地朝她跑来，可她的视线中却多了一辆开足马力的汽车朝陆清风的方向驶去。

车与陆清风的距离越来越近，谢芷婧本能地想去救他，却被齐安拉住手臂，提醒道："你不记得我说的话了，生死由命，不要救他！"

谢芷婧极力挣脱束缚，被攥住的手腕似要碎裂般，她怒视着齐安，得到的是他惊人的话语："那我再告诉你，你父母的死也跟陆家有关！"谢芷婧呆愣住，渐渐放弃了挣扎，她不敢置信地与齐安对视着，犹豫着……就在同一时间，身后传来"砰"的一声闷响。

向来不拖泥带水的谢芷婧，这次是被齐安牵走的，她担忧地回头望着躺在地上的陆清风，像逃兵一样卑鄙地从他身边逃走，那份感情、那份纠结让现在的她无从选择。

另一边，李敏熙在报社社长那里得到一个惊人的消息。

"什么？社长您是说，十五年前游乐场爆炸案中的男性遇难者是……陆元培的司机？"

社长是年近六旬的行业老前辈，对此事也略有耳闻，沉入回忆道："当年我有位在电视台做记者的朋友，她跟踪过这条新闻，遇难的三个人中，一名女性是陆氏集团掌门人陆元培的夫人，另外两人是一对夫妻，男性据说是陆元培的司机。"

"那您还能联系上那位朋友吗？"

社长摇摇头："那位朋友几年前下海经商，听说已经定居国外，这么些年，早已断了联系。"

好不容易找到了些眉目，又突然断了线索，李敏熙不禁有些泄气，不过总算是有收获的，爆炸案遇难中的那名男性正是谢芷婧的父亲，李敏熙觉得应该让谢芷婧知道这个消息。

那时的谢芷婧正坐在齐安的临时住处，惴惴不安地接通电话时，便听见李敏熙火急火燎地说："芷婧你知道吗，我查到齐玉达和蒋婷是十五年前通岛儿童主题乐园爆炸案受害方的代理律师。还有，当年爆炸案中身亡的唯一一名男士，据说是陆元培的司机。"

# 第十一章 清风已回，你可安好

李敏熙说得隐晦，谢芷婳却听得明明白白。

代理律师！司机！看来没人比齐玉达夫妻更清楚十五年前爆炸事件的经过。

这件事非同小可，谢芷婳再次确认道："你确定吗？我之前在网上怎么也查不到相关新闻。"

"确定！"李敏熙郑重地回答，继续补充，"我找过同行前辈，去他们单位的资料室找过，但关于十五年前的爆炸新闻全都没有留存，幸好在我们报社资料室里找到了当年的相关报纸，我影印一份，晚些时候拿给你。"

挂掉李敏熙的电话后，铃声再次响起，佟骁埋怨道："陆总受伤了，你怎么不在身边？马上来医院！"

这一切谢芷婳都无言以对。

抵达医院时已是深夜十一点，谢芷婳在值班医生那里听到了陆清风的病情，因为车祸造成胸廓部出现皮下气肿，引起血胸。

隔着病房门，谢芷婳终是没了靠近他的勇气。病床上，陆清风脸色苍白、双眼紧闭，眉骨上有着明显的擦伤，冰凉的输液针头扎在他的手背上。

谢芷婳不忍再看，仿佛针头扎在自己的身上，她一路狂奔冲进安全楼梯处，在无人的地方，她终于不用再压抑自己的情感，瘫坐在地上，放声痛哭。

父母死亡的真相，养父母含冤入狱的背后原因，这些影响谢芷婳人生事件的矛头，如今全都指向了陆清风，那些纠葛横隔在两个人之间，如今于她而言爱情已成了奢侈，而她更恨自己的是，当听闻父母死亡与陆家有关时，自己竟连陆清风的安危都不顾了，她甚至开始怀疑自己对陆清风的爱中有几分真诚。

这应该是谢芷婳有生以来哭得最撕心裂肺、最毫无顾忌的一次……直到黎明时分，她的情绪才得以平静，只是医院的走廊上却传来阵阵骚乱，再探头看去，陆清风病房前围着好多人。

谢芷婳安定下的心再次揪起来，她跑到病房里，此时病床上空无一人。

她拽过一名随从，急切地问："怎么回事？你们不是一直守在这吗？"

"刚才有名护士说主治医生找我们，结果过去以后医生却在休息，再回来时陆总已经不知去向了。"其中一名安保忧心地解释道。

很明显陆清风是被人有预谋地强行带走了。因为自己的犹豫已经令陆清风受过一次伤害了，这次不论对方是谁，她都决心要救出他。

她边联系佟骁，边朝医院监控室跑去，从锁定传话护士，到监控拍到白色可疑车辆。为了尽快找到陆清风，谢芷婳决定求助师父辛泽良，通过他的一番打探，终于查到白色汽车的车牌挂在昆庭房产公司旗下，也就是蒋涛父亲的公司。

确定此事与蒋涛有关，谢芷嫱再也按捺不住，径直拨通蒋涛的电话，开门见山道："我知道陆清风是被你劫持走的，告诉我他现在在哪儿？"

蒋涛的笑声通过手机传过来，言语中透着轻浮："老地方，远北货仓，你来过的。"

谢芷嫱赶紧一路驱车前往远北货仓，在拐进前方弯道时，逆向车道上驶来一辆蓝色轿车，透过反光的玻璃，她依稀看到了陆展兴。

陆清风刚被抓，陆展兴就出现在远北货仓，看来此事又与陆展兴脱不了干系。但谢芷嫱实在想不通，陆展兴为何要帮着外人来害与自己有血缘关系的亲人呢？她真想追上去质问，可眼下最紧要的是陆清风的安危，追究陆展兴的想法只能作罢。

而此时货仓门口站着十多名流里流气的小混混，旁边停着一辆银色轿车，摇下的车窗里有个人正朝她悠然挥手，半卷起的袖子下露出大片青色文身。

看着那个人得意的笑容，谢芷嫱身体里充满怒火般剧烈地喘息着，一字一字，充满狠意地咀嚼着那个名字："蒋——涛！"

坐在副驾驶的蒋涛将身子趴在车窗上，左手臂打着石膏，一副戏谑的口吻道："小妹妹，想不到你还是陆大总裁的保镖呢，怎么……这么着急来救他吗？哦，对了，别怪我没提醒你，要是再敢报警，我保证你再也见不到陆清风！"

谢芷嫱知道因为齐安赌博的事件，蒋涛存心报复，如今竟波及陆清风，她满腔怒火根本无法平静，只想亲手抓住蒋涛了结此事。

2

蒋涛是坐在轮椅上被推进仓库的，谢芷嫱紧跟上前，却被一个染着黄发的男人伸手拦住，说："没有涛哥允许你不能进去！"

谢芷嫱只想快点见到陆清风，对于黄发男的话充耳不闻，她往前硬闯，那个人便后退着阻拦，一直到仓库门前，无计可施的黄发男突然推了下她，恶狠狠地叫嚣道："你这女人怎么回事，再不后退小心我对你不客气。"

谢芷嫱被推得踉跄后退半步，然而双眼却紧紧盯着仓库大门，整个人毫无预警地箭步上前抓住黄发男的右手三根手指，猛地向上用力压折。

黄发男疼得龇牙咧嘴地号叫着，终是断了阻拦谢芷嫱的打算，暗自撤到一旁。

仓库的大门是被谢芷嫱愤然踢开的，在正中间的空地上，十几个人将陆清风围住，他看上去很虚弱，双手被反绑，被两个人按坐在椅子上，左脸颧骨和嘴角浮现出斑斑瘀青，想来寡不敌众又大病初愈，他定是被折磨了一番。

等清风与你一起归来

看见谢芷婧，陆清风神情中透出一丝担忧，催促道："你来这干吗？快走！"

"哈哈哈……"蒋涛被人用轮椅推了出来，两条腿竟也打着石膏，脸上却是扬扬得意的表情："走？走去哪儿？她的心上人还在这受苦呢。"

蒋涛打量着谢芷婧："今天你可不会像上次那样好运了，要不你来亲下我，若让我心情好了，说不定就放了陆大总裁呢。"

听闻此话，陆清风火冒三丈，挣扎着伤病的身体要站起来，犀利的眼神死死盯着蒋涛："你敢碰她，我下次让你全身打石膏！"

蒋涛仰头大笑，挖苦道："就凭你现在这样吗？"他朝手下人努嘴示意，陆清风便重重地挨了一拳。

谢芷婧看在眼中，却不动声色，嘴角反倒挂着些许笑意，朝蒋涛走去："亲你？只是这样吗？"

"谢芷婧，你要干吗？"她可是陆清风至今为止唯一喜欢过的女人，所以他无论吃再多苦头，甚至丢掉性命，也不要心爱的女人用这种方式来救自己。

但谢芷婧并没有要停止疯狂举动的意思，她走到蒋涛面前，话音娇柔地说："我觉得这样还不够。"

身后的陆清风彻底抓狂了，嘶吼的声音震天响："谢芷婧你给我走，我不要你救！"他是真的不知道她在想什么，大概在场的所有人都猜不透吧。

可就在蒋涛痴痴地等待飞来的"艳福"时，落在嘴角的却是一记猛拳，拳头之重震得谢芷婧指关节有些痛。

至于蒋涛更是悲惨，捂住嘴吐出个白色物体，气冲冲地骂道："浑蛋，我刚镶好没几天的牙又被打掉了。"

看到这一幕，陆清风又喜又忧，喜的是他爱上的女人果然与众不同，而忧的是，打出去的这一拳，不知又会引起蒋涛怎样的报复。

果不其然，回过神的蒋涛眼放怒火，似要吞掉谢芷婧般："看来你俩还真是爱得不浅啊。"蒋涛指着自己打着石膏的双腿，又晃晃手里掉落的烤瓷牙，发狠地看向陆清风："我这身伤，今天就要向你讨回来！"

蒋涛的伤是陆清风造成的？这样的结果，谢芷婧实在没想到。未来得及弄清事情的来龙去脉，蒋涛的又一拨打手从仓库后门涌入，手中纷纷持有铁棍。

"谢芷婧，你还不走！"陆清风被两名打手按得死死的，眼看着二十多人朝谢芷婧攻去，心底的焦急与愤怒再也按捺不住，几声嘶吼，他终于挣脱束缚，旁边就是一片废旧的窗棂，边缘处还延伸出一片尖角玻璃。

# 第十一章 清风已回，你可安好

陆清风拼命跑过去，想用玻璃划开捆绑双手的麻绳，因为被反绑，根本看不到玻璃与麻绳的距离，他索性拼尽力气往锋利的玻璃片上凑，一下、两下……空气中渐渐弥散着血腥味，麻绳脱落的时候，陆清风的双手手腕已是血肉模糊。

至于谢芷婧，即便是海雷保镖学院最出色的女学员，可终究应对不了二十几名男性。她跌坐在地上，捂着受伤的左腿，脸上的伤口和瘀青已经遮住了原本的容貌，她被一群打手渐渐逼到仓库的墙壁旁，身体似乎碰到一条铁索，抬头看去，铁索连接着左侧四米高的悬空铁架，因为碰触，此刻正轻微地晃动着。

"蒋涛，你的地下赌场是我举报的，你的伤也是因为我造成的，想发泄就找我，放了无关的人！"陆清风语气稍有和缓，他只希望能把蒋涛的怒火引到自己身上。

这一切的确与陆清风有关。他搜集到蒋涛开设地下赌场的证据，匿名举报给公安局，在抓捕现场，蒋涛从楼上跳下逃跑时摔断双腿和手臂，待查清举报人身份后，在对峙时又被陆清风一拳打掉两颗牙齿。

所以，这笔血债，蒋涛势必要讨回来！

蒋涛从鼻腔中发出一声冷笑，显然并不接受陆清风的说法："她是你喜欢的人，怎么能说无关呢？既是你喜欢的人，我当然不能放过喽。"

在这个世界上，最撕心裂肺的痛，莫过于亲人离世，莫过于目睹心爱之人因自己受伤。而这两种，陆清风偏偏都已经历，那种被命运威逼的压抑感彻底爆发，他忍着自身的痛一把将蒋涛从轮椅上抓起来，咬牙切齿地警告道："放了她！"

蒋涛不以为然："还想打我？打呀！赌场被查我损失惨重，还影响到我爸的公司利益，现在我被我爸赶出家门，我已经破釜沉舟了！"蒋涛低声阴笑着，忽然命令道："你们别手软，好好招待这位妹妹。"说罢，将陆清风推倒在地，指使身边的打手对他一番拳打脚踢后才罢休。

围着谢芷婧的打手中走出一名手持铁棍的狰狞男人，谢芷婧尝试站起身，但受伤的腿实在无力支撑，就在她心灰意冷，铁棍即将落下时，有个飞驰的身影穿过人群，继而扑在她身前，而随着铁棍击打肩膀的闷响声，陆清风缓缓抬起头，抓着谢芷婧的手，感叹道："还好……还好你没事……"

看着陆清风因过度疼痛而眉头紧皱的脸，谢芷婧泪湿眼眶，而围在身前的二十多名打手却忽然吵闹起来，有人叫道："快走，有东西要掉下来！"

人群迅速散去，谢芷婧这才发觉头顶上的悬空铁架在来回摇摆，她奋力拖拽着陆清风，可为时已晚，随着铁索的滑落，硕大的铁架径直朝两个人砸来，谢芷婧神经紧绷，探身压在陆清风的后背上。

在"哐"的一声巨响后,谢芷婧只觉得身体里的五脏似震碎般地痛,她努力睁开眼,视线却一片模糊,耳边传来急促的警笛声、佟骁的呼喊声、打手们逃窜的慌乱叫声,以及陆清风悲痛而轻弱的唤声:"谢芷婧,谢芷婧,你不要睡。"

这一刻,谢芷婧才真正看明白自己的内心,能够为对方付出生命而无怨无悔,这不正是爱情吗?她救了陆清风,他还安然无恙,这就足够了。

她双眼微闭,气若游丝地呢喃:"哪怕赔上性命……我也会护你周全……"

话毕,谢芷婧紧抓陆清风衣摆的手忽而垂下,带着她向往已久的安宁,以这种令人痛心的方式,与这个喧嚣的世界一同回归平静。

3

医院手术室外,陆清风靠在玻璃门前,神情呆滞地望着窗外无尽的黑夜,那夜色黑得神秘又恐怖,如同他此时的心境一般。

卢塞伽伏击事件,加上此次遇袭,令佟骁大为震惊,连夜联系了保镖公司,雇用了十名顶级保镖,又派来二十名手下,守在手术室走廊的两侧。

还没来得及下班的涂菲菲也闻讯赶来,却被守在走廊上的保镖拦住。

涂菲菲扯了扯身上的白大褂和听诊器,反驳道:"我是这里的医生!"然后急如星火地冲到陆清风身边。

显然他还没清理伤口,脸上、衣服上尽是脏兮兮的灰土和血液的污渍,涂菲菲建议道:"你先回病房吧,新伤加旧伤你再倒下该怎么办?"

"手术怎么那么久?"陆清风直接忽视了涂菲菲的话,如今他在乎的、担忧的,除了谢芷婧,再无其他。

涂菲菲真的看明白了,陆清风与谢芷婧的确是真爱,而自己也真的彻底放下了陆清风,她不带任何妒意地安慰道:"放心吧,主治医生是我们的副院长。"

陆清风叹口气,身后传来一阵急促的脚步声。

"陆总。"处理完事情的佟骁赶到医院汇报情况,见涂菲菲站在旁边,不由凑到陆清风耳旁,"蒋涛以教唆杀人罪被捕,但矢口否认与人合谋,不过此事一定与陆展兴、陆岩脱不了干系。"

陆清风依旧毫无反应。也罢,只要谢芷婧不脱离危险,对陆清风来说,天大的事,也无关紧要。

那场手术,又是无比漫长的,从黑夜到晨曦,从等待到煎熬,从一个希望到另一个绝望……因为被铁架砸中后背,谢芷婧两根肋骨骨折,引起腹腔出血,虽然已脱离危险期，可依旧处于昏迷状态。

病房外的阳光晶莹明媚，透着秋季淡淡的余温，洁白色的窗帘随风悠然飘荡，如此静谧的景象，却令陆清风心境越发悲凉。

他一直寸步不离地守在谢芷婧的病床前，公司的事已全部交由佟骁暂为处理。然而等待的时间既漫长又痛苦，大部分时候，陆清风都是边抚摸谢芷婧的脸颊，边唤着她的名字。

那已是事发后的第五天，傍晚橘红色的霞光，穿过病房的玻璃，落在两个熟睡的人身上。恍然间，陆清风感到有人抓着自己的手，他猛然醒来，惊喜地发现谢芷婧双手在动，虽然还没清醒，口中却呓语不断。

陆清风捧住谢芷婧毫无血色的脸颊，轻声安抚道："没事了，有我在。"可话刚说完，他便突然意识到，不管是公寓失火、卢塞伽伏击还是这次仓库遇袭，每一次她深陷危险，都是因为有他在身边。

"清风……"谢芷婧双眼紧闭，嘴中还在说些什么。陆清风以为她哪里不舒服，刚将耳朵贴上前时，恰好听到谢芷婧呢喃的话语："在清风……和煦的时节里，我……我会回到你的身边……"

在清风和煦的时节里，我会回到你的身边。

虽然谢芷婧语速轻缓又断续，可陆清风还是听得清清楚楚，心中不由一惊。

这句话是他十五年前说给一个受伤女孩的，他忘不掉十五年前那场吞噬母亲生命的爆炸事件，也忘不掉小女孩那恐惧又无助的眼神。

陆清风紧紧握住她的手，惊喜又心疼："芷婧，是你吗？"

昏昏沉沉中，谢芷婧听到个熟悉的唤声，那被抚摸过无数次的脸颊上，忽然落下一滴滚烫的液体，她努力睁了睁双眼，昏暗的室内让视线有些模糊，再定睛看去，一个眼眶微红的男人正在注视着自己，她抬手抹去男人脸上的泪痕，声音轻弱："陆清风，你哭了？"

陆清风清浅而笑，弓身凑到谢芷婧耳边，反问道："清风已回，你可安好？"

"……"谢芷婧怔怔地望着他，捉摸不透这句话的含义。

陆清风轻轻揉开她冰凉的掌心，温柔地说："在清风和煦的时节里，我已回到了你身边。陆清风回到谢芷婧的身边。"

谢芷婧眼底闪过莹莹泪光，激动着刚要起身，却牵动肋骨骨折的地方，痛得不由得喊出声。

"你起来要干吗？"听她吃痛的叫声，陆清风恨不得受伤的是自己。

对于谢芷婧来说,十五年前的那个少年,犹如一道阳光,给了她面对伤痛与死亡的莫大安慰与希望,这十五年来,她多想在梦中看清楚少年的模样,但记住的终究只有那句话而已。

她对少年有着无限的遐想,而那个"他"刚好就是陆清风。谢芷婧不知该不该庆幸,只想抱一抱他。

"所以你母亲也是在十五年前……"谢芷婧不忍再说下去。

陆清风点点头,忽然俯身抱住她,说:"不聊这些了,此刻没有什么是比你能醒来更重要的。"

他不愿提及,她便不再多问。不过,入院前的种种画面突然闪过脑海,谢芷婧心神一震:"我在远北货仓的门口见到了陆展兴,你要小心他。"

说到陆展兴与此事有关时,陆清风并不觉得惊讶,他解释道:"我一早便知他俩有勾结,甚至查出辉山强行损毁居民楼房和攻击我的人,都是陆展兴、陆岩和蒋涛安排手下做的。"

谢芷婧恍然大悟:"所以你才去对付蒋涛?"

"不,本来不想这么快打草惊蛇的。"陆清风说得云淡风轻,语气中满是宠溺,"我都舍不得碰一下的女人,那个蒋涛却把你弄得遍体鳞伤,我怎么能饶了他?"

陆清风怜惜的眼神,看得谢芷婧有些不自在,原本惨白的小脸上,这会儿才羞出诱人的红色。

可这幕却让陆清风忽而板起脸,一把扯掉她挡在脸上的被子,似开玩笑又极其严肃:"谢芷婧,你那天准备亲蒋涛前的样子,也是这样娇柔!"

听出他在吃醋,谢芷婧辩解道:"可是并没亲呀。"

"那也不行!"陆清风突然眉头微皱,霸道又温柔地看着她,"那种娇柔的样子,只准对我表现,其他男人统统不行!"

谢芷婧咬唇浅笑,脸颊笑出两个迷人的酒窝,陆清风真想亲上一口,可又怕弄疼了她的伤口,最终还是忍了下来,只是将手臂放在她头下。

那一夜,她在他臂弯中,以一种奇怪的姿势安然入睡。他望着漆黑的夜色,那璀璨的繁星美不胜收,再望一眼怀中的人儿,不管是十五年前,还是十五年后,他都觉得,缘分如此,甚是奇妙。

幸好,这份得来不易的爱情,没有在漫长的时光风雨中迷路。他爱上她,也认定了她,那他便下定决心且尽其所能地去爱她。

## Chapter ⑫ 第十二章
## 离你最近的地方,路途最远

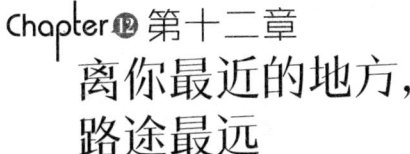

她凝望着他高大的身影,忽而觉得命运真的很奇怪,它会让两个毫无交集的人,在某时某地相遇、错过,也会在若干年后,命中注定般让彼此再相遇、相恋,正应了那句诗的意境,在离你最近的地方,路途最远。

## 1

因为远北货仓遇袭案事关重大,消息一出,大批媒体记者堵在瑞曼公司和公寓外,只为采访到陆清风。

此时的通岛市已进入初冬,在休养期的谢芷婧每天将自己关在公寓内,她生怕自己被拍到照片后,又不知给陆清风带来多少八卦新闻。

那时,谢芷婧大病初愈,卢塞伽度假村的修建也步入正轨,闲下来的陆清风亲自下厨熬骨头汤、滋补汤,鸡鸭鱼肉,逼着她全部吃掉。那两个月,谢芷婧真就忘却一切烦恼般,只沉浸在两个人的幸福里。

而齐安得知谢芷婧在远北货仓事件中身受重伤,已是一周后。

那日,天空阴沉得仿佛要塌下般,冷风吹动街边已无落叶的枝丫,萧瑟无比。

齐安站在人来人往的街头,手中的一叠资料被攥得皱巴巴的,眼神中充满恨意与一抹悲伤:"谢芷婧,这次无论如何,我都会把你带回来!"他对自己说道。

两个月的时间稍纵即逝。但齐安再次于谢芷婧面前出现时,她觉得一切都恍如隔世,那个曾经最宠爱她的哥哥,似乎已不复存在了。

公寓的铁门将兄妹二人阻隔起来,齐安沉默半天,开口问道:"伤都好了吗?"

"是,都好了。"谢芷婧语气僵硬,好像阻挡在面前的不是铁门,而是一道极深极远的鸿沟。

齐安捏着资料的手微微颤抖着,态度变得强硬:"离开这个公寓,离开陆清风,谢芷婧你跟我离开这里,我来保护你,我们像以前一样生活,你跟陆清风不能在一起,你们不会有好结果的。"

没等谢芷婧做出回应,一阵刺耳的刹车声打破两个人之间的僵局。

陆清风满脸不悦地走出车门,充满敌意地看着齐安:"好结果是需要两个人用心经营的,不是用嘴说说而已,你来这干吗?"

齐安极不友善地冷笑几声,义正词严道:"来看我妹妹你管得着吗?还有,我要带谢芷婧离开这里!"

话音刚落,齐安就去推那扇铁门,却不想陆清风反应更激烈,一个箭步挡住去路,怒气冲冲地拽住齐安的衣领。

齐安也被激怒了,扯住陆清风的领带,两个人互不相让,僵持不下。

"她留在这里,除了让她置身危险当中你还能给她什么?"齐安嘶吼着,将长久以来压抑的内心情绪全都咆哮而出。

"我喜欢她,我就会保护她!那你又能给她什么?连阁楼租金都付不起,还

# 第十二章 离你最近的地方，路途最远

被房东赶了出来，你难道要谢芷婧跟你一起睡马路？"丧失理智的陆清风将这几日调查到的齐安的状况，一股脑全都说了出来。

齐安无话反驳，愤而将手里的资料丢到陆清风怀里，怒吼不断："那也好过你们肮脏的陆家人！"

两个人怒火中烧时，阴霾的天空响起几声闷雷。

陆清风怔怔地松开手，死寂般的眼睛瞪着齐安。

齐安此次前来，就准备将查到的真相全部说出。他认为，只要说出真相，就能让谢芷婧彻底断了对陆清风的念头，他指着散落在地上的资料，说："我父母之所以被抓，完全就是陆展兴陷害的。"

"那你应该去找陆展兴或是陆岩发火。"陆清风冷言冷语。

"可这件事是你父亲当年惹下的祸根！而且当年通岛儿童主题乐园也是陆氏集团旗下的产业！更何况，十五年前谢芷婧的父亲就是你爸的司机！爆炸案跟你们陆家脱不了干系！"齐安话锋一转，巧妙地将齐玉达入狱和十五年前的爆炸案穿引到一起。

"哥，我亲生父亲的事，你是如何知道的？"谢芷婧的问题，让齐安忽而怔住。

其实，齐安一早就知道，甚至比李敏熙知道得更早。

幼年时，齐安便下定决心，要帮谢芷婧找到亲生父母的下落，一直以来他都没放弃过寻找，即便不知道名字、没有任何照片。直到齐家出事后，齐安着手调查父亲受贿案的真相，他几次潜入二十五楼的总裁办公室，原本以为陆清风与陆展兴相互勾结，想要找出证据，不想却意外看到陆清风抽屉里的照片，不过是儿时陆清风与父亲的合影，但坐在汽车驾驶室的男人引起了齐安的注意，因为这个男人的照片他曾在父亲齐玉达的旧案文件夹中看到过，尔后几经询问查找，才得知该司机已于十五年前通岛市儿童主题乐园爆炸案中死亡，那时齐安便大胆推测出陆家司机很有可能是谢芷婧的亲生父亲。

齐安不知如何解释，转而继续逼问陆清风："即便这样，你也能说出喜欢谢芷婧的话吗？"

陆清风望了眼同样震惊的谢芷婧，又看向齐安："我从没放弃过调查十五年前爆炸案的真相，你到底还知道多少？"

"比你想象的多些。"见陆清风备受打击，齐安咄咄逼问道，"你说你喜欢她？如果一切真和你父亲有关，你又该怎样选择？"

"不管是谁，我绝不包庇！"陆清风没有逃避齐安犀利的眼神，坚决又果断

的一句话，让齐安哑口无言。

两个男人的沉默对峙还没结束，天色便已骤变，飓风夹杂着沙尘使得整座城市陷入一片暗黄的混沌中，沙砾落在脸上刺痛难受，又睁不开双眼。

"台风来了，先进屋避一避！"谢芷婧上前抓着两个人朝公寓跑去。

虽然开着灯，可公寓的客厅里，光线依旧昏暗。

三个人端坐在沙发上，谢芷婧也很好奇齐安找到了什么证据，于是率先打破沉默："哥，你还知道什么？"

齐安打量着谢芷婧，问："你真的喜欢他，无论结果怎样？"

经过种种事件后，谢芷婧比任何时候都更清楚自己对陆清风的感情，爱就是爱，即便有再冲击的事件也改变不了她对他的感情，更何况他也是受害者，上一辈的恩怨不该由他们来承担。

谢芷婧沉默片刻，郑重地点头："无论什么结果，我都会在他身边！"

齐安的眼神再次落在陆清风身上，问："不管是谁，绝不包庇！你真能做到？"

"是！不管是十五年前的爆炸案，还是陷害你父母的真相，无论真凶是谁，我绝不包庇！"

陆清风说完，齐安将一个U盘放在桌上，解释说："这是从邱明那里得到的。"

陆清风在电脑上打开U盘，里面包含两个文件，分别是齐玉达的银行账户，以及一段邱明与陆展兴的录音文件——

"把这笔钱秘密打入齐玉达的银行账户里，再匿名举报他和妻子受贿。"

"这不好吧？"

"让你做你就做，有事也是陆元培承担，反正十五年前的事，他也脱不了干系！"

音频文件在这三句话后戛然而止。

客厅再次陷入沉默，屋外呼啸的风声如同三个人惴惴不安的内心，各怀心事。

想来邱明真是城府极深，一面替陆展兴办坏事，一面又留下证据。当初邱明被开除后，虽也怀恨在心，可并没有恨到要害陆清风的地步，如果不是被陆展兴以恢复职务为由怂恿着，邱明断然不敢持刀行刺陆清风。而事实证明，陆展兴不过利用邱明罢了，不仅没恢复邱明的职务，甚至在他被抓后都不肯帮忙找律师。一心只求鱼死网破的邱明，自然要将陆展兴的丑事全盘托出。

这段录音的确是很有力的证据，陆清风不解地看向齐安："这应该能帮助你父母的案子提出再审程序了。"

## 第十二章 离你最近的地方，路途最远

"可我还没弄清楚这件事跟十五年前爆炸案的关系。"齐安收起U盘，起身看向谢芷婧，"不管何时，我都是你哥哥，我不想你受伤时，自己却一无所知，有事随时打电话给我。"

齐安没有再逼着谢芷婧离开陆清风，在她坚定的眼神中，他便知他们之间的爱，只能局限在亲情以内了。

此时，夜幕降临，台风风力不减，倾盆的暴雨击打着城市的角角落落，谢芷婧不忍齐安就这么离开，突然唤道："哥，等台风停了再走吧。"

谢芷婧拧眉望向陆清风，微咬下唇。陆清风耸耸肩，对她可怜兮兮的模样毫无抵抗力，点着头，说："你决定就好。"

这一幕被齐安看得真切，向来只对自己撒娇的谢芷婧，如今身边多了个陆清风。

她幸福，作为哥哥本该祝福，可偏偏那毫无血缘的亲情，又给了齐安种种幻想，而齐安也不知是出于何种心态，在谢芷婧的一再挽留下，真就答应了在此住一晚。

公寓里倒是有空房间，但都堆放着杂物，又没可睡的地方，齐安环顾了下客厅，毫不介意地说："这不有沙发吗？"

听闻齐安要睡在客厅，谢芷婧心慌不已，万一陆清风晚上梦游被哥哥发现……她不敢再往下想，匆忙解释："我的伤还没好，床太硬睡得不舒服，你去我房间吧，把这留给我。"

齐安当然不肯，却被谢芷婧不由分说地推进了卧室。

客厅终于恢复了令人舒适的安静，谢芷婧望向二楼陆清风的房间，长长地舒了口气："希望今晚你能好好睡一觉。"

谢芷婧朝阳台走去，刚关好门窗准备穿过小走廊回去休息时，整个人突然被一股大力拉进了黑暗的房间中。

谢芷婧整个后背都靠在一处冰凉之上，慌乱中用手摸摸身后的铁片，她意识到这里是陆清风的健身室，自己则被压在了健身器材上。而黑暗中，根本看不清那个人的面容，巨大的恐惧袭上心头，她拼尽全身力气用手臂勒住对方的脖颈，口中喊道："陆清风、哥快来帮忙。"

话音刚落，一个痛苦的声音在黑暗中传来："我我我……就是……陆清风。"

谢芷婧匆忙松开手臂，机警地打开照明灯，果然看到陆清风揉着脖子大口喘息着，她不禁疑惑他的举动："为什么拉我来这里……"话未说完就被扼制在喉咙里，一个猛烈而强势的吻堵住了她的双唇，她越挣扎，那人吻得愈加用力。

"谢芷婧……"恍惚间，陆清风怜惜地唤了声她的名字。

等清风与你一起归来

"陆清风,你怎么了?"今天的他实在太反常了。

"我怕会再次失去你。"陆清风低沉地说,她双手附在他胸前,问:"怕什么?"

没错,霸道总裁陆清风怕了!他怕齐安的出现,会使谢芷婧的情感动摇,因为男人的直觉告诉他,齐安对她不仅仅是兄妹之情;他也怕十五年前害死谢芷婧父母的真相,真与自己父亲有关;他怕真相大白之后,她因此而怨恨他,也怕自己无法面对她,虽然在齐安面前,他表现得那般英勇。

如果真相真逃不过命运的玩笑,他们的爱情真的就要就此了结的话,那么至少,他要在真相来临前,让谢芷婧知道,他有多爱她!

彼此凝视许久,见陆清风并不回答,谢芷婧扯了下他的衣领,说:"不管你怕什么,我会一直站在你身边。"他不需多言,她便知他所想,陆清风放在谢芷婧腰上的手臂忽然一紧,再次深吻下去,不给她任何喘息的间隙,而所有的回答都尽在这个吻中。

这一次,她没有再抗拒,僵直着身子接受了他的吻,而他宽大的手掌用力地按压在她后背上,恍然间,他收回那个吻,厚重的喘息夹着他坚定的声音:"我一定会为你查出真相,不管是谁!"

谢芷婧感觉到陆清风的执念与异常,轻轻推开他,声音柔腻又坚决:"我喜欢你,不论发生过任何事都不会改变。"

陆清风捏住她的下巴,刚想再递上一吻时,门外忽然响起唤声:"芷婧,芷婧,你是不是叫我了?"齐安不合时宜的声音,吓得两个人从健身器材上摔了下来,却又忍痛不敢出声,直到齐安再次回到卧室。

而两个惊慌失措的人,也只好悻悻离开那间令彼此脸红的健身室。

那一晚,风雨依旧,但公寓里的三个人却看似平静。

台风过后的第一个清晨,谢芷婧是被"滴滴答答"的响声吵醒的,望眼窗外,风雨似已停息,只有屋顶上残留的雨水顺着屋檐往下落。

谢芷婧起身环顾四周,二楼的卧室房门紧闭,看来陆清风这一晚并没有异常,而想到陆清风时,昨晚在健身室的火辣一幕又重新浮现在脑海中,她摩挲着嘴唇,只觉喉咙干燥得难受,匆忙去餐厅倒了杯凉开水,刚喝两口便听到可疑的声响。

"嗯……压得我喘不过气了……"卧室中,传来齐安睡梦中慵懒的声音。

谢芷婧轻手轻脚地走到门前,敲了三下门后,见没什么反应,便伸手推开了

条门缝，而此时卧室里又传来另一个不清醒的声音："谢芷婧……我喜欢你……"

闻声，谢芷婧心底一惊，猛地将门推开，只见狭小的单人床上，齐安反身被陆清风抱住，许是被压得难受，齐安满脸不悦地转过身，双手竟也环抱住陆清风，语气甜腻腻地回道："嗯，我也……喜欢你……"

也不知是被齐安的话吓到了，还是被两个男人相拥睡在床上的画面惊到了，谢芷婧手一抖，玻璃杯"砰"地落在地上，摔得粉碎。

晨曦中这声清脆又刺耳的响声，终于唤醒了齐安，他睡眼惺忪地瞥了眼谢芷婧，招招手："好久没在这样的早上看到你了。"话音刚落，齐安竟然发现自己怀中还睡着个人，顿时困意全消，他一把扯下怀中人身上的被子，迷迷糊糊的陆清风穿着不合身的女士 Hello Kitty 的睡衣，一双大手还在齐安的胸前摩挲着。

"啊！"被惊呆的齐安，声嘶力竭地吼着，抬脚将陆清风踢下了床。摔疼的陆清风也苏醒了过来，扶着床边满脸无辜，又不知如何解释。

面对这混乱的一幕，当数齐安最不淡定，没整理好思绪的他足足愣了三分钟，忽然手指着陆清风："这衣服不是谢芷婧的吗？你这个变态！幸好昨晚是我睡在这个房间，不然我妹妹就……"后面的话，被齐安重重的拳头所代替，两个人瞬间倒在地上，扭打在一起。

"我们早已确定关系！"

"我是她哥哥，要经我同意才行！"

"你们两个住手！"对于陆清风梦游的秘密，谢芷婧无从说出口，只能大声制止他们幼稚的打架行为。

不过毫无用处。两个男人像小孩般吵嘴、揪打的场面依旧在持续，她实在看不下去了，带着一脸心累的表情走出了卧室。

谢芷婧独自坐在沙发上愣神，想着方才的种种，嘴角竟也不自觉地露出了笑意。

"我的人生，还真是精彩啊。"谢芷婧摇头叹息。

2

通岛市北部的琼园州庄别墅区，是全市最奢华、最顶级的富人居住区。

那是谢芷婧第一次来这种地方，别墅区内山水环绕，环境极其雅静，车子继续前行，最终停在一处欧式风格的别墅前，自动铁门上长满了郁郁葱葱的藤蔓，鹅卵石铺设的小道两旁镶嵌着金色地灯，园中摆放着一株株用水晶花盆栽种的茉莉花，由此可见，别墅的主人是极其讲究生活品质的人。

"跟我一起进去吧。"陆清风解开长风衣的纽扣,大步朝后园走去。

谢芷婧好奇地跟在他身后,穿过一片小花圃,又绕过室外泳池,这才走到别墅的正门。

陆清风推门而入,身穿制服的管家和十名女佣站于两旁,齐刷刷地九十度鞠躬,毕恭毕敬地齐声道:"少爷好。"

少爷?也就是说,这里是陆清风真正的家——陆家别墅。

发觉身后没有了脚步声,陆清风回身看去,发现谢芷婧站在门口处,正出神地盯着某处发呆。

"怎么不进来?"

不知何时,陆清风走回到她身边,语气轻缓,生怕吓到她。

谢芷婧双眸闪烁,努力挤出个僵硬的笑容:"你与父亲交谈,我这个保镖跟着算什么,在这等你便好。"

与她躲闪的眼神不同,陆清风始终用坚定的目光看着她,半晌开口道:"不要再强调什么保镖了,我现在能相信的人只有你,也只愿意相信你。"陆清风说完,牵起谢芷婧的手走进别墅内。

走过一段长廊,陆家别墅的大厅才真正出现于眼前。

宽敞明亮的客厅,不论家具陈设还是装修饰品都堪称华丽。造型奇美的水晶灯映照着壁柜上价格不菲的藏品,瓷器、玉屏风、梨花雕木……谢芷婧一一望去,随后发现陆元培坐在沙发上,正面无表情地盯着自己被陆清风拉住的手。

她紧张地想要抽回手,却被陆清风攥得更紧。

毕竟是父子,陆元培不想当着外人的面与陆清风争吵,干脆倚着沙发背闭目养神,漫不经心道:"当初发誓再也不踏进陆家房门一步的人,今儿是被什么风吹来了?"

"不过是查到些十五年前的事,感觉应该知会您一声。"陆清风说得隐讳。

可听到"十五年前"四个字后,陆元培猛地睁开眼睛,对陆清风怒目而视。

客厅的气氛突然变得异常紧张,就在父子俩较劲的时候,魏然手持血压器从二楼走下来,看见陆清风和谢芷婧,先是一愣,随即点头示意一番,又将视线落在陆元培身上,问道:"先给您检查下血压吧。"

陆元培右手抬在半空,言语冷淡:"今天就到这,魏医生先回去吧。"话毕,起身望了眼陆清风,说了句"跟我来下书房"后便径直上了二楼。

被下了逐客令,魏然只得收拾好药箱离开,却在与陆清风擦肩而过时被叫住。

# 第十二章 离你最近的地方，路途最远

"这样频繁出入陆家别墅，不太好吧？"陆清风对魏然的态度向来不友善。

而魏然也并不在意，笑言道："我只是在尽一个家庭医生的职责。"

陆清风扫了眼魏然，拉着谢芷婠就朝楼梯方向走去。

此次来陆家别墅，陆清风只有一个目的，那就是弄清楚十五年前爆炸案的经过，谢芷婠怎会不明白他的心思。

二楼走廊上，谢芷婠突然抓住陆清风的手臂，解释道："对你父亲而言，我毕竟是个外人，别让他难堪。还有，我在这等你，不论发生何事。"

陆清风点点头，走进长廊尽头的书房。

那时，谢芷婠紧绷的神经才稍有放松，她顺着柔软的地毯走去，廊墙边上每隔一间房门口便摆着两盆茉莉花，因为天气渐冷，花苞早已凋谢，只剩下深绿色的叶片，而正中间的墙上悬挂着两个相框，其中一张照片里，十一二岁的陆清风被一名神态恬静的女人抱在怀中，身后是五彩斑斓的旋转木马。

这张照片谢芷婠曾在陆清风的卧室见到过，至于另一张，陆清风看上去更年少些，手里还拿着玩具汽车，站在他旁边的是黑发年轻的陆元培，父子俩并无亲昵的举动，彼此间隔得很远。

想来，这父子两人的关系从十五年前就已破裂。

谢芷婠仔细打量着照片，忽然看到父子俩身后的汽车驾驶室内，坐着一个男人。虽然照片泛旧模糊，可那个人的轮廓在她看来，既陌生又熟悉。

她用手轻轻触摸着相片，讷讷地唤了声："爸……"

随着这声再也不会有回应的呼唤，谢芷婠终是湿了眼眶，在这漫长的十五年里，亲生父母的模样早已因那场爆炸的后遗症模糊不清了。但好在，模糊的记忆并没有消失，父亲的影像，让她想起更多关于十五年前的画面——

彼时，2000年，冬季。

一场大雪过后，银装素裹的通岛市美丽而祥和，在一处普通的居民小区前，有个扎马尾的小女孩在堆雪人，老远的距离外就有个人朝她跑来，口中喊着："芷婠，看爸爸给你拿了什么回来？"

此人便是谢芷婠的父亲谢俊川。他搂着女儿，晃动手中的门票，欢喜地说："爸爸工作的地方发放福利，送了三张儿童主题乐园的门票，我们一家一起去好不好？"

那时的谢芷婠依偎在父亲的怀中，笑容无比灿烂。

然而，正是那三张门票，彻底摧毁了这一家人平凡的幸福。

三天后便是年末的最后一天，主题乐园中的小广场上，聚集着许多欢度跨年

夜的年轻人，而坐了几圈旋转木马的谢芷婳因为看到了好玩的过山车，吵闹着被父母抱下了木马。就在那时，于他们身后十米的地方，突然一声巨响，火光冲天、浓烟滚滚。

九岁的谢芷婳被父母护在身下，倒地的瞬间，头部撞在了铁栅栏上血流不止。模糊的视线中，只能看到人们尖叫逃跑的场景和母亲痛苦的面容，她独自躺在地上，伤口的痛感和越发不清醒的意识，让她害怕极了。直到小小年纪的陆清风，抓着她的小手，在耳边说出"在清风和煦的时节里，我会回到你的身边"后，恐惧的内心才得以平静。尔后，她从医院醒来时便记不得当时发生的事，稀里糊涂地被齐玉达夫妻二人领养回家了。

谢芷婳陷入冗长回忆里的思绪，是被玻璃破碎的巨响拉回现实的。

此刻的陆家书房里，陆元培愤怒至极地咆哮着："你竟敢威胁我！我可是你父亲！"

"父亲？我从未得到过父爱，所以这个词对我没有任何意义。"陆清风苦笑一声，用手机播放了一段邱明与陆展兴的对话录音，质问道，"十五年前的事为什么你脱不了干系？还是说那场爆炸根本就是你策划的！"

陆元培被气得怒火中烧，双手按在桌子上以此支撑着身体，狠狠反问道："我说没有，你为何从来不信？我在你眼里就这么不择手段吗？"

"因为你的做法，让我无法信服！"压抑许久的陆清风红了眼，每句话都如同利刃，极尽残忍地插在陆元培的心上。

一番激烈的争吵后，父子俩都冷静许多，陆元培望着儿子，再也没了方才的愤然，无奈地解释道："你要知道，除了父亲、丈夫的身份外，我还是陆氏集团的掌门人。"

"所以，母亲做了什么错事，你要害她丢掉性命？"

"我没有！全都是陆展兴做的！"对于儿子的一再误会，陆元培崩溃地说出了这个被自己掩盖了十五年的真相。

此事与陆展兴有关，不足为奇，陆清风走上前，眼神执着地盯着父亲，问："真相到底是什么？不要再瞒我，即便你不说，我也一样会查清楚！"

陆元培一时脚下不稳，泄气般地瘫坐在转椅上，深吸一口气后，终于决定开口说出十五年前的真相："那场爆炸其实针对的是我，我也是日后才查到陆展兴私买炸药的事情，虽然没找到什么证据，但好在当年替他制作炸弹的人，在重病后给我寄了这封坦白信。"

## 第十二章 离你最近的地方，路途最远

陆清风接过那张泛黄的信纸，信中写了陆展兴委托其制作土制炸弹的详细原因，他不解地看着父亲："既然如此，你为何不报警，还处处包庇陆展兴？"

"我说过，除了丈夫、父亲的身份外，我还是陆氏集团的掌门人！"陆元培的眼神突然变得犀利，"陆展兴毕竟是我亲弟弟，当年陆氏集团正值发展期，如果爆出弟弟用自制炸药害哥哥的负面新闻，公司必然会毁于一旦。更何况，当年我受他威胁，根本别无他法……"

原来，在十五年前，陆展兴生意失败，又染上赌瘾，不过半月时间便输得倾家荡产，妻子更提出离婚，为了躲避追债人，陆展兴再次向陆元培伸手借钱，而在此之前，陆元培早已替其偿还千万元的赌债，但陆展兴本性难改，再苦求陆元培无果后，贪欲倍增，竟然想要陆氏集团的股份。

即便是亲兄弟，可深知陆展兴是个败家子，陆元培怎会轻易拿出自己亲手创建的陆氏集团的股份呢，于是果断拒绝，并表示日后再也不会给陆展兴一分钱。

贪婪之人必定有穷凶极恶的一面，被追债人逼到绝路上的陆展兴，这才有了在车中安装土制炸弹的念头，不过当年他并没有要置陆元培于死地的想法，只是想给亲哥哥一些警告，但制作炸弹的人却弄错了化学品分量。更阴差阳错的是，那日陆清风跟母亲临时决定去参加跨年活动，这才开了陆元培的汽车，酿造了2000年那场惨烈的通岛儿童主题乐园的爆炸案。

深爱的妻子离世，陆元培悲痛之余暗中彻查此事，虽然查到事情的真相，也打算报警，可陆展兴早有准备，拿着陆元培创建公司之初进行非法经营的罪证做筹码，要挟他帮自己隐瞒爆炸案的真相。

"不管是爆炸案，还是参与非法经营，不管哪个公之于世，你的陆氏集团都会受到重创！"

那时，陆展兴就是用这句话，牵制住了哥哥陆元培。甚至这十五年中，陆展兴贪欲越来越大，并以此要挟当上了瑞曼负责人，却把公司搞到严重亏损，还假借公司之名在外敛财，而这些，陆元培看在眼里，却也只得默不作声。

回忆完这一切，陆元培如释重负，摸着满头白发说："真相我已经告诉你了，你就不要再怪我了，回来接手集团吧，我老了……"

"既然公司那么重要，你就好好守着它吧，我和母亲永远也不会原谅你！"一直以来都迫切想要知道真相，如今得知后，陆清风的内心凄凉得难受，他转身离开书房，却在踏出房门的时候，双眸与谢芷嫣对视上。

两个人距离不过三四米，但那哀痛欲绝的眼神犹如被千山万水阻隔般。

陆清风神情黯淡地看着谢芷婧，幽幽开口道："如果那天我没去主题乐园，也许你会很幸福吧，终究还是因为我。"

谢芷婧尴尬地避开他的视线，只说了句"走吧"后，便走下了二楼。

回去的路上，两个人都沉默不语。谢芷婧望了眼车窗外，熟悉的地方让她有些惊讶，直到车子停在了海泉1号公寓前，她诧异地问："齐家公寓，为什么来这里？"

陆清风淡淡笑道："能为你做的，我都想试着做到。"

他眼中闪过一丝内疚，谢芷婧看得真切，也明白他的心结，她握住他冰凉的手，安慰着："你也是那场事故的受害者，所以不必自责。"

她原本以为，只要做好了心理准备，自己便能承受十五年前的真相，可当真相真正来临时，她才发现心结一直都存在，她无法做到平静如初，也无法去原谅事故的主导者，但至少她知道，爱上陆清风，她从未后悔！

### 3

不过夏去冬来，短短数月，齐家公寓已物是人非。

谢芷婧推开房门，原本其乐融融的四口之家，此刻空荡荡的令人悲伤，她环顾下四周，缓缓朝楼梯下的储物室走去，许久未经人打理，木门一推便落下层层尘土，储物室不大，之前一直是齐玉达存放不用的书籍或杂物的地方。而今，角落里除了堆放着几个空箱子外，别无他物。

谢芷婧心中空荡荡的，转身要离开时，脚下忽然踩到什么硬物，低头一看，是一本泰戈尔的诗集《吉檀迦利》。

这是齐玉达最喜欢的书，在谢芷婧和齐安尚年幼的时候，每晚下班回家后，父亲都会抱着兄妹两人念上一段。

掀开书的扉页，是齐玉达刚劲有力的字迹：离你最近的地方，路途最远。

谢芷婧并不是会耐住性子看书的女孩，但每每读到这句诗，都会觉得它既美丽又感伤。而她，又是那么怀念与齐安一起生活在齐家公寓里无忧无虑的时光。

走出齐家公寓时，陆清风正站在车边打电话，她凝望着他高大的身影，忽而觉得命运真的很奇怪，它会让两个毫无交集的人，在某时某地相遇、错过，也会在若干年后，命中注定般让彼此再相遇、相恋，正应了那句诗的意境，在离你最近的地方，路途最远。

谢芷婧摩挲着诗集，不经意间从书页中掉落一张照片，她捡起一看，照片中的三个男人，依次是齐玉达、谢俊川、辛泽良。

养父、父亲、师父，他们竟然多年前就认识，而看照片中三个人互相搭肩的姿势，似乎关系很好。

"芷婧，在看什么？"通完电话的陆清风见她在发呆，不禁好奇地问道。

听闻唤声，谢芷婧匆忙将照片和书塞回包内，强颜欢笑着："没什么，看你在通电话，没好打扰你。"

陆清风叹口气，面色凝重："打给齐安的，已经告诉他十五年前的真相。"

谢芷婧一怔，她没想到陆清风会告诉齐安，毕竟涉及陆氏集团的利益与声名，不由得替他担心："你父亲怎么办？"

"陆家人害你家破人亡，你还要担心他吗？"陆清风心疼地看着她，又满心愧疚地低下头，说，"我答应齐安，我一定会揭发真相的。"

这一刻，谢芷婧更加体会到台风之夜陆清风所说的"害怕"了。毕竟，真相的一方有他的亲生父亲。

原来，有些事真的无法当作没发生，十五年前的爆炸案，就像遗留下的丑陋伤疤，无时无刻不在提醒两个人，他们的父辈都纠缠在一场纷乱的旋涡中。

但谢芷婧讨厌这种陌生又尴尬的感觉。

忽然，陆清风低垂的脑袋被她捧在双手中，温暖又充满力量，她努力踮起脚尖，粉嫩的双唇在他俊美的脸颊上轻啄一下，低语道："谢谢你，一直在我身边。"


隔日午休时间，海雷保镖培训基地的训练场上，传来训练员阵阵整齐的口号声，谢芷婧坐在休闲餐厅一角，隔窗望去，只觉感慨万千。

"你怎么有空过来？"辛泽良由餐厅门口一路小跑而来，端起谢芷婧点好的咖啡品了两口，赞叹道，"还是你了解师父，这不加任何添加物的黑咖啡，最是香醇，就像第一次见面的人，却倍感亲切般。"

"师父第一次见我，也是倍感亲切吗？"

"什么？"辛泽良没听明白她话中的意思。

谢芷婧将视线从窗外收回，定神看着辛泽良，再次问道："不知师父每次见我，会是怎样的心情呢？"

辛泽良放下咖啡杯，打趣地回答："我又不是第一次见你，哪有什么心情哪。"

"或许，在我来海雷之前您就见过我，又或许，在十五年前。"谢芷婧今日的反常，在这句话后，终是引起了辛泽良的不适。

手背上因练拳而留下的老茧，被辛泽良搓得通红，他不时挠着鬓角的白发，在一番逃避的应答后，突然借口道："刚想起来我还有个会……"

然而，在辛泽良还没起身时，谢芷婳便将那张三个人的照片放在了桌上。

辛泽良垂眉看去，惊愕得手足无措："你在哪儿找到的这个？"

谢芷婳并不回答，只是等待着辛泽良的解释。

但凡需要被隐藏起来的秘密，大概都逃不过重见天日的一刻。

辛泽良喝口咖啡，一声极为沉重的叹息后，陷入回忆："我们三个人算是结拜兄弟，如果当年齐玉达没接手十五年前的爆炸案，也许一切就不一样了。"

辛泽良娓娓道来，听得谢芷婳内心波澜迭起。

十五年前爆炸案发生后，谢俊川夫妻二人被送往医院，当天夜里因伤势过重离世，生前谢俊川用残留的一口气，将女儿谢芷婳托付给齐玉达照顾，而心痛于好友谢俊川夫妻的无辜身亡，齐玉达因此决定以谢俊川的代理律师身份接手此案。

那时，齐玉达查到了一些内幕。不过之后，陆元培为了不影响陆氏集团形象，以家人安危向齐玉达施压，最终他迫不得已输了那场官司。

追溯起十五年前的过往，辛泽良悲容满面，内疚地看着谢芷婳："别怪你齐叔叔，当年你受伤失了记忆，我们两个人商量后，都觉得将这件事隐瞒起来，会更利于你的成长，所以从那之后，我们都绝口不提关于你父母的事，也很少再见面。直到你齐叔叔说你立志当保镖，才……"

听完这些，谢芷婳的思绪慢慢平静下来："毕业那天，陆清风来招保镖，师父您也是故意带我去的吗？"

辛泽良摇摇头："是我失误了。那时我对瑞曼公司并不了解，只知道他是总裁，哪想到他会是陆元培的儿子，而且谁还会再去深挖十五年前的事。直到齐安调查他父母的案子找到我时，我才知道你与陆清风当年的事。"

这段时间发生了太多难以预料的事，谢芷婳觉得每一件都像千斤巨石，压迫得自己快要窒息。

她缓缓起身朝餐厅外走去，辛泽良忽然叫住她："芷婳，前段时间陆岩来过这里，招聘了几名与你同届的保镖学员，你要留心他。"

谢芷婳点点头："嗯，我知道了。"

安静的休闲餐厅里，辛泽良无力地垂下双手，视线由窗外看向无边的天空。

"十五年前的事，到底何时才能结束啊？"辛泽良无奈地感慨道。

## Chapter 13 第十三章
## 回到最初，才能解开心结

那日的陆清风，黑色西装外穿了件驼色长风衣，器宇轩昂、仪表不凡。谢芷婧始终跟在他身后，比任何人都明白他心里的痛苦与无奈。

## 1

十一月末的通岛市,进入了数十日的飓风期,连天的风沙尘土似要淹没这座城市般席卷而来,犹如发生大事的前奏,令人心生不安。

接到陆元培受伤入院的消息时,陆清风正在公司与塔博·库切进行视频会议,佟骁附在他耳边说完,他还并不太相信消息的真伪,转而询问:"哪里得来的消息?"

佟骁面色凝重,汇报道:"医院。涂菲菲也来过电话,已经证实您父亲正在手术室抢救。"

毕竟是父子,听闻陆元培在手术室抢救,陆清风也担心起来,他看向身旁的谢芷婧,欲言又止地皱着眉。

她自是明白他的顾虑,面色平静地说:"我没关系,快去吧。"

其实,谢芷婧还是蛮庆幸,当年爆炸案并没有与陆元培有直接关系,至少这在她与陆清风心里能减少些内疚与尴尬。

而两个人赶到医院的时候,手术已经结束,由于被重物击中头部,陆元培陷入深度昏迷中,被安置在重症监护室里。

由于陆元培特殊的身份,一旦被外界得知性命垂危,定会使整个陆氏集团动荡不安。

"先封锁消息,父亲的状况不可外传。"病房外,陆清风向陆元培的贴身随从提醒完,问道,"到底发生了什么事?"

"午休时,董事长接收到一条手机短信后便离开办公室,且不许任何人跟着。大约半个小时后,公司保安听到一声巨响,这才在公司一侧楼下发现了昏迷的董事长,身旁还有从顶楼掉落的广告牌。"

电话、广告牌,公司楼侧,陆清风若有所思地摩挲嘴角,又问:"那手机呢?"

"董事长随身带着,但在出事现场并没发现手机。"随从努力回忆着。

陆清风不再言语,拧眉看向重症监护室里的陆元培,他以为自己对父亲早已恨到不夹杂任何感情了,可终究抵不过一脉血缘,看着全身插满导管的父亲,他还是轻轻地低下头。

谢芷婧上前拍拍他的后背,安慰道:"不要恨他了,你失去了母亲,可他也失去了妻子,十五年前的罪魁祸首是陆展兴,不是你父亲。"

话音刚落,陆清风的手机便响了起来,通过外部声音谢芷婧听到,陆氏集团股东会发起选举新一任董事长的会议,时间就定在一周后。

## 第十三章
回到最初，才能解开心结

陆清风只言未发地挂掉手机，狠狠地一拳打在墙壁上，咬牙切齿道："定是陆展兴搞的鬼！"

此时此刻，谢芷婧也不知如何是好，唯有挽住他的手臂，说："有什么需要我做的，你尽管说。"

陆清风缓缓将头抵在谢芷婧的肩膀上，声音无助又疲惫："我好累，我真的好累……"

走廊的尽头，涂菲菲将这一切尽收眼底，想走上前，却又突然停住脚步。就在涂菲菲犹豫不决的时候，一股大力扯着她的手臂朝住院部外走去。

医院的小花园里，涂菲菲奋力挣扎着，口中骂道："陆岩你这个浑蛋，放开我！"

女人自是抵不过男人的力气，几番挣扯过后，陆岩猛地松开手，害得涂菲菲没站稳，直接掉进身后的水塘里，弄得全身湿淋淋的。

陆岩幸灾乐祸地蹲在水塘边，故作好心地伸出手："我们的美女医生怎么这么狼狈啊，要不要帮帮你？"

"阴险小人！"涂菲菲自己吃力地爬上岸，刚要离开就被陆岩拦住去路。

"帮我去陆家拿些东西吧？"陆岩面露狡诈之色，继续说服道，"你不是爱陆清风吗？我答应你一定帮你把谢芷婧除掉。"

早些时候，陆岩也正是利用这一点，来要挟涂菲菲靠近陆清风，以此来搜集陆清风及公司的秘密文件，而陆展兴父子更是对陆氏集团一直暗存野心。

涂菲菲凤眼微抬，轻蔑笑答："你懂爱吗？谢谢你让我明白了，爱不是掠夺！所以，我不会再帮你！"

利欲熏心的陆岩早已被私欲冲昏了头，抓着涂菲菲，原形毕露地威胁道："你敢背叛我！是不是忘了你父亲上次被我抓的事了？"

涂菲菲早已放下对陆清风的感情，更不想做伤害他的事，于是甩开陆岩的手："不管你要做什么，我都不会再帮你干坏事！"

陆岩没想到涂菲菲软硬不吃，正要打她时，扬起的手被人拧在半空。

涂菲菲顺势看去，不禁有些惊讶于眼前的男人竟会救自己："齐安……"

"疼疼疼，你快松手。"齐安用力过大，痛得陆岩龇牙咧嘴地求饶。

齐安狠狠甩开陆岩，警告道："她都说不帮你了，以后再敢来找事，我绝不会轻易放过你！滚！"

见陆岩落魄逃走，齐安看也不看涂菲菲便大步离开。

这是涂菲菲第一次被人保护，虽然总是把自己装扮得美丽高贵，可接近她的

人都不过贪恋她的美貌罢了，而齐安救了自己，却又冷漠淡然的样子，反倒令涂菲菲心中有了微妙的感觉。

"喂，你干吗救我？上次在陆清风公寓时，还一副要揍我的样子。"涂菲菲不解地问道。

齐安回过头，不耐烦地瞥着她，说："不要误会，救你不是因为喜欢你，即便是陌生人我也会救。"

这句话让涂菲菲甚是无语，嚷道："你和谢芷婧真不愧是兄妹，救人后连说的话都一模一样，让人都不忍心讨厌你们了。"

齐安是听说陆元培住院的消息赶来核实的，哪承想会遇到涂菲菲，更何况他要赶紧查到陆展兴的罪证，哪有时间与涂菲菲斗嘴，于是边走边说："我有事要做，你赶紧回去换衣服吧。"

敢爱敢恨的涂菲菲可不好打发，跟在齐安身后，又笑又扮鬼脸地不停追问："你是不是真的喜欢上我了？是不是？"与之前高傲形象判若两人，且丝毫没有医生该有的沉稳。

整个小花园都是涂菲菲爽朗的声音，她穿着湿淋淋的白大褂跟在齐安身后，在医院的小道上越走越远。

两个原本毫无交集的人，似乎也因这莫名其妙的命运，即将生出更多的缘分。

陆元培住院的第二天，陆清风回了趟陆家别墅，在书房里，看到了父亲留给他的信——

清风：

这十五年来，每每想到你去世的母亲，我都心存愧疚。

许是与金钱打交道久了，整个人都变得市侩无情了，为了公司的虚名而选择埋藏爆炸案的真相，这件事我错了！你说得对，我没尽到丈夫的职责，你和你母亲不原谅我也是应该的。

这些年，我也查出一些关于你伯父陆展兴的罪证，所以，我会揭发十五年前爆炸案的真相，但愿我还能来得及承担父亲的职责。

父 陆元培

显然，在出事前，陆元培便有了揭发真相的念头，但此刻父亲昏迷，证据又不知在何处，陆清风只得挨个房间仔细寻找。

整个陆家别墅都被翻了个遍，可那些证据却像不存在般，毫无踪迹。

## 第十三章 回到最初，才能解开心结

陆清风正细细思量的时候，佟骁急匆匆地赶来，看到陆清风的架势，他心中便知定是陆氏集团出了事。

"陆总，我打听到陆展兴就是此次选举的候选人之一，而且他近期频频约见陆氏集团几大股东，似有大动作。"佟骁愁眉难舒，建议道，"要不，我替您也约见下股东们？"

父亲昏迷当日，股东会便提出发起选举会议，陆展兴此刻又按捺不住地拉拢各大股东，其用心已昭然若揭。

陆清风深吸一口气，坚决地回道："不！选举还有六天时间，先集中精力找出陆展兴的罪证！"

公司职务、权力金钱，这些在陆清风看来远没有真相重要，只要找到父亲留下的证据，就一定能揭发陆展兴十五年前犯下的罪孽，也能阻止他想吞并陆氏集团的野心。

佟骁沉吟了一会儿，突然问道："董事长会不会把那些证据藏在保险柜之类的地方？"

陆清风摇摇头："不会的，父亲向来不喜欢用那些东西，重要的东西必定放在身边，所以一定在别墅的某个角落里。"话刚说完，他才想起已有大半天没见到谢芷婧了，忙问："谢芷婧去哪儿了？"

听这口气，谢芷婧外出并没告知陆清风，佟骁谨慎回道："早上遇到她，说是要查些事情。"

"查什么事！她一个女孩子要是遇到危险怎么办？佟骁你竟然由着她去！"最近发生了太多事，虽然陆清风一直保持着冷静的态度，可谢芷婧的安危却瞬间点燃了他的怒火，冲着佟骁就是一通咆哮。

"我这就去查找她的位置。"佟骁刚说完，书房外就传来一阵慌乱的脚步声，没等两个人反应过来，门已经被谢芷婧推开，佟骁大喜，在心中暗暗叫好：这小姑奶奶总算出现了。

"我查到了！"谢芷婧气喘吁吁地跑上前，忙着给陆清风翻看手机拍的照片。

可陆清风根本不在乎谢芷婧查到了什么，盯着她看了半天，见她还在喋喋不休地说着，他突然伸手将她的脸扳向自己。

谢芷婧一怔，不明所以地望着他："是不是我说得不清楚？那我再说一遍，我去了你父亲出事的地点，发现广告牌的固定螺丝被人动了手脚，而且顶楼唯一的摄像头也被毁坏了，还有……"

"还有,你知不知道你一个人出去我很担心?"陆清风忽然打断她,脸上和眼底充斥的都是焦灼和担忧。

刚被咆哮过的佟骁很识趣,见两个人情意绵绵地对视,蹑手蹑脚地退出了房间。

陆清风看了眼手机照片,无奈地说道:"虽然我也知道此事跟陆展兴父子有关,可没有确凿的证据,很难指控他们。"

"那我再去查!"

谢芷婧说完,转身就往外冲,却被陆清风从背后一把抱住,语气中满是自责:"没保护好母亲,如今连父亲也昏迷不醒,我不敢想还会发生什么。所以,不准你再离开我的视线,我要随时能看到你。"

知晓陆清风的担心,谢芷婧握住他双手:"我哪儿也不去,会一直待在你身边的。"

大概只有在这一刻,陆清风才能暂时忘却烦恼,可总有些暗藏祸心的人,偏偏不请自来。

别墅大厅里忽然传来激烈的争执声。

"您不能进来,容我去通报一声。"陆家别墅的男管家正极力阻止陆岩闯入。

陆岩根本不听劝阻,推开管家后大摇大摆地走到一楼客厅,摸摸壁柜上的瓷器,又蹭蹭价值不菲的真皮沙发,俨然一副主人的口吻,教训着用人:"怎么这么多灰尘?你们有没有好好干活?"

"不帮你父亲约见股东,你倒有工夫跑我这来。"

陆岩一愣,循声看去,陆清风和谢芷婧正站在楼梯口,紧接着换上虚伪的笑脸:"原来你们也在。"

说话的时候,跷着二郎腿的陆岩惬意地晃着一条腿,谢芷婧无意间打量下,却在那双镂空花纹的皮鞋边上发现一些黄色的泥痕,跟她在广告牌掉落的顶楼上看到的黄泥土颜色一样。

正是这黄泥,似乎令谢芷婧想到了对策。

2

不过两日的时间,陆元培病危的消息就传得沸沸扬扬,医院门口、公司外围,甚至陆家别墅,但凡跟陆元培有关的地方全都围满了记者。

而陆清风一面要应对新闻媒体,一面又要与股东会成员周旋,直到董事选举当天,陆元培在信中提到的罪证也没能被找到。

## 第十三章 回到最初，才能解开心结

那日的陆清风，黑色西装外穿了件驼色长风衣，器宇轩昂、仪表不凡。谢芷婧始终跟在他身后，比任何人都明白他心里的痛苦与无奈。

陆氏集团顶层的大型会议室中，股东们悉数入场，陆清风一行数十人在会议室门口，与陆展兴、陆岩二人不期而遇。

陆展兴故作难过之色，慰问道："听说哥哥近况转危，清风你可要节哀啊。"

听了这句颇有隐喻的话，陆清风微微颔首，不喜不怒："既然大伯还存有兄弟之情，莫不如有空去看看家父吧。"

"好。"陆展兴回答得爽快，神采飞扬地步入会场。

看着陆展兴神气的样子，陆清风气得双手握拳，谢芷婧适时靠上前，握住他颤抖的拳头给予安慰。

此次选举，是由董事会成员进行投票选出新任董事长，不过在选举开始前，陆清风却率先起身，郑重地说道："选举开始前，先耽误各位几分钟的时间。"说完，他话锋一转，盯着坐于侧席的陆岩，问："方才见你穿了双镂空花纹的皮鞋，我觉得甚是好看。"

在如此重要的会议上，陆清风说了这么一句没头没尾的话，立刻引起了一片骚动。

陆岩也猜不透他话中的含义，只得顺势回道："我也很喜欢。"

"既然喜欢，为何不把它擦得干净些呢？"陆清风嘴角露出似有似无的笑容，死死盯着陆岩。

"……"陆岩与父亲陆展兴面面相觑，完全摸不透陆清风的用意。

见父子俩一脸茫然，陆清风脸色突变，举着手中的报告，向众人解释："砸伤父亲的广告牌位于陆氏集团大厦的天台，固定架被人做了手脚，而天台上的一摊黄泥，经过取样检验，刚好与沾在陆岩鞋上的泥渍相同。"

"你血口喷人！那么多土，你凭什么认定我踩的就是天台的！"沉不住气的陆岩，听陆清风这么一说，整个人急得面红耳赤。

"那天你去陆家别墅时，刚好留在地毯上了。当然，报告也许会出错，可是视频却会拍下真相。"陆清风冷哼着晃动手里的手机，言辞凿凿地说道，"你当日在天台对广告牌做手脚的全过程，全被天台的摄像头拍下来了。"

"不可能！那天我上去时，明明先把摄像头砸坏了……"陆岩话一出口，在场所有人都惊呆了。

正在大家议论纷纷的时候，四名警察走进会议室，带走了陆岩。

195

陆岩直到被拖到门口时，还在吵闹着："摄像头我明明砸坏了，而且我专门去过监控室查找过，动广告牌那大的视频根本没拍下！"

陆清风阴冷地扬起嘴角："坏了的摄像头怎么可能拍到视频呢，不过是为了引你上钩。"

陆岩恍然明白过来，不甘心被带走，口中不停地向父亲陆展兴求助，可这老狐狸竟然完全置之不理，一副生怕牵连自己的样子。

至于那天的董事长选举也被迫中断，再次推迟一周时间。

陆氏集团大厦楼下，谢芷婧刚替陆清风打开车门，尾随而来的陆展兴就被两名男保镖拦住，只是叫嚣声不止："你以为这样就能扳倒我吗？休想！"

陆清风擦了下眉骨，干脆地说道："有什么招数尽管使出来，我随时奉陪！"

不想轻易丢掉陆氏集团这块肥肉的陆展兴，从保镖手中挣脱出来，冲着路边的汽车招了下手，只见穿着休闲装的魏然信步走来，毕恭毕敬地将一个档案袋交由陆展兴。

魏然是最容易接近陆元培的人，而交给陆展兴的档案袋，陆清风和谢芷婧都猜出了是什么。

陆展兴阴险地笑着，故意拿出档案袋中的照片和文件在他们面前显摆："你父亲为了调查我也真是煞费苦心，从小到大，最有出息的就是他，被夸赞最多的也是他，不过到头来，还是得输给我。"说完，陆展兴拿出打火机点燃了档案袋，在呼啸的冬风中，火势迅猛燃烧，直到被丢在地上。

那是唯一能证明陆展兴犯罪的证据，谢芷婧发疯似的想要上去灭火，却被陆清风及时制止："会被烧伤的，算了！"

"不能算了，他害了那么多人，不能就这么算了！"谢芷婧眼睁睁地看着档案袋在火苗中烧成灰烬，不甘心地哭了出来，她望向魏然，不解地问："你为什么要帮陆展兴，为什么？"

魏然一改往日温文尔雅的形象，回道："这个世界上，没有人会不喜欢钱，而我不过是换了个金主而已。"

谢芷婧万万没想到，金钱会将人变得这么冷酷无情。

而如今，陆元培还在昏迷，搜罗的证据也不复存在，谢芷婧靠在陆清风怀中，欲哭无泪。

那一晚，两个人回了公寓。自从陆元培出事后，陆清风不是在医院就是在陆家别墅，这是半个月来，他们第一次回来。

# 第十三章 回到最初，才能解开心结

那时，小猫被寄养在隔壁徐阿姨家中，整个院子到处是枯黄的落叶，公寓里也灰尘遍布，谢芷婧正打扫着，突然陆清风的脑袋蹭了过来，双手将她齐腰锁住。

想到白天发生的事，谢芷婧就闷闷不乐，转过头抱怨道："你心情怎么这么好？"话音刚落，一个吻猝不及防地落在她唇上。

此时的谢芷婧并没有心情与他亲热，不悦地愣在原地："你……"

陆清风的眼底溢满宠溺的情意，触动了她此刻的心弦："谢芷婧，等一切都结束后，我要送你一份大大的礼物。"

"嗯？又是礼物。还是不要了，齐家公寓的钱，我还不知何时才能还你。"谢芷婧悻悻地将头扭向另一边，陆清风的脑袋也跟了过去，霸道地搂住她："这礼物你必须收下，如果真觉得有负担，就嫁给我吧，连我都是你的了，那钱就不用还了。"

谢芷婧以为，如陆清风这般掌握企业命脉的人，是不太会说情话的，可这一句却说得不甜不腻，满满真情。

她白了他一眼，挣开他的怀抱，错开话题："你是不是有什么事瞒着我？"

陆清风笑得神秘，并不回答她，但他的确在盘算某些事情。

自从陆元培病危的消息传出来后，坊间还有另一种传言，说是陆元培已渐渐恢复意识，并且早就秘密出院了。

听到此传闻，陆展兴最是惴惴不安，特地跑来医院一探究竟。

不过很奇怪，监护室外没有任何人把守，陆展兴轻而易举地进到病房里，而陆元培双眼紧闭，戴着氧气罩，丝毫没有苏醒的迹象。

"大哥……"陆展兴唤了一声，见陆元培依旧处于昏迷的状态，轻蔑地撇撇嘴角道，"如果你肯将公司股份分我些，我也不至于大费周章，把你斗成这样。"

"你根本就是心坏了，给你再多，你也不会知足的。"虚弱的声音从氧气罩下幽幽传来。

陆展兴吓得后退两步，语无伦次道："你……怎么醒了？"

陆元培吃力地扯下氧气罩，似早有预料："真相没揭发，我怎么能那么轻易死掉呢。不过展兴啊，你以为用广告牌就能造成意外的假象吗？"

反正四下无人，陆展兴也无须忌讳："我以为万无一失，看来还是失算了。"

"可你陷害齐玉达夫妇是真不应该。"

"那要怪你，要不是当初你劝我说出十五年前爆炸案的事，还去见了齐玉达，

我用得着陷害他吗？当年我放了炸弹的事，你为何一定要再翻出来呢，明明已经过去十五年了！"

陆展兴说完，躺在床上的陆元培轻笑几声坐起身，冷不丁地说道："这个程度应该足够了吧。"

没等陆展兴弄明白，他已经被冲进来的警察按在地上，一拥而入的还有陆清风、谢芷婧、齐安等人。

谢芷婧怎么也想不到，陆元培病危的假消息是陆清风故意放出去的，目的就是引来陆展兴。而这件事，齐安竟然也一早便知，唯独将她蒙在鼓中。

不过好在，事情都圆满结束了。

一周后，陆清风成功当选陆氏集团的新任董事长。

那时，陆元培亲自公开了十五年前的爆炸案，以及自己向齐玉达律师施压的真相。陆展兴和陆岩也被判了刑，至于齐玉达夫妻因为事情得以澄清而恢复了自由身。

迟到了十五年的真相终于重见天日，这本该庆幸的时刻，谢芷婧却黯然神伤，那些牵扯其中的人，不管是为自己，还是为欲望，如今再细细想来，都令人不寒而栗。

### 3

2016年的除夕之夜，齐玉达一家重回齐家公寓，蒋婷做了一桌丰盛的年夜饭，齐安与谢芷婧坐在餐桌前盯着饭菜发呆。

外面的炮竹声此起彼伏，绚烂的烟花照亮了玻璃窗，可这份热闹却使齐家四口人陷入更尴尬的沉默中。

"爸，这不是你最喜欢的菜吗，你多吃一些。"谢芷婧假装无事的样子，夹起一块孜然羊肉放在齐玉达的餐盘中。

齐玉达面带尴尬地僵笑一下，埋头使劲嚼着羊肉。

看似丰盛的晚餐，四个人却味同嚼蜡，连齐安都默不作声。

那一刻，谢芷婧突然就明白了，有些事不可能装作没发生，有些情感一旦起了隔阂，便无法再安然如初。

而元宵节过后半个月，齐玉达和蒋婷便做出移居海外的决定。

那天在机场安检口前，齐玉达始终不愿回头，只决绝地催促着谢芷婧："你快回去吧，陆清风新上任不久，你不在身边保护，跑这儿来干吗。"

蒋婷推了下齐玉达，转而握住谢芷婧的双手，小声安慰道："他不是那个意思，他是对你太内疚了。"

谢芷婧乖巧地点着头，她怎么会不明白呢？从小到大，齐玉达最是宠爱她，即便他们做错事，宁可打齐安，也舍不得打她一下，还总是借口说女孩子就得娇养。

谢芷婧走到齐玉达面前，伸手抱住他宽大的肩膀，说："十五年养育之恩大过一切，您并没有做错什么啊，所以父亲，不管您去哪里定居，都不准回避我，我永远都是您的女儿。"

倔强的齐玉达终是卸下一身冷漠，他拍着谢芷婧的后背，沧桑的脸上滑下滚烫的泪水，而那份心结，也在这个深情拥抱与话语中得以消除。

齐玉达与蒋婷率先进了安检口，只留下齐安走走停停，纠结许久，看着谢芷婧问："真的不跟我们去国外吗？"

"我要等陆清风回来。"谢芷婧这样回道。

那时，芬兰 AST 合作项目进入建设动工阶段，陆清风作为合作人自当亲自出席庆典，而她更是被放了长假。

"不过陆清风要是敢欺负你记得告诉我，我一定会保护妹妹的。"齐安揉着她的脑袋。

谢芷婧洋溢着幸福的微笑，调皮道："好，我记住了。不过，你似乎还有要保护的人哦。"

话音未落，一身休闲装扮的涂菲菲风风火火地跑来，抱住齐安的手臂不松手，口中嚷着："你出国怎么不带我，反正我辞职了，你去哪我就跟到哪！"

齐安甩开涂菲菲，两个人一前一后地你追我赶，倒也十分般配。

回去的路上，阳光明媚、微风徐徐，谢芷婧迎光望去，整个人被照得暖烘烘的。所有的事都已尘埃落定，所有的人也都各有归处，可她心中还有份失落。

因为，唯独她的陆清风还未归来。

## Chapter 14 尾声
## 爱你的人，总会在原处等你

通岛市的三月,春暖花开。

正是大好时节,早已回国的陆清风睡眠质量越发好,而自从真相大白后,放下内疚之情的他梦游症也得以痊愈,每天清晨也不按时健身了,倒是更钟情于赖床。

谢芷婧不忍叫醒他,只一个人在餐厅忙着做早餐,新买来的电视摆在客厅里,传来播音员字正腔圆的声音:"于3月1日正式开园的通岛市休闲游乐场,前身为通岛市儿童主题乐园,开园半月来,溢出效应显著,将拉动通岛整体经济,同时会带来更多的旅游业、酒店业红利……"

后面的新闻,谢芷婧完全没听进去,她痴痴地站在原地,恍然被急促的敲门声吓了一跳,因为只穿了睡衣,她便开了条门缝,一沓文件顺势递了进来,伴随着佟骁八卦的声音:"陆总要的文件,你帮我给他。祝二位过一个火辣又愉快的周末。"

佟骁走后,她好奇心作祟瞄了眼文件内容,竟然是解约她贴身保镖的合同!

她怒气冲冲地闯进二楼卧室,此时的陆清风正睡眼惺忪地坐在床上,反应不及,就被重重压回到枕头上,耳边尽是她的抱怨声:"我都拒绝跟父母去国外了,你倒好,竟然要解雇我,你知不知道女保镖的工作多难找,我去哪赚钱还你啊?"

陆清风枕着双手,煞是有趣地等着谢芷婧发泄完,才忍笑说道:"我怎么舍得解雇你呢?"说着,他翻开文件的前几页,一份崭新的合同赫然在目,而合约期限的空处竟写着"一生"二字。

她睨他一眼,佯装不在乎地扭过头,却被陆清风翻身压在身下,她整个人陷在松软的蚕丝被中,晨风微凉刚好抵消了她脸上的燥热,她紧紧抓着他睡衣的前襟,缓缓闭上双眼,等待着一个属于她的,不被任何人和事所打搅的吻……

可谢芷婧等来的并不是火热的亲吻,而是一声猫叫和陆清风的嘲笑:"这么期待被吻啊,那我前些天去卢塞伽工作,你岂不是日日想我?"

她搭眼看去,小猫正扒在床边看着姿势怪异的他们。想想自己闭眼的样子和陆清风挖苦的话语,谢芷婧顿时懊恼窘迫极了,脸颊涨得红彤彤的,她推开他,将合约丢在他怀中,嘟嘴生气道:"这就是你所谓的礼物吗,好了,我既惊又喜行了吧。"

谢芷婧撇下陆清风落荒而逃,身后响起他的提醒:"快去换衣服,我们去个好地方。"

周末的午后,通岛市休闲游乐场正是最热闹的时候。

# 尾声 爱你的人，总会在原处等你

入口处的两旁，棉花糖、果汁冰、爆米花……各类零食摊前挤满了天真可爱的孩子，而距离入口处最近的地方，是一处模样复古的旋转木马，没有闪烁的霓虹灯和时下流行的儿童歌，一切看上去跟十五年前的并无二致。

"我不想我们最初认识的地方，只有伤痛。所以我重建了这里，希望能够为十五年前的那天，延续上一份美好的记忆。"

穿游在游乐场中的人们，每张脸上都溢满笑容，也许没人会记得十五年前这里的惊叫与哭声，但此刻的欢声笑语，却治愈了谢芷婧内心深处的恐惧。

她凝视着他，心中感慨万千。

谢芷婧将脸埋在陆清风的怀中，簌簌落下的眼泪沾湿了他白色的衬衣，他附在她耳边，轻语着当年那句："在清风和煦的时节里，我回到了你身边。"

"嗯。"谢芷婧抬起泛红的眼眶，噙着泪花与笑容，回道，"等清风与你一起归来，我真的等到了你……"

暖春时节，紫叶李树花落如雪，两个人十指紧扣朝游乐园深处走去，她抬头望他，他便回她一个甜蜜、痴情的吻。

谢芷婧再忆起当初，不禁感慨，兜兜转转、擦肩错失，十五年的纠葛与缘分，终会得到时间的见证。

因为，爱你的人，总会在原处等你。

（完）

# 红石榴·女性情感励志系列

四个美丽女孩在演艺圈摸爬滚打,她们或像鲜花瞬间怒放后零落成泥,或像昙花一现消失不见,或奋力挣扎却始终寂寂无闻,或像大树般坚韧独立默默生长终得满树繁花。

定价:25.90元

# 红石榴·甜城蜜恋系列

定价:25.90元

定价:25.00元/本

触心经典 / 瑰丽浪漫 / 缤纷梦幻
甜蜜爆棚的全笑点都市蜜恋剧
开启一段段缠绵悱恻的爱情故事
总有一个人让你笑得最灿烂,哭得最彻底